Carlo Maria Lomartire

E D'INDOMATO AMOR

Passione e rivoluzione nella Milano di Napoleone

MONDADORI

Dello stesso autore
in edizione Mondadori

Mattei
Insurrezione
Il bandito Giuliano
Il qualunquista
'o Comandante
Festival
Gli Sforza
Il Moro
Gli ultimi duchi di Milano
Giovanni dalle Bande Nere
La Dama e il Moro

con Gabriele Albertini
Nella stanza del sindaco

con Paolo Brichetto Arnaboldi
Memorie di un partigiano aristocratico

mondadori.it

E d'indomato amor
di Carlo Maria Lomartire

ISBN 978-88-04-79720-3

I edizione giugno 2025

Indice

E d'indomato amor

I

Liberté, Égalité, Fraternité

C'era anche Luigi Airoldi in quella piccola folla che già alle prime luci dell'alba andava di buon passo verso Porta Romana, lungo i bastioni e fin sotto l'arco trionfale, quel brutto monumento che i milanesi non amavano perché fatto erigere dagli spagnoli quando, due secoli prima, nel 1596, Margherita d'Austria, futura moglie di Filippo III di Spagna, fece il suo ingresso nella città. Era, la Porta Romana, una delle sei porte di Milano, che si apriva appunto ai viaggiatori che provenivano da Roma, dal Sud. Il Generale, dunque, sarebbe entrato in città passando sotto quell'arco, come tutti sapevano da quando era arrivata la notizia dell'ultima pesante sconfitta che Napoleone Bonaparte aveva inflitto agli austriaci nella battaglia del Ponte di Lodi. L'informazione era stata portata, anzi gridata con orgoglio, prima dagli esploratori e poi dall'avanguardia dell'*Armée d'Italie*, comandata dal nizzardo Andrea Masséna che il Generale aveva mandato ad accertare che il nemico avesse abbandonato la città, mentre una delegazione di repubblicani milanesi filogiacobini e filofrancesi, guidati dallo stimatissimo patrizio Francesco Melzi d'Eril, conte di Magenta, correva a Lodi a omaggiare Bonaparte. La maggior parte dei nobili, invece, temendo «l'arrivo della ghigliottina», erano corsi a rifugiarsi nelle loro ville in Brianza o sul Lario mentre molti esuli giacobini rientravano precipitosamente in città.

In realtà una retroguardia austriaca al comando di un generale settantenne dal nome stranamente francese, Jean-Pierre de Beaulieu, era ancora rinchiusa nel Castello Sforzesco, forse nella speranza di riuscire a impegnare per qualche giorno le forze in modo da dare più tempo alla ritirata austriaca. Speranza che ai milanesi appariva chiaramente vana.

Luigi Airoldi, un bel diciassettenne alto e dalla folta capigliatura bruna su un volto regolare con due grandi occhi neri, per esempio, era tra quelli convinti che gli ultimi asburgici se ne sarebbero andati subito dopo l'arrivo di Napoleone. Per assistere al suo ingresso in città, perciò, era stato uno dei primi ad arrivare a pochi passi da quell'arco passando sotto il quale il Generale avrebbe fatto il suo trionfale ingresso nella città.

Figlio di Gianarturo, importante e stimato tipografo, Luigi aspettava con eccitazione, quasi con commozione, quell'evento perché, come molti milanesi della sua età, ma anche più avanti negli anni, stanco della soffocante e bigotta dominazione austriaca. Era animato da intensi sentimenti repubblicani e giacobini e nutriva la certezza che l'esercito rivoluzionario francese, l'*Armée d'Italie*, avrebbe finalmente portato anche a Milano, in Lombardia e in Italia quei valori di libertà, uguaglianza e fraternità in nome dei quali si stava battendo contro i più potenti eserciti europei pur con meno uomini e cavalli, fucili e cannoni.

Luigi aveva però un problema serio e lo aveva in famiglia: suo padre non la pensava come lui. Gianarturo Airoldi, al contrario, era un rigoroso e intransigente monarchico, cattolico osservante, sinceramente fedele a chi portava con onore la millenaria corona del Sacro romano impero, Francesco II d'Asburgo-Lorena. Non solo: il tipografo Airoldi era grato agli austriaci anche perché novant'anni prima, al comando di Eugenio di Savoia, avevano cacciato l'ultimo governatore spagnolo di Milano mettendo fine, dopo più di centosettant'anni, a una dominazione che non aveva conosciuto ma che la tradizione popolare e famigliare ricordava pessima, corrotta, inefficiente e vessatoria. Con quanto rancore gliene parlavano i suoi nonni e bisnonni: «La peggiore della storia di questa città» dicevano.

Negli ultimi mesi, dunque, i francesi, vittoria dopo vittoria, attraversate le Alpi, sconfitto il Regno di Sardegna, penetrarono nel Nord della Penisola «come un coltello nel burro» – così dicevano entusiasti i repubblicani e i giacobini, anche i più intransigenti ormai fuori tempo.

Il governatore di Milano, l'arciduca Ferdinando d'Asburgo-Lorena, aveva già lasciato la città da una settimana, dopo averla spogliata e depredata portando con sé ventuno casse di denaro, oro, preziosi e opere d'arte, riparando a Bergamo e gettando nello sconforto monarchici e filoaustriaci. D'altra parte, tutti riconoscevano che il suo era stato un buon governo, austero ma efficiente; non a caso era il quattordicesimo figlio della grande imperatrice riformista Maria Teresa d'Austria, della quale a Milano e in Lombardia tutti serbavano un ottimo ricordo.

«Se Bonaparte s'impadronirà di Milano torneranno i *mala tempora* degli spagnoli, per di più questi sono dei sanguinari regicidi senza Dio, anticristo massacratori di religiosi e nobiluomini con quella macchina creata dal demonio, la ghigliottina.»

Così, con asprezza, reagì Gianarturo quando, la sera prima di quel fatidico 15 maggio 1796, giorno di Pentecoste, il suo Luigi gli comunicò che intendeva andare ad accogliere e festeggiare l'*Armeé d'Italie* e il suo valoroso condottiero «perché finalmente portano libertà e uguaglianza anche a noi».

Inutili furono gli energici tentativi di Gianarturo di dissuadere quel figlio inaspettatamente ribelle: «Con l'arrivo di questa gente diventeremo poveri perché non lavoreremo più. Sai benissimo, figlio mio, che la maggior parte dei nostri guadagni vengono dal lavoro che ci danno nobili, notabili e funzionari dell'amministrazione austriaca. Ci ordinano di stampare testi ufficiali, loro autografi, manoscritti, di copiare testi d'autori e tanto altro: i francesi elimineranno o cacceranno questa gente che ci dà lavoro, che ci dà da vivere. E poi saccheggeranno le nostre case e le nostre botteghe, ci porteranno via tutto quello che è nostro...».

Il tipografo andò avanti a lungo con questo tono, questi argomenti e questo tetro pessimismo ma inutilmente, perché il giovanissimo giacobino utopista non sentiva ragioni e, dopo aver passato la notte in bianco, prima ancora che cominciasse ad albeggiare, nel buio si mosse da casa nel sestiere di Porta Orientale per avviarsi a piedi lungo i bastioni verso la non lontana Porta Romana.

L'attesa durò più del previsto. Dalla folla, composta prevalentemente di curiosi che spesso neppure sapevano chi fosse questo Bonaparte che si stava prendendo Milano, saliva un brusio continuo. Il sole era già alto quando sotto l'arco della porta passarono con fragore di zoccoli i primi cavalleggeri, seguiti dai lancieri: portamento fiero, eretti sui loro cavalli ma piuttosto malconci, molti senza armature, con uniformi disordinate e malridotte, gli animali palesemente stanchi.

«Sembrano degli straccioni» disse una voce alla sua destra, con tono di disprezzo più che di delusione.

«Certamente a causa della recente vittoriosa battaglia di Lodi» ribatté prontamente e un po' seccato Luigi al suo vicino – lo conosceva, era il commerciante di carbone che aveva bottega non lontano dalla tipografia di papà Gianarturo e come lui la pensava. Una risposta polemica per giustificare soprattutto a se stesso la delusione estetica. Come molti, infatti, si aspettava di assistere alla sfilata di gagliardi cavalieri in splendenti armature su magnifiche cavalcature come a dimostrare anche formalmente il trionfo della Rivoluzione.

Ma ugualmente provò un forte entusiasmo, che divenne travolgente emozione quando, preceduto dagli ussari e da un reparto di fanteria leggera, più degli altri questi molto malmessi, vide avanzare isolato il Generale.

Non alto e neppure magrissimo – si sarebbe detto più tozzo che slanciato –, in sella a una bellissima, questa sì, cavalcatura bianca e grigia, indossava una grande giubba blu decorata con alamari dorati che si apriva su un corpetto grigio e un paio di braghe bianche che finivano in due stivali neri alti fino al ginocchio. A sinistra, dall'alta fascia con i colori *de la République*, blu bianco e rosso, che gli cingeva la vita, pendeva una grossa sciabola di cavalleria dall'elsa dorata, riposta in una guaina di cuoio nero con decori in bronzo.

Dimostrava più dei suoi ventisei anni, il Generale – tutti sapevano della sua età così straordinariamente giovane per il comandante di una grande armata. Stava ben eretto in sella, aveva lo sguardo fisso in avanti e un'espressione severa mentre teneva le briglie con la destra, la sinistra appoggiata sull'elsa della sciabola.

Per Luigi fu come un'apparizione, una folgorazione, mentre la folla gridava il proprio entusiasmo, applaudiva fragorosamente e sventolava fazzoletti. «Improvvisamente sono diventati tutti filofrancesi, anzi giacobini» pensò rimanendo invece muto e immobile, come paralizzato, bloccato dallo sforzo di trattenere un prepotente moto di commozione. Non sapeva che intanto un battaglione di fanteria entrato da Porta Ticinese stava marciando verso il Castello per cingerlo d'assedio finché gli ultimi austriaci non si fossero arresi, mentre il Generale e la sua scorta si allontanavano lungo la corsia di Porta Romana diretti verso il centro città.

Per Bonaparte era già stata allestita dai suoi zelanti sostenitori una residenza sontuosa, alle spalle del Duomo, verso Porta Orientale, subito dopo il ponte sul Naviglio, Palazzo Serbelloni. Consegnandoglielo, il proprietario, il duca Gian Galeazzo Serbelloni, si presentò come «cittadino». Sarebbe stato immediatamente nominato presidente della nuova Municipalità insieme a un altro nobile dei più entusiasti bonapartisti, quel conte Francesco Melzi d'Eril che prima era corso a Lodi a omaggiare il Generale vittorioso. Per lui, in previsione di importanti incarichi, già pensava a una più grandiosa e splendida residenza futura, quella dei conti Belgioioso, disposti a concedergliela, che Leopoldo Pollack, allievo di Giuseppe Piermarini, l'architetto del Nuovo Regio Ducal Teatro alla Scala, stava completando nei giardini di Porta Orientale.

«Speriamo che porti anche qui un po' di giacobinismo repubblicano francese e si comporti da liberatore e non da conquistatore come hanno sempre fatto negli ultimi secoli i francesi calati in Italia» disse qualcuno alla destra di Luigi, con un tono piuttosto scettico.

«Ce lo auguriamo tutti» rispose enfatico senza sapere a chi e girandosi per scoprirlo. A formulare questa flebile speranza era stato un giovane sulla ventina, piuttosto alto e asciutto, con una folta e ricciuta capigliatura bruna su un bel volto regolare dal naso dritto e forte e il mento sporgente, vestito con una sobria eleganza che dimostrava la provenienza da una famiglia moderatamente agiata.

«No, signore, non credo proprio che tutti se lo augurino» replicò subito atteggiando il viso a un'espressione vagamente ironica, «certo non se lo augura chi vuole conservare il mondo così com'è, con i suoi privilegi e le sue ingiustizie.» Dopo una breve pausa, lo sconosciuto interlocutore proseguì con un lieve sorriso e un tono sarcastico: «Per esempio, i preti, mio giovane signore. Soprattutto i preti, speriamo che ci liberi dei preti. Ve lo dice uno che ha studiato prima in un collegio di gesuiti a Monza e poi al seminario di Milano in corsia di Porta Orientale; so bene di che pasta sono fatti i preti. Anche se non tutti, lo ammetto, infatti devo al seminario quel poco della mia cultura classica».

«Be', allora concordo con voi, e che ci liberi anche dai prepotenti e arroganti aristocratici, aggiungo, e mi compiaccio per la vostra serena franchezza» replicò Luigi, stupito e soddisfatto per una così esplicita e rara dichiarazione pubblica di anticlericalismo rivoluzionario.

«E pensare che i francesi sono venuti in Italia non per conquistarla ma per creare un diversivo a quello che consideravano il fronte principale, quello con gli austro-russi in Germania.»

«Già, e invece, vittoria dopo vittoria, un giovanissimo

generale, per di più fresco di un matrimonio importante, ha fatto dell'Italia il fronte principale.»

«Matrimonio? Quale matrimonio?»

«Ma come, non lo sapete? Un paio di mesi fa ha sposato la viscontessa Giuseppina di Beauharnais, quella splendida e ricchissima dama che a Parigi tutti chiamano "la bella creola" perché è nata alla Martinica, colonia francese, come Marie-Josèphe-Rose Tascher De La Pagerie. È diventata viscontessa Beauharnais quando ha sposato il visconte Alessandro di Beauharnais dal quale ha avuto due figli, uno di quei nobili convertiti alla Rivoluzione che poi Robespierre ha ugualmente mandato alla ghigliottina. Ha sei anni più di Bonaparte ma si dice che per farli risultare coetanei siano stati falsificati i documenti.»

«Perbacco!» intervenne Luigi, sinceramente ammirato. «Siete informatissimo sul Generale.»

«L'attività che mi è più cara m'impone di interessarmi alle vite dei potenti, materiale per il mio lavoro. Bonaparte è ambiziosissimo, è evidente: per fare carriera un oscuro borghese corso ha bisogno di darsi una patina di nobiltà e magari anche di tanto denaro. A questo gli serve Giuseppina viscontessa di Beauharnais. La quale, oltretutto, è anche molto ma molto disinvolta. E questo, per esempio, è un dettaglio che mi interessa assai.»

«Capisco. Grazie per le informazioni e comunque speriamo che il Generale fresco di nozze vada avanti verso la vittoria finale contro le potenze dell'oppressione e delle ingiustizie. Ma noi, signore, non ci conosciamo, prima accennavate a una certa vostra attività: io sono Gianluigi Airoldi, per tutti Luigi, figlio di Gianarturo, stampatore, col quale faccio un lavoro che molto mi piace.»

«E io sono Carlo Porta, figlio di Giuseppe, cassiere generale della Tesoreria di Stato, padre fin troppo severo, rigidamente monarchico e appassionato sostenitore del governo asburgico; quindi, come capite, queste sono per lui ore tristissime. Il mio lavoro? Molto meno interessante del vostro, sono anch'io impiegato nell'amministrazione pubblica.»

«Ma il vostro nome non mi è nuovo.»

«Vuol dire che siete un giovane molto attento alla vita culturale della nostra città. In effetti sono anche poeta, attore e autore di qualche modesto testo teatrale, da dilettante naturalmente: l'altra attività alla quale accennavo.»

«Ma certo, ora ricordo: tempo fa siete anche venuto nella nostra bottega per far stampare un volumetto di vostri versi. Rammento bene quel lavoro perché quelle poesie mi sono molto piaciute ed erano tutte in stretto vernacolo milanese. E poi, se non ricordo male, quel bell'almanacco. Come l'avevate titolato? Ah, sì: *El Lava piatt del Meneghin ch'è mort*.»

«Era uno dei miei primi lavori. Il primo a godere di una certa diffusione, che voi lo conosciate e ve ne ricordiate mi lusinga.»

«Lo ricordo perché mi è piaciuto molto. Nella nostra città, lo sappiamo, l'uso dell'italiano è raro, tutti parliamo nel nostro bel vernacolo, nelle più luride taverne o nelle più raffinate case dei nobili; ma poesie, versi in dialetto... Certo, canzoni popolari, filastrocche, proverbi, detti tramandati dai nostri nonni, ma poesie...»

«Eppure, caro amico, il dialetto ha più sfumature, è più ricco della lingua letteraria, ha una particolare vena di autorevolezza, di determinazione e insieme di ironia. Per chi fa poesia o teatro, come me, è uno scrigno di preziose opportunità. Comunque speriamo che questi nuovi padroni di Milano mantengano le loro promesse di libertà e uguaglianza.»

«Perché insistete nel chiamarli padroni? Io spero che non vengano per comportarsi come tali, ma da liberatori.»

«Liberatori? Di questo, francamente, dubito alquanto: una volta sistematisi qui da noi sarà molto difficile che se ne tornino a casa loro e men che meno a mani vuote. E in quel caso, se i miei dubbi dovessero avere conferma, be', il nostro dialetto sarà molto utile per manifestare i nostri sentimenti.»

La conversazione andò avanti su questo tono affabile per qualche minuto finché, contenti di essersi conosciuti e della simpatia che provavano l'uno per l'altro, i due giovani si salutarono certi che si sarebbero ancora incontrati.

«Presto ci rivedremo» si congedò Porta, «perché dovrò tornare nella vostra tipografia per darvi dell'altro lavoro.»

«Per me sarà un piacere e vi assicuro che mi occuperò personalmente e con la massima cura dei vostri testi.»

Intanto sotto l'arco di Porta Romana passavano gli ultimi cavalleggeri francesi, la folla cominciava a defluire e anche Luigi si avviò verso casa. Si meravigliò di vedere lungo le strade tanto entusiasmo: fiori lanciati dalle finestre, mantelli o arazzi stesi fuori dai balconi, coccarde e bandiere con i colori *de la République;* in piazza Mercanti addirittura si ballava intorno a un improvvisato «Albero della Libertà». Sebbene fosse anch'egli entusiasta dell'arrivo di Napoleone, quelle manifestazioni gli sembrarono eccessive e poco dignitose.

Prima di salire in casa, Luigi andò nell'officina, sentendosi in colpa per lo scontro avuto col padre e per i modi bruschi e quasi irrispettosi con cui l'aveva lasciato. Entrato nel primo ampio locale, lo trovò chino a controllare il lavoro di un giovane apprendista. Sapeva che rischiava una nuova sgradevole discussione, ma la vista della loro officina, della loro stamperia cancellò ogni timore perché tutto quello che vedeva era la sua vita: suo padre, il lavoro che amava e che sarebbe sempre stato il suo, quell'ambiente attivo e creativo, l'odore della carta mescolato a quello dei metalli e dell'inchiostro... qualunque cosa accadesse fuori, questa era e sarebbe sempre stata la sua vita.

Uno sguardo veloce bastò a Luigi per comprendere il lavoro in corso. L'apprendista, che non aveva più di dodici anni, stava montando le lettere – i glifi in metallo duro, una lega di ferro e carbonio – sulle basi in legno per farne un testo. Più avanti un altro apprendista, forse anche più giovane del primo, usava testi già pronti per imprimere una lastra di rame che avrebbe fatto da negativo su cui colare la lega fusa di piombo e stagno. Si sarebbe così ottenuto il positivo della stampa da mettere sotto il torchio per imprimerlo sulla carta. La fonderia dove nascevano i glifi e la lega da usare per i positivi era fuori, nel cortile, e in fondo, all'angolo più asciutto e riparato, erano accumulati e ben ordinati diversi tipi di carta.

Luigi conosceva bene quella complessa tecnica, molto perfezionata da quando, più di tre secoli prima, l'orafo di Magonza Johannes Gutenberg aveva introdotto la stampa a caratteri mobili. Riconciliato con se stesso, il ragazzo salutò il padre con deferenza, ma Gianarturo, palesemente ancora irritato e molto scuro in volto, non rispose al saluto.

«Se volete, padre, mi occupo io dell'apprendista» disse con tono premuroso, nel vano tentativo di interrompere un imbarazzante silenzio che invece continuò a lungo. Si rivolgeva al padre dandogli del voi e chiamandolo «padre» e non in una forma più famigliare tipica del popolo, perché così pareva si facesse nelle case dei nobili – dove, però, in realtà i rapporti erano spesso molto più disinvolti e affettuosi. Ma quanti ritenevano di essere socialmente più vicini alla nobiltà – notabili dell'amministrazione, artigiani e commercianti di alto livello, appartenenti a potenti corporazioni e antiche gilde ancora attive – s'impegnavano a imitarne i presunti modi, nell'illusione di apparire a essi più simili e più vicini.

Finché finalmente il tipografo diede, con la massima freddezza e senza rispondere al saluto, un annuncio importante.

«Siamo stati convocati con urgenza dal conte Cesare Carminati de' Brembilla perché pare che abbia da affidarci un lavoro.» E dopo una lunga pausa: «Dobbiamo sperare che non sappia delle tue idee e del tuo irresponsabile benvenuto al nuovo padrone francese; il conte Cesare è molto legato agli Asburgo ed è rigorosamente fedele alla corona austriaca, non tollererebbe di avere a che fare con un compare di quei senza Dio. Ecco cosa intendevo quando dicevo che con l'arrivo di quella gente rischiamo di perdere lavoro. O forse saremo obbligati a lavorare solo per loro» concluse in tono desolato.

«Be', non sarebbe poi così male» pensò Luigi, trattenendosi a fatica dal dirlo.

«Non temete padre» disse invece, «so bene come devo

comportarmi.» E, dopo questa risposta vaga, aggiunse: «Ora vado in casa a cambiarmi per mettere gli abiti da lavoro».

L'abitazione degli Airoldi occupava tutto il primo piano sopra l'officina: un appartamento piuttosto grande e ben arredato con mobili eleganti, bei quadri alle pareti e, naturalmente, una ricca libreria. Vi si respirava un diffuso senso di austera agiatezza borghese, quanto permettevano i guadagni di un artigiano di successo. Ci vivevano, oltre a Luigi e a Gianarturo, sua moglie Bianca Mercalli, sua figlia, la bella e dolce Beatrice, di due anni più giovane di Luigi, e la nonna paterna Alessandra, sessantenne in ottima forma, legatissima ai nipoti, autoritario scrigno di saggezza della famiglia. Gli Airoldi avevano avuto un altro figlio, morto, come purtroppo spesso accadeva, pochi giorni dopo il parto tanto difficile da mettere a repentaglio anche la vita di Bianca. C'era stato però il tempo di battezzarlo Pietro, secondo la tradizione col nome del padre di Gianarturo.

II

Giacobini a Milano

Giorni dopo, gli ultimi austriaci uscivano dal Castello per lasciare Milano indisturbati, al comando del vecchio generale Beaulieu su una carrozza perché troppo stanco e malconcio per montare un cavallo. Quella stessa mattina gli Airoldi padre e figlio bussavano al palazzo del conte Carminati, un elegante e grande edificio nel sestiere di Porta Comasina.

«Come vedete, padre, questi aristocratici sono stati lasciati in pace dai giacobini di Napoleone, che forse non sono così feroci come li dipingete» disse Luigi con polemica ironia, indicando il sontuoso palazzo.

Gianarturo, dopo una breve pausa, gli rispose con un sorriso amaro: «Il tuo sarcasmo è fuori luogo, figliolo. Evidentemente non sai cos'è successo a Pavia e a Binasco».

Lo sguardo interrogativo di Luigi ne era la conferma, ma conteneva anche la silenziosa richiesta di sapere a cosa suo padre si riferisse.

«Ricorderai che ieri due giovani contadini della zona di Pavia, figli di un mio vecchio amico, sono venuti a parlarmi.»

«Ricordo benissimo, avevano un'aria turbata, amareggiata, uno con la testa fasciata, e vi siete ritirati in casa, dove siete rimasti a lungo a parlare. Di cosa?»

«Mi hanno raccontato cos'è successo a Pavia con l'arrivo dei francesi il 14 maggio, il giorno prima che entrassero a

Milano. Volevano che la loro storia – uno dei due era ferito, quello con la testa fasciata – fosse narrata, scritta e stampata perché i lombardi ne fossero informati, mi hanno chiesto se conoscessi qualcuno in grado di scriverla e se io fossi disposto a stamparla. L'idea mi piacque subito, mi sembrava un passo di più per diventare un vero editore come desidero da tempo, perciò volentieri stetti a sentirli.»

Gianarturo si fermò ed estrasse qualche foglio dalla sacca di pelle di vitello che aveva sempre con sé, dove conservava le cose a cui più teneva, e cominciò a consultarli.

«Ecco, ho preso degli appunti di quello che i due giovani contadini mi hanno raccontato, potrebbero essere utili se qualcuno, come loro vorrebbero, volesse scriverne per farcelo stampare. I francesi arrivati a Pavia erano molti, almeno seimila, comandati da un generale, un certo Pierre François Charles Augereau, che fu accolto molto amichevolmente e con tante cerimonie dal vescovo Giuseppe Bertieri e dal podestà alla testa di una delegazione di notabili, ma nessun aristocratico. Rassicurato e lusingato dall'inatteso benvenuto, Augereau garantì ai pavesi le proprietà, libertà di culto e rispetto per le persone, lasciando in città tutto come aveva trovato e decise di raggiungere Napoleone che in quei giorni si trovava a Lodi. A presidio nel castello Visconteo di Pavia restarono solo quattrocentoquaranta soldati.»

Luigi ascoltava a testa bassa, interessato ma in silenzio.

«Per farla breve: presto, nonostante i gesti di buona volontà da parte di tutti, le cose si complicarono. Da una parte i fanatici giacobini locali non avevano apprezzato tanta magnanimità del generale, dall'altra cominciarono a circolare voci contraddittorie, forse messe in giro ad arte e destinate solo ad aumentare confusione e disordine. Si diceva di un imminente ritorno degli austriaci e, contemporaneamente, di una requisizione delle terre da parte dei francesi, i quali, peraltro, già avevano razziato dai magazzini e dalle cascine gran parte dei prodotti agricoli e molte bestie da allevamento. Razzie, mi dicono, a cui avevano partecipato anche dei giacobini pavesi.

«Il 24 maggio la reazione popolare della città e delle campagne fu immediata e spontanea: per primi insorsero i contadini di Trivolzio, poi gli altri paesi e villaggi. Alla testa dei rivoltosi a Pavia era un battagliero capomastro, un certo Natale Barbieri. Al grido di "viva l'imperatore, viva la Santa Chiesa" saccheggiarono un deposito di armi e munizioni nascosto dagli austriaci; quindi assediarono il castello Visconteo dov'era asserragliata la piccola guarnigione francese, che reagì con durezza. Ci furono morti e feriti tra le due parti, ma infine i francesi dovettero arrendersi, furono catturati e chiusi nell'ex monastero di Santa Chiara.

«Napoleone, che da Lodi marciava verso est all'inseguimento degli austriaci, mandò nel Pavese settemila uomini con l'ordine di reprimere duramente la rivolta. Il 25 maggio arrivarono a Binasco, la saccheggiarono, la incendiarono e un centinaio di abitanti furono uccisi. Il nostro arcivescovo Filippo Maria Visconti andò a Pavia per convincere i rivoltosi ad arrendersi, ma inutilmente. Il 25 maggio la città fu prima bombardata dall'artiglieria francese, poi invasa da molte migliaia di uomini che colpirono a casaccio chiunque fosse sulla loro strada. La resistenza dei pavesi fu eroica e disperata, ma inutile. I francesi presero a saccheggiare la città: chiese, conventi, il Banco dei Pegni ma anche abitazioni, perfino quelle più povere. Dalla Certosa furono portate via molte opere d'arte, perfino il rame e il piombo dei tetti.

«Nel pomeriggio arrivò Napoleone per controllare personalmente la situazione. Il giorno dopo Natale Barbieri fu fucilato insieme ad altri sette capi della rivolta.

«Questa, figlio mio, la giustizia, questa la libertà e questa la fratellanza che ci portano i tuoi amici francesi» concluse il racconto Gianarturo alzando la voce per la prima volta. «Speriamo solo che a Milano non accada nulla del genere.»

Luigi continuò a non rispondere o commentare, ma pensò che certo i milanesi non sarebbero mai insorti, perché troppo interessati alla pace e al lavoro che l'arrivo dei francesi stava in ogni caso assicurando. Sapevano, per storica esperienza, che un buon governo, anche se straniero – per esempio, il migliore di tutti, quello di Maria Teresa d'Austria, duchessa regnante di Milano, imperatrice consorte del Sacro romano impero – comunque consentiva alla città di crescere. Ma non sarebbero insorti soprattutto perché in maggioranza i ceti borghesi e popolari erano più repubblicani e filofrancesi che filoasburgici. Perciò il giovane Airoldi restò in silenzio mentre un cameriere in elegante livrea apriva l'enorme portone di casa Carminati, in legno di quercia con bassorilievi di scene di caccia intarsiato in ciliegio e decorazioni in bronzo lucidissime.

«Siamo Gianarturo e Luigi Airoldi, tipografi; il conte ci aspetta.»

«Entrate pure, siete attesi, sarete accompagnati dal conte.»

Dai modi e dall'aspetto di quel cameriere era evidente che il parziale entusiasmo provocato dall'arrivo di Bonaparte era decisamente scemato, anche perché i francesi avevano subito imposto una tassa pesantissima, «necessaria per proseguire la guerra all'oppressione», venti milioni di lire. I milanesi, che non avevano certo interrotto le loro normali attività, vollero vedere il bicchiere mezzo pieno, considerando il nuovo balzello «il prezzo della libertà» e non se la presero troppo. Ancora non sapevano che si trattava solo di un anticipo e che altre batoste, non solo fiscali e anche più pesanti, sarebbero arrivate.

Si cominciò col sequestro di tutti i pegni dal Monte di Pietà – più tardi furono restituiti gratuitamente solo quelli sotto le cento lire –, il saccheggio di oggetti di valore e opere d'arte dalle chiese e dalle case dei nobili arrestati, quelli più orgogliosamente ostili come il conte Luca Pertusati di Castelferro e il principe Alberico Barbiano di Belgioioso. Ma si arrivò anche a qualche episodio di repressione violenta, come la fucilazione del parroco anziano del Duomo, Giuseppe Pacciarini, che si era ribellato alla spoliazione della cattedrale. Gesto, questo, molto incauto, che stava per provocare anche una reazione popolare, evitata solo dall'intervento dell'arcivescovo.

La giunta giacobina lavorava alacremente per promulgare, uno dopo l'altro, provvedimenti definiti «repubblicani»: aveva abolito tutti i titoli nobiliari, che però la gente continuava almeno formalmente a rispettare; rimosso i relativi stemmi dai portoni dei palazzi; imposto la demolizione di edicole e altarini negli angoli dei palazzi; cambiato i nomi troppo «aristocratici» di alcune strade come via dei Tre Re che divenne via dei Tre Alberghi, e via dei Nobili via Uguaglianza. Il palco reale della Scala fu convertito in sei palchetti «per il popolo sovrano», anche perché uno dei primi annunci di Bonaparte appena entrato in Milano imponeva che il grande teatro lirico, nato solo diciotto anni prima ma già famoso in Europa, fosse aperto «a tutti i cittadini», mentre fino ad allora l'accesso era riservato esclusivamente all'aristocrazia.

D'altra parte, la costruzione della Scala era stata voluta e pagata proprio dai nobili milanesi con l'acquisto dei palchi. E furono proprio gli aristocratici proprietari di quei deliziosi e discreti salottini, molto apprezzati anche da amanti in cerca di emozioni forti, a utilizzare il ridotto dei palchi per il gioco d'azzardo persino durante gli spettacoli e nonostante il divieto delle autorità austriache, rimosso poi dai francesi, amanti del gioco.

Quell'editto napoleonico, tanto ligio all'*égalité* repubblicana, suscitò un tale entusiasmo – non si sa quanto sincero – che la sera del 15 maggio 1796, il pubblico della Scala, quegli stessi privilegiati ora accantonati, chiesero all'orchestra di eseguire lo *Chant de guerre pour l'Armée du Rhin*, detta poi «La Marsigliese», divenuta inno nazionale della Francia appena un anno prima. Naturalmente, conoscendo poco o ignorando del tutto quel brano musicale, gli orchestrali fecero fatica a eseguirlo, spesso improvvisando, ma l'evento fece molto scalpore, come se si trattasse di un riconoscimento del nuovo potere rivoluzionario.

Anche altre importanti novità dimostrarono che molto stava cambiando: per esempio, per legge fu vietato il licenziamento di domestici e operai. I primi a godere di questa nuova norma, veramente rivoluzionaria per Milano, furono duecento operai dell'industria tessile Kramer, licenziati perché il padrone voleva chiudere per sottrarsi a un pesante contenzioso fiscale. Forti della nuova legge «repubblicana», i lavoratori si rivolsero al giudice, di nomina bonapartista, che li fece riassumere. Fu il primo caso del genere fuori dalla Francia. Molti domestici poi seguirono l'esempio degli operai della Kramer. Con sempre minor successo, però, a mano a mano che i nobili fuoriusciti – i quali, accertato che di ghigliottina neppure si parlava, cominciavano a rientrare a Milano – recuperavano prestigio e potere. Cosa che avvenne abbastanza in fretta.

«Questa magione appartiene alla famiglia Carminati fin dal XV secolo» raccontava Gianarturo al figlio, quasi sussurrando per non farsi sentire dall'austero e silenziosissimo cameriere in livrea che li accompagnava lungo la scalinata che dava al piano nobile. «Da quando Ludovico Carminati de' Brembilla, fedelissimo capitano di Ludovico Maria Sforza, il Moro, lo lasciò per andare a vivere nel vicino palazzo Carmagnola con Cecilia Gallerani, quella dama ritratta da Leonardo quando era amante del Moro che gliela impose come moglie nel momento in cui sposò Beatrice d'Este.»

«Nozze combinate, che bell'affare!» commentò scandalizzato e sarcastico Luigi.

«Non cominciare a fare il rivoluzionario, non in questa casa: sappi che non sempre le unioni combinate finiscono male e non sempre quelle d'amore finiscono bene. La storia dice che comunque quello fu un matrimonio riuscito, se non proprio d'amore certo d'affetto. I due coniugi si rispettarono, fecero tre figli, lei divenne una gran dama, colta e ammirata anche come poetessa molto prolifica. Fu animatrice di un circolo di importanti personaggi della cultura, pensa che ne faceva parte anche Leonardo da Vinci, che, come dicevo prima, pare le abbia fatto quel ritratto voluto dal Moro. Certamente col tempo quei due arrivarono persino ad amarsi.»

Il giovane non replicò; come faceva suo padre a sapere tutto questo? Leggeva molto, moltissimo, la loro casa era piena di libri, certo erano le sue letture la fonte di tante informazioni. Comunque, un po' intimidito, continuò a tacere, anche perché erano ormai arrivati nel salone dove il conte riceveva.

«Attendete qui il conte» quasi ordinò il servitore, con perentoria cortesia, lasciandoli in un salone che a Luigi parve immenso, pieno di stucchi dorati, quadri e mobili barocchi. «Se avrete bisogno di me, sono Filippo, il maggiordomo del conte.»

L'attesa non fu lunga, Cesare Carminati arrivò dopo pochi minuti. Era alto e sottile, naturalmente elegante nella redingote da camera grigia con risvolti blu ricamati d'oro. Il bel volto asciutto era incorniciato da una folta capigliatura bruna e da due favoriti ben curati che scendevano quasi fino al mento. Non dimostrava più di quarant'anni, ma Gianarturo, che sapeva quanto fra le persone informate si raccontava di lui, era certo che ne avesse di più.

Non era solo, lo accompagnava una splendida fanciulla di non più di quindici o sedici anni. Era Elena Carminati, figlia amatissima del conte e della contessa Elide Solbiati, deceduta quando Elena aveva sei anni, partorendo un maschio nato morto. Fu una tragedia che segnò la vita della famiglia: Cesare, che amava profondamente sua moglie, non si risposò più ed Elena crebbe nel ricordo triste e nostalgico della madre che le era mancata e con la quale non era cresciuta; perciò legatissima al padre.

Gianarturo già sapeva tutto questo perché la cuoca di casa Carminati, Rita Ciardi, era cugina di primo grado e molto amica di Zoe Ciardi, la più fedele ed efficiente cameriera degli Airoldi, quasi una governante, e col tempo le aveva raccontato le vicende della famiglia del conte, alla quale, peraltro, era molto affezionata.

Elena era alta, più delle ragazze della sua età, sottile come il padre e ben formata. Aveva lunghi capelli castani con striature più chiare, color del rame, un viso regolare con zigomi alti appena rosei, due grandi occhi nocciola, naso piccolo e labbra carnose, pelle bianchissima e luminosa. «È identica a sua madre» ripeteva il conte a chi si complimentava con lui per la bellezza della figlia. Portava una semplice veste bianca e azzurra stretta in vita da un'alta fascia rosa. Salutò gli ospiti con un leggerissimo sorriso e un cenno del capo.

Dal momento dell'ingresso della fanciulla nel salone – che per lui restò per sempre «il momento della sua apparizione» –, Luigi non era più presente a quanto avveniva intorno a lui, come rapito in una nuvola di estasi nella quale erano solo loro due, lui e quella meravigliosa creatura che gli era improvvisamente comparsa davanti.

Elena notò l'espressione stravolta, gli occhi sbarrati di quel bel ragazzo e, un po' imbarazzata, non seppe come rispondere se non con un altro e più marcato sorriso piegando appena il capo su un lato. In quel momento Luigi seppe cos'era la felicità.

Intanto il conte si rivolgeva ai suoi ospiti con modi che a Gianarturo parvero esageratamente amichevoli: «O è influenzato dal principio di *égalité* portato dai francesi o, più verosimilmente, ha qualcosa d'importante da chiedere» pensò, ricevendo subito conferma del suo sospetto.

«Benvenuti amici, come vedete, a differenza di molti altri nobili io sono rimasto in città, nella mia casa. Noi Carminati non siamo gente che fugge davanti al nemico, non lo abbiamo mai fatto. Vi ho invitati perché in questo momento così particolare per la nostra storia è giusto che dia seguito a un proposito che covo da tempo. Penso, spero che possiate assecondare un mio desiderio che è anche un'aspirazione di mia figlia Elena che vedete qui accanto a me.»

«Siamo a vostra disposizione, signor conte, e della contessina Elena; chiedete pure» rispose subito zelante e ossequioso Gianarturo, mentre Luigi restava rapito nella sua nuvola.

«Ecco di cosa si tratta: già poco dopo la morte della sua amatissima madre, la contessa Elide, per evocarne la memoria e tenere vivo l'amore che provava per lei, mia figlia, ancora bambina, cominciò a tenere una specie di diario, a scrivere pensieri e brevi poesie che però distruggeva subito, forse temendo che io le leggessi, come se se ne vergognasse, per uno strano pudore. Poi questa sua evidente e promettente vocazione si è sviluppata, è cresciuta e con l'adolescenza ha cominciato a scrivere versi a mio parere sempre più pregevoli.»

Pronunciando queste parole, Carminati, sorridente e con sguardo palesemente carico d'amore, si volse a guardare sua figlia che ricambiò il sorriso arrossendo appena e subito abbassando lo sguardo. Assistendo a questa scena, a Luigi venne un nodo alla gola.

«Il mio non è il parere di padre benevolo e accecato dall'amore per la propria figlia, come sarebbe legittimo pensare, ma piuttosto quello di un assiduo lettore di poesia, quale io sono da tempo: conosco e continuo a leggere tutti i classici, dall'Alighieri al Petrarca all'Ariosto al Tasso fino ai più moderni come l'Alfieri e Vincenzo Monti, anche se, lo ammetto, spesso non condivido le idee politiche di questi ultimi. Dunque, proprio perché sono un cultore di Erato, la musa della poesia amorosa, penso che i bei versi della mia Elena non debbano più andare persi o bruciati per un suo eccesso di modestia e di umiltà.»

Elena arrossì ancora, sorridendo.

«Penso, anzi» proseguì Carminati con tono più deciso, come di chi si avviava a concludere, «che debbano restare disponibili per chi vorrà leggerli. Forse, messer Airoldi, comincia ad apparirvi più chiaro il motivo della vostra convocazione.»

«Credo di sì, signor conte, comincio a capire: pensate di far stampare le composizioni della contessina Elena.»

«Proprio così. E siccome avete la fama di essere uno dei migliori stampatori di Milano – se non il migliore come dicono in molti –, ho pensato di rivolgermi a voi per chiedervi se siete disposti a farlo. Naturalmente, oltre a essere ben remunerato, avrete la mia gratitudine. Che ne dite?»

Gianarturo sapeva bene che nel linguaggio di un nobile milanese gratitudine significava protezione, tutela.

«La vostra offerta mi lusinga, signor conte. Sarei onorato di dare alle stampe le poesie della contessina Elena. Vi assicuro che utilizzerei la più pregiata carta fiorentina, il migliore inchiostro cinese e gli spaghi da fili di seta comasca, i più sottili e resistenti, per la cucitura delle pagine. Anche per questo, per ordinare i prodotti di migliore qualità, vi chiedo di farmi sapere quante copie intendete stampare.»

E intanto, eccitatissimo, pensava che per la prima volta veniva incaricato, e da un nobile per giunta, di stampare un'opera inedita: «Certo ora altri poeti, scrittori e pensatori seguiranno l'esempio, e finalmente potrò fare il salto che da tanto tempo desidero: da semplice stampatore a editore».

«Bene, Airoldi, sono felice che accettiate di lavorare per me. Con Elena sceglieremo le poesie da consegnarvi per la stampa, e quando saremo pronti vi manderemo a chiamare. Quante copie, chiedete? Qualche decina, non più di cento, lo decideremo insieme. Ora potete andare, Filippo vi accompagnerà all'uscita.»

Il conte e sua figlia, dopo un breve cenno di saluto, si ritirarono verso il loro appartamento. Un istante prima di scomparire oltre una porta, Elena si volse e lanciò a Luigi un lieve e velocissimo sorriso. Mentre Gianarturo riusciva a stento a controllare l'entusiasmo, suo figlio era quasi in preda al panico.

Dunque, era già finita, la visione già svanita? Quei meravigliosi e troppo brevi momenti di estasi sarebbero rimasti solo un ricordo struggente? E come interpretare quell'ultimo brevissimo sorriso della divina Elena? Completamente stordito e disorientato, per non perdersi affiancò il padre che seguiva Filippo scendendo la scalinata verso l'uscita.

«Riprenditi, ragazzo mio, e toglitela subito dalla testa» gli disse Gianarturo, che aveva capito tutto, appena furono in strada, con una strana espressione del volto fra il severo e il sarcastico e senza neppure guardarlo. «Non sei alla sua altezza, non siamo alla loro altezza.» E proseguirono in silenzio fino a casa, il figlio pensando a Elena e il padre alla sua prossima, possibile e agognata veste di editore.

A Luigi non restò che gettarsi a capofitto nel lavoro, non per dimenticarla – sapeva con certezza che non sarebbe più uscita dalla sua mente e dal suo cuore – ma per riuscire ad andare avanti fino al momento in cui l'avrebbe rivista. Perché l'avrebbe rivista, ne era sicuro. Furono perciò giornate pesantissime, una dopo l'altra in officina dall'alba fino a sera inoltrata, senza soste o interruzioni, sempre in silenzio, mai una parola né per fare una richiesta né per dare un'informazione. Mangiava a fatica un boccone solo la sera, alla cena alla quale la rigida disciplina di famiglia non gli permetteva di mancare.

«Non c'è altro modo per tirare avanti» pensava.

Il padre lo osservava incuriosito, di sottecchi, dapprima quasi divertito, poi preoccupato. Intuiva la ragione di quel comportamento ma non gli disse mai nulla. Chi, dopo qualche giorno, sentì il bisogno di parlargli, fu la mamma. Una sera che si era appena coricato e la lampada era ancora accesa, Bianca venne in camera sua e senza preamboli andò subito al punto, il problema che ormai turbava tutta la famiglia.

«Che ti succede, figlio mio, perché questo accanimento sul lavoro? Se continui così rischi di ammalarti, anche tuo padre è preoccupato; dice che forse è solo una questione di donne.»

Luigi scattò irritato e offeso per questa banalizzazione quasi volgare alla quale Gianarturo, secondo Bianca, aveva ridotto il suo problema.

«No, mamma, non è una questione di donne ma di *una* donna, una sola, la più bella e dolce che abbia mai incontrato e con la quale vorrei passare il resto della vita.»

L'espressione di affettuosa meraviglia con la quale Bianca accolse la notizia indusse Luigi a raccontarle tutto quel poco che, in realtà, c'era da raccontare, comprese le gelide obiezioni di Gianarturo.

«Tuo padre ha ragione, come puoi pensare di avere a che fare con la figlia di un conte? Quelli sono nobili, aristocratici, la gente più importante e potente della città, anche ora che sono arrivati i francesi. Farai bene, figlio mio, a cercare di togliertela dalla testa. E ora dormi, ne hai bisogno, perché hai sgobbato tutto il giorno.»

Ma ci volle tempo perché Luigi si addormentasse.

La notte dopo fu la volta di nonna Alessandra.

«Di questa storia, ragazzo mio, una cosa non capisco: com'è possibile che tu abbia perso la testa per una donna che hai appena visto per pochi minuti e con la quale non hai scambiato una parola? Sarà certamente bellissima ma per quanto ne sai potrebbe essere muta e sorda e perfino completamente stupida. Rischi di andare verso una terribile delusione.»

«Non so spiegarti, nonna, ma io so con assoluta certezza che Elena – si chiama Elena – è perfetta ed è la donna della mia vita.»

«Ma Luigi, hai diciassette anni, come fai a dire queste cose, ad avere queste certezze?»

Il ragazzo non rispose e anche quella notte fece molta fatica a addormentarsi.

Dopo due settimane, un cameriere del Carminati si presentò nell'officina dagli Airoldi.

«Il conte desidera vedervi, vogliate seguirmi.»

«Evidentemente vogliono consegnarci il materiale da stampare» pensò subito Gianarturo, entusiasta del nuovo prestigioso incarico, essere stampatori per un nobile tanto importante. «E poi chi sa, magari dopo le poesie arriveranno nuovi testi, e altri nobili seguiranno l'esempio del Carminati...»

Luigi invece era insieme eccitatissimo e timoroso al pensiero di rivedere Elena: come lo accoglierà? E si ricorderà di lui? Gli rivolgerà finalmente la parola? E poi, quell'indimenticabile sorriso, era davvero rivolto a lui? E cosa voleva dire? A tutto pensava, Luigi, fuorché al lavoro che avrebbe dovuto fare per lei.

Fu, invece, una terribile delusione, perché ad accoglierli per consegnare loro il materiale scelto per la stampa, più di quanto Gianarturo si aspettasse, c'era solo il conte. Elena non era presente. Luigi tornò a casa oppresso da una profonda tristezza mista a rabbia, il cuore schiacciato dal peso di una insopportabile, straziante delusione, come non gli era mai successo prima.

Il tipografo e il conte, invece, ricavarono da questo secondo incontro un'intesa politica che rasentava la complicità, quando si confessarono reciprocamente la loro fedeltà alla corona asburgica, l'ostilità per l'esercito di Bonaparte e per le idee repubblicane e rivoluzionarie di cui era portatore.

«State sereno, Airoldi» lo rassicurava il conte, «sono certo che presto le armate dell'augusto imperatore verranno a liberarci da quest'orda di senza Dio.»

Ma, tornato a casa, Gianarturo proprio non riusciva a stare sereno, e non solo per la presenza sempre più invadente dei francesi, ma soprattutto perché la profonda tristezza di suo figlio lo preoccupava ogni giorno di più. Ora Luigi passava il suo tempo libero, quasi solo la notte, a leggere e rileggere le poesie di Elena, che trovava deliziose e struggenti fino alla commozione, tanto che gli sembrò quasi doveroso dirlo al padre.

«Le poesie della contessina Carminati sono bellissime.» E aggiunse, esagerando e rischiando così di essere meno credibile: «Per noi stamparle non solo è un'opportunità e un buon affare, è quasi un onore».

Dopo pochi giorni, però, accadde qualcosa che restituì a Luigi, se non serenità e allegria, almeno speranza: un lunedì la cuoca del conte, Rita Ciardi, evidentemente su richiesta di Elena, diede una preziosissima informazione, una confidenza, alla cugina Zoe, cameriera degli Airoldi – le due s'incontravano ogni domenica per passeggiare in Corsia dei Servi –, la quale si affrettò a riferirla riservatamente a Luigi.

«Tutte le domeniche la contessina Carminati va a messa nella vicina chiesa di Santa Maria, appena all'interno della Porta Comasina.»

L'Incoronata: così, più brevemente, l'hanno sempre chiamata i milanesi, come la vicina conca da cui parte il naviglio della Martesana. Era una bella chiesa del XV secolo, integrata con l'adiacente convento dell'ordine degli agostiniani e così denominata perché fu consacrata nel 1451 in occasione dell'incoronazione a duca di Francesco Sforza. Luigi non la frequentava, non era la sua parrocchia, ma la ricordava per il suo aspetto singolare, come di due chiese uguali affiancate; un tempio con la facciata doppia, anzi duplicata, quasi replicata. In realtà le due navate erano state costruite in tempi diversi sui resti di due vecchie chiesette, ai tempi di Francesco Sforza, ma una tradizione, molto amata dalla gente di quel sestiere di Porta Comasina, voleva che il duca facesse costruire la prima, quella di destra, come dono per l'amatissima moglie Bianca Maria Visconti, la quale nove anni dopo ricambiò regalandogli la navata di sinistra, identica all'altra, per significare l'unione stretta e l'intesa dei due coniugi.

Tradizionalmente, per i milanesi rappresentava l'amore coniugale e a Luigi questa storia piaceva molto, perché comunque era una storia romantica; perciò, gli sembrò subito di buon auspicio la possibilità di incontrarvi la sua Elena e probabilmente di riuscire perfino a parlarle e cominciò ad aspettare con ansia la domenica.

Ma a quale messa la contessina sarebbe andata? Zoe non lo sapeva, sua cugina Rita non glielo aveva detto: certo non a quella dell'alba, probabilmente alla Messa Granda, quella principale di metà mattina, quella con canti ambrosiani e gregoriani. Tuttavia, per non correre rischi non gli restava che essere presente a tutte le messe, impegno gravoso per chi come lui non era un gran praticante. Inoltre non sapeva neppure se Elena ci sarebbe andata da sola o accompagnata: certamente accompagnata da una cameriera, pensò, ma questo non gli avrebbe impedito di avvicinarla; e neppure se ad accompagnarla fosse stato il padre.

I sei giorni che mancavano a quella che già considerava la più importante domenica della sua vita per Luigi furono ancora giorni di accanimento nel lavoro, interminabili, come le notti insonni, ma finalmente la speranza aveva preso il posto dell'ansia e del tormento. In famiglia tutti notarono l'improvviso cambio d'umore e ne furono sollevati senza saperne la ragione – che solo Zoe conosceva.

A interrompere quella settimana di fremente e ansiosa attesa, arrivò a dargli un po' di respiro una visita inaspettata:

si presentò in officina Carlo Porta, quel giovane poeta che aveva conosciuto il 15 maggio a Porta Romana assistendo all'ingresso trionfale in Milano di Bonaparte.

Luigi si meravigliò molto di quella visita che, sebbene inattesa, gli fece piacere, perché quel Porta gli era stato subito simpatico. Gli sembrava che avesse le idee simili alle sue ma più chiare, forse per il fatto che aveva quattro anni più di lui. Ma perché quella visita?

«Ero curioso di visitare una tipografia, e la vostra è considerata una delle migliori. È un interesse personale, il mio, perché è possibile che un giorno vi chieda di stampare delle poesie, anche se destinate solo ad amici o a una diffusione, diciamo così, clandestina.»

«E perché una diffusione clandestina?» chiese Luigi incuriosito e un po' insospettito.

«Perché sono poesie particolari, naturalmente in lingua milanese ma con tutti i termini volgari e osceni di cui è ricca. Volgari e oscene sono anche certe situazioni descritte con riferimenti offensivi o denigratori a personaggi noti. Con un'attenzione peculiare, naturalmente, al clero che, come sapete, non gode delle mie simpatie: il che comporta anche, quando serve, l'uso di espressioni blasfeme, o quasi. Capite bene, caro amico, che materiale di questo tipo non può essere diffuso liberamente.»

«Certo, che capisco» rispose Luigi divertito, ridendo di cuore. Ma subito aggiunse: «Non credete che stampare certa roba sia pericoloso per voi ma anche per noi? Rischiamo che ci chiudano l'officina e magari che ci arrestino».

«È anche questa la ragione per la quale mi rivolgo a un amico. Non c'è da temere nulla se facciamo le cose con attenzione e riservatezza, se della stampa vi occupate solo voi personalmente. E poi ormai è chiaro che con le idee portate dai francesi, la polizia bonapartista non bada certo a queste cose.»

Dopo una breve pausa come di riflessione, sorridendo aggiunse: «Quei giacobini sono più anticlericali di me. Pensate che stanno già programmando la chiusura di tutti i con-

ora sta a noi coltivare. Certo, stanno accadendo cose gravi ma è innegabile che adesso abbiamo una diversa percezione della nostra identità, della possibilità di conquistare un giorno la nostra unità e indipendenza nazionale; la Repubblica Cisalpina, in fondo, ce n'è sembrata un nucleo fondatore. E poi la riorganizzazione dell'amministrazione, della burocrazia, della finanza...»

«È vero» rispose Porta con un sorriso ironico e amaro insieme, «ora ci possono tassare meglio, in modo molto più razionale. Invidio il tuo ottimismo, amico mio. Spero, anzi, che tu abbia ragione.» E poi, chiudendo la conversazione con un gesto della mano: «Ma basta così, adesso dedichiamoci ai nostri caffè e ai nostri punch».

L'invito fu subito accolto da tutti con entusiastiche espressioni di assenso e si passò a parlare d'altro, soprattutto di donne.

Finché, con l'avvicinarsi dell'ora della cena, il gruppo a poco a poco si sciolse e rimasero solo Luigi e Carlo. Sul tavolo giaceva la copia di un giornale, appoggiata lì da Porta al suo arrivo e fino ad allora ignorata da tutti. Era il «Cittadino Libero», nuovo nome che, provvisoriamente ma prudentemente, con l'arrivo dei francesi aveva preso il «Corriere Milanese», stampato dal 1793 da un importante e detestato concorrente di Gianarturo Airoldi, Luigi Veladini, in contrada Santa Redegonda.

«Perché ti presenti con questo foglio? Dovresti sapere che non corre buon sangue fra il suo stampatore e mio padre che, in realtà, è molto invidioso di lui e non solo per una normale competizione fra imprenditori, ma soprattutto perché quel Veladini è arrivato a fare l'editore, massima ambizione di noi Airoldi. Con l'arrivo dei francesi l'editoria a Milano è esplosa, sia i favorevoli sia i contrari volevano il loro giornale, e poi libri, trattati, manuali, traduzioni da altre lingue, poesie... Veladini ha saputo approfittarne, mio padre non ancora.»

«Ma a proposito di Gianarturo, non mi hai mai raccontato come hai sistemato le cose con la tua famiglia.»

«Nel modo più semplice e diretto: ho informato il mio vecchio che intendevo arruolarmi nella Guardia nazionale. Lui se lo aspettava, ha brontolato, inveito contro i francesi e ha concluso con un aspro: "Fai come vuoi".»

«Tutto qui?»

«Niente affatto. Mi aspettavo anch'io una reazione più dura e infatti subito dopo ha aggiunto che quella naturalmente non poteva essere più la mia casa. Ora alloggio nella piccola caserma organizzata per noi nel vecchio palazzo dei Giureconsulti, dove svolgiamo anche funzioni di vigilanza.»

«Quindi con Gianarturo e con il vostro lavoro hai rotto.»

«Non proprio, perché incredibilmente ha subito aggiunto che avrei potuto andare a salutare mia madre, mia nonna e la mia sorellina – che alla mia partenza, poverina, piangeva disperata – tutte le volte che avessi voluto. Infine, e questo proprio non me lo aspettavo, avrei potuto tornare a casa e in officina quando avessi rimesso, così ha detto, la testa a posto.»

«Tuo padre ti vuole molto bene.»

Porta non riuscì a trattenere un risolino sarcastico.

«E poi ovviamente gli servi in tipografia» aggiunse.

«Al tuo cinismo non riesci proprio a rinunciare.»

«Cinismo o realismo, conoscenza della natura umana? A proposito, e con Elena?»

Luigi s'incupì e abbassò lo sguardo. Raccontò che dopo quell'ultima piovosa sera d'autunno al chiostro dell'Incoronata, nonostante i suoi sforzi e i suoi insistenti tentativi, non era più riuscito a incontrarla. Naturalmente, non fece neppure cenno della loro notte d'amore.

«Era stata chiusa in casa e il conte non le permetteva neppure di affacciarsi a una finestra. Quindi, disperato, ho fatto di tutto per parlare con suo padre. Ho tentato tutte le strade: con Rita Ciardi, la cuoca di casa Carminati, che ci aveva fatti incontrare, e anche con il maggiordomo Filippo che ci accompagnava quando andavamo da loro. Sono stato un giorno intero e quasi tutta una notte in attesa davanti al loro palazzo: niente. Anzi, ho solo fatto precipitare la si-

poca; hanno fatto scolpire un monumento a Bruto in quanto eroe tirannicida ma ora i tiranni sono loro. E comunque quel monumento è veramente brutto».

«Per non dire» si intromise da un tavolo vicino un borghese che aveva seguito la conversazione «di inaccettabili prepotenze e violenze di arroganti ufficiali. Qualche settimana fa un certo generale Ray, per vendicare una presunta offesa, probabilmente un fatto d'amore, un rifiuto o un tradimento, si è lanciato con la sua vettura contro i tavolini di un caffè della Corsia dei Servi, molto frequentato soprattutto da giovani nobiluomini e belle donne.»

«E la Repubblica Cisalpina?» aggiunse un altro di quelli in abiti borghesi seduti con loro. «Doveva essere una "Repubblica sorella" di quella francese, così aveva promesso lo stesso Bonaparte, e invece si è visto subito che, di fatto, è quasi come se fosse stata annessa alla Francia, altro che sorella: una Costituzione copiata da quella francese, per governo un Direttorio cisalpino come quello di Parigi e perfino la bandiera è copiata dalla loro, solo col verde a posto del blu. Ma la loro ha un senso, blu e rosso sono i colori di Parigi e bianco il colore dei Borbone. E la nostra? Decisa l'anno scorso dal Parlamento della provvisoria Repubblica Cispadana copiando quella. E ora si comincia a parlare perfino di coscrizione obbligatoria per avere un piccolo esercito della Repubblica Cisalpina che dia una mano all'*Armée*. Insomma, sorella sì, ma sorella minore: tanto per cominciare è stato creato il piccolo corpo degli ussari cisalpini, riservato a ceti e cittadini – come ipocritamente li chiamano loro – privilegiati, scelti: uniformi fastose e sgargianti, sciabole luccicanti, belle cavalcature, inseriti di fatto nell'*Armée*.»

A parlare con tanto disilluso ma informato scetticismo era stato Carlo Porta che, con Luigi, frequentava regolarmente il locale insieme ai suoi amici e colleghi.

E aggiunse, dopo una lunga pausa dovuta all'arrivo del cameriere che serviva caffè, vin brulé e punch, pure specialità della casa: «Ma cari amici, tralasciate il fatto più grave e triste accaduto dall'arrivo di Bonaparte, pochi giorni fa, il 17 ottobre: il trattato stipulato a Campoformio, tentativo di concludere la guerra con l'Austria. Mette fine alla secolare e gloriosa Serenissima Repubblica di Venezia ceduta agli Asburgo con tutti i suoi territori; la Francia ottiene in cambio il Belgio ma soprattutto il riconoscimento della situazione italiana: chiamiamola pure occupazione, la Repubblica Cisalpina e tutto il resto. Uno scambio indecente avvenuto sulle nostre teste e noi trattati come merce, altro che *égalité*. E poi, secondo me, un grave errore del francese: non ha capito, disprezzandolo, il grande valore, la ricchezza, il patrimonio artistico e storico della Serenissima».

Era difficile obiettare a un'analisi tanto lucida e amara.

«A me poi» aggiunse sommessamente «la situazione di Venezia interessa personalmente, temo che presto, come vuole mio padre, dovrò andare a raggiungere mio fratello maggiore Baldassarre per lavorare con lui all'Intendenza di Finanza della purtroppo non più Serenissima. Ma il mio trasferimento resterà un caso molto particolare e isolato, vedrete che ci sarà anche un forte movimento in senso contrario: molti repubblicani che non vogliono sottostare agli austriaci lasceranno Venezia per venire a Milano. Sono certo, per esempio, che il mio amico Ugo Foscolo, col quale sono da tempo in corrispondenza, sia già in viaggio.»

«Foscolo? Conosci Ugo Foscolo?» chiese Luigi, meravigliato e pieno di ammirazione. «È un poeta ancora poco conosciuto ma che io amo molto: un ribelle, un fiero repubblicano e vorrei tanto che me lo presentassi quando sarà a Milano.»

Naturalmente tutti erano informati del destino di Venezia ma pochi si rendevano conto della gravità del fatto, di cosa significasse, per capire quali fossero realmente i rapporti con quelli che già una volta Porta aveva definito «i nuovi padroni». Luigi ricordava bene quella definizione data dal suo amico quando si erano conosciuti assistendo all'ingresso di Napoleone in Milano, ma non voleva rassegnarsi alla sua visione dei fatti.

«Comunque, caro amico, Bonaparte ci ha portato valori e speranze che prima del suo arrivo non avevamo e che

tuazione perché il conte Cesare, ormai furibondo, ha mandato il suo uomo a intimare a mio padre, quasi minacciandolo, di impormi di smetterla.»

«Senza spiegazioni? Solo per una questione di censo?» chiese Carlo che, in realtà, sapeva qualcosa di più.

Luigi si rabbuiò.

«No, non solo per una questione di censo ma anche perché, lo ha informato, Elena è da tempo promessa al marchese Gian Giacomo Beltrame. Un marchese, chiaro? E poi, ricevere ordini da un cameriere ed essere informati così brutalmente di qualcosa che mi avrebbe fatto male, molto male... Mio padre, uomo fiero e orgoglioso a volte fino all'arroganza, ha mal sopportato quell'umiliazione e, furioso come non l'ho mai visto, non ha fatto che trasmettermi il messaggio aggiungendo un perentorio: "E adesso falla finita". Come dargli torto? Una bella lezione per chi, come me, pensava che la prepotenza dei nobili con l'arrivo di Napoleone avesse ormai i giorni contati.»

Dopo un lungo silenzio arrivò al punto che Porta aspettava.

«Infine, caro amico, puoi immaginare in che stato di prostrazione mi ha precipitato la notizia che Elena era già promessa e, anzi, in procinto di sposarsi. Mi aveva ingannato? Perché non mi aveva mai parlato di questo Gian Giacomo Beltrame? Perché aveva lasciato che mi innamorassi di lei? Ne potevo venire fuori solo con un impegno forte, per esempio arruolandomi immediatamente nella Guardia nazionale giacché con mio padre avevo già chiarito tutto. E così ho fatto, subito, il giorno dopo. Ma ti confesso anche che in realtà da questa dolorosa vicenda non sono ancora uscito.»

«E allora, mio caro Luigi, mi dispiace spargere sale sulla tua ferita ancora così recente e sanguinante, ma non posso non farlo, me lo impone la nostra amicizia alla quale tengo molto. Leggi qui.»

E con una mano gli porse il giornale che fino a quel momento aveva tenuto volutamente ben in vista sul tavolo, indicando con l'altra un articolo a piè di pagina dal titolo *Nozze illustri*. Una rubrica di brevi segnalazioni di cui la prima e meno breve delle altre cominciava così: «Domenica prossima 25 novembre la contessina Elena Carminati de' Brembilla, figlia del conte Cesare, sposerà in Duomo il marchese Gian Giacomo Beltrame di Gavirate, figlio del marchese Rolando».

Luigi lesse, tacendo guardò il suo amico e tornò a leggere quelle poche righe. Quindi restituì il giornale a Carlo rivolgendogli una domanda assurda.

«E adesso? Cosa dovrei fare io?»

«Niente, Luigi, assolutamente niente, in nome di Dio. Mi sembrava giusto, doveroso e soprattutto leale, in quanto tuo amico, informarti e l'ho fatto. Tutto qui.»

«Come ti ho detto, Carlo, sapevo che Elena era stata promessa a questo Beltrame ma non che fossero in procinto di sposarsi. Tu lo conosci, lo hai mai visto, questo marchesino dei miei stivali? Che tipo è?»

«L'ho incontrato una sera durante una riunione dell'Accademia dei Trasformati, un cenacolo letterario che frequentavo con un mio amico, il vecchio Giuseppe Parini. Beltrame, poco più che ventenne, è molto interessato alla poesia e alla letteratura; perciò frequenta quel consesso che per la verità a me ormai sembra un po' lontano dai nostri tempi, roba per nostalgici del barocco.»

«Sì ma non divagare, che tipo è Beltrame, descrivimelo.»

«Bell'aspetto, alto, bruno, naturalmente elegante, com'è facile per uno del suo censo. Parla pochissimo, a me è sembrato molto timido, riservato, come se si sentisse sempre fuori posto, benché quella sera fosse uno dei nobili presenti e notoriamente molto ricco. Se ne stava in disparte, ad ascoltare. Di lui, mi diceva Parini, non si sa quasi nulla: amicizie, storie galanti, corteggiamenti, amorucci giovanili, duelli… niente. È un tipo molto discreto.»

Porta si fermò per un momento, come a riflettere.

«In realtà a me risulta che qualcosa si sa, anzi si dice, solo voci, pettegolezzi: avrebbe una storia segreta, molto segreta, con Mariangela Rovi, ricchissima vedova di Ascanio Rovi, grande gioielliere di contrada Santa Margherita. La sua fa-

a mia madre di farlo entrare: "Sentiamo cos'ha da dirmi". Tremando non solo dal freddo, Federico entrò, i due parlarono a lungo e iniziò, sebbene a fatica, un rapporto che infine, ragazzo mio, portò i tuoi nonni all'altare.»

«Cosa aveva fatto cambiare idea al bisnonno?»

«Disse che se un uomo è tanto determinato da rischiare di morire congelato per la donna che ama, è certo che si prenderà la massima cura di lei e che la farà felice. Come infatti, caro il mio Luigi, avvenne: Federico, grazie al suo impegno, divenne padrone della tipografia nella quale lavorava – una piccola parte di quella che adesso è la nostra –, e la fece crescere. Finché visse, avemmo una vita serena e agiata, ma soprattutto una vita di amore.»

«Perché non ci hai mai raccontato questa tua storia?»

«Pudore, ritegno, discrezione... non so. Anche tuo padre, mio figlio, ne sa poco e non ne parla. Ma capisci perché ora te l'ho raccontata. Per dimostrarti con fatti e vicende che ti riguardano da vicino che quando l'amore è forte e saldo, quando è amore vero vince sempre, anche contro pregiudizi e tradizioni, e soprattutto contro le differenze di censo. Se il tuo per Elena e quello di Elena per te è vero amore, come quello che ti ho raccontato, certamente prevarrà. Sta a voi.»

Luigi rimase a lungo in silenzio guardando la nonna che continuava a tenergli le mani. Poi, sempre silenzioso, si alzò, la baciò ancora e uscì diretto in camera sua. Sapeva che lo aspettava un'altra notte quasi interamente insonne in attesa della domenica, della Messa Granda all'Incoronata, dove avrebbe finalmente incontrato Elena per la terza volta.

IV

Verri, Parini, Beccaria

Dopo le prime settimane di entusiasmo, era subentrato un certo malcontento a causa non solo della pressione fiscale ma anche della leva militare – i milanesi ingenuamente avevano sperato addirittura che fosse abolita –, della razzia di valori e opere d'arte, della deturpazione delle belle chiese ambrosiane che anche i più laici rispettavano se non amavano, per non dire di un certo comportamento arrogante della soldataglia francese.

Gianarturo non aspettava altro per recriminare col figlio bonapartista, per rinfacciargli un infantile eccesso di fiducia nelle reali intenzioni di «Napoleone liberatore»:

«Te l'avevo detto, Luigi. E questo non è che l'inizio, vedrai. Speriamo che anche tutti quei nobili pusillanimi e vili che hanno tradito il loro ceto e la fedeltà all'imperatore Giuseppe, meno esoso e più rispettoso di quanto non sia questo generale, si accorgano del male che fanno a Milano e a se stessi mettendosi al suo servizio.»

D'altra parte, Luigi non voleva ammettere una sua prima delusione e reagì con la saccente retorica tipica del giovane che vuol cambiare il mondo.

«Inizialmente le rivoluzioni sono sempre dolorose, sapete bene quanto sangue è stato versato in Francia e Napoleone ha portato a Milano la rivoluzione che noi non siamo stati capaci di fare.»

Volgari, licenziose e blasfeme, così le aveva definite l'autore e perciò destinate a una «diffusione clandestina». Luigi aprì il quaderno e cominciò a leggere, dapprima ammiccando e sorridendo finché cominciò a ridere di cuore.

«Caro amico, per quel poco che capisco io di poesia, trovo questi tuoi versi non solo scanzonati, divertenti e arguti, ma anche belli, armoniosi. Hai esagerato quando li hai definiti licenziosi e quasi blasfemi: sono solo spregiudicati. Te li stamperemo molto volentieri e, francamente, non meritano affatto una diffusione segreta, riservata. Dovrebbero, invece, essere letti e apprezzati da persone intelligenti e libere. Come ti dicevo, io non sono un esperto di poesia, ma certo tu sei un ottimo poeta.»

Porta era tanto lusingato del giudizio del suo amico che a stento si trattenne dall'abbracciarlo; perciò, la trattativa economica, quanto mai pacifica e cordiale, si concluse molto rapidamente.

Quel clima di confidenza, tuttavia, sembrò a Luigi l'occasione e la condizione giusta per parlare finalmente a qualcuno delle condizioni del suo cuore: di Elena e di quello che provava per lei. Tanto che per la prima volta, forzandosi, disse una parola che non aveva ancora avuto neppure l'animo di pronunciare: amore. Ammise a se stesso e confidò al suo amico di essere innamorato, una condizione a lui sconosciuta perché, pensava, non tenendo conto della sua età, mai gli era capitato prima nulla del genere.

Carlo aveva appena quattro anni più di Luigi, ma di fronte a questa confessione si sentì nella condizione e con la responsabilità del fratello maggiore molto più esperto e saggio.

«Il primo innamoramento è un'esperienza meravigliosa, ne so qualcosa, l'ho provata personalmente e so che bisogna viverla con prudenza, anche se alla tua e forse anche alla mia età la prudenza è impossibile. Comunque ti esorto, caro amico, a vivere con cautela questa tua situazione, questo tuo sentimento.» Luigi lo guardò attento senza replicare, e Carlo continuò: «Le vostre condizioni sociali sono molto lontane, enormemente diverse: lei è di nobile e antico lignaggio, una casata con origini che risalgono a tempi viscontei e sforzeschi, tu appartieni a una famiglia di artigiani abili, affermati e rispettati, certo, ma artigiani, un ceto borghese. Anch'io ne faccio parte, mio padre non è un artigiano ma un funzionario amministrativo. La borghesia diventa sempre più forte, tanto che in Francia ha fatto la rivoluzione, decapitando re e nobili; perciò è odiata e temuta dai nostri aristocratici i quali, consapevoli o no di essere ormai fuori dalla storia, vogliono stare sempre più alla larga da gente come noi, possibili rivoluzionari decapitatori di re e nobili. Vogliono solo servirsi di noi. Qui non abbiamo fatto la rivoluzione ma ce la stanno portando con la forza i francesi: non so se è un bene, ma è così».

Luigi ascoltava in silenzio, un sorriso amaro sulle labbra, negando con leggeri movimenti del capo.

«Insomma, amico mio» concluse Carlo, «non conosco i Carminati ma sono certo che odiano i francesi e i borghesi. Non avrai vita facile con la tua Elena. E poi non dimentichiamo che fino ai nostri giorni i matrimoni sono, se non combinati, almeno assecondati, concordati nell'ambito di ceti, corporazioni, conoscenze. È il mio caso, la mia fidanzata Vincenzina Prevosti è figlia di un gioielliere che ha una bella bottega in contrada Orefici, i nostri genitori sono amici d'infanzia, le nostre famiglie si frequentano da sempre, io e Vincenzina ci siamo conosciuti bambini ed era inevitabile che ci fidanzassimo, nessun contratto o obbligo o imposizione, era nell'ordine delle cose. E ora ci vogliamo bene.»

«Caro amico, il tuo caso non è una norma, non è detto che debba essere sempre così, tanto più che adesso, con l'arrivo dei francesi repubblicani, i titoli nobiliari sono stati aboliti.»

«È solo una questione formale, quasi una finzione perché differenze e distanze ci sono ancora e resteranno, stanne certo.»

«Ma la cosa per me più importante, caro il mio cinico amico, è che io amo Elena perdutamente e sono certo che l'amore è più forte di ogni ostacolo, può superare qualsiasi distanza di ceto e di censo, qualsiasi pregiudizio...»

venti e degli ordini monastici, che a Milano non sono pochi, e l'utilizzo di molte chiese per funzioni militari o amministrative. Per esempio, del refettorio del convento di Santa Maria delle Grazie, dove pare che ci sia un grande dipinto murale di Leonardo, hanno fatto una scuderia. D'altra parte, la soppressione di certi ordini considerati troppo potenti e pericolosi non è un'idea esclusiva dei francesi; come certo sapete, ventitré anni fa quello potentissimo dei gesuiti fu soppresso da papa Clemente XIV su forte richiesta dell'imperatrice Maria Teresa».

«Vedo che col vostro anticlericalismo siete ben informato sulle cose della Chiesa. Avete sentito parlare anche degli agostiniani dell'Incoronata? In questi giorni m'interessa e a suo tempo vi dirò perché.»

«Strana domanda... certo, ne so qualcosa, ho i miei informatori: preti del popolo, come vengono chiamati, più interessati alla fede e a fare del bene che al potere e al denaro. Mi dicono che il convento a Porta Comasina sarà tra i primi a essere chiuso e la chiesa contigua di Santa Maria all'Incoronata potrebbe diventare un ufficio amministrativo. Niente di certo, per ora solo voci, però...»

«Bene» pensò Luigi, «abbiamo tutto il tempo di incontrarci e conoscerci, e pazienza se col tempo Elena sarà costretta a cambiare parrocchia.»

I due giovani si salutarono.

«Presto vi porterò quel materiale da stampare e intanto già vi ringrazio per la vostra disponibilità.»

«Contate pure sulla mia discrezione e prudenza.»

E dopo una settimana di duro lavoro e fremente attesa, arrivò la domenica. Luigi si alzò che era ancora buio per arrivare a Porta Comasina in tempo per la messa dell'alba.

III

Elena

Elena non c'era, non era in chiesa. O, se c'era, fino a quel momento non era riuscito a vederla e stava per cominciare la Messa Granda. Le due navate erano piene di fedeli, i coristi si erano già sistemati dietro l'altare nell'abside, i chierichetti accendevano l'incenso. Luigi era appostato in fondo alla navata di destra. Quando il suono di una campanella annunciò l'ingresso dell'officiante col suo corteo, tutti si alzarono in piedi. Luigi si era appoggiato a una colonna: «Se non la vedo adesso è la fine» pensò, ormai disperato, quando una mano gli toccò la spalla e sentì una voce femminile che sussurrava:

«Buongiorno, messere, sono Rita Ciardi, la cugina di Zoe. Vi prego, seguitemi.»

Si girò e vide una donna non giovanissima, vestita in modo modesto ma molto dignitoso, una donna del popolo seppur di buona condizione. Dopo un cenno di saluto con la testa, con un gesto della mano indicò a Luigi la direzione, verso l'altare. Costeggiarono la parete destra della chiesa fino alla prima porta, aperta a metà navata, che dava sul giardino cintato.

«Uscite messere, c'è qualcuno che vi aspetta. Io vi saluto.»

Appena fuori, Luigi vide una splendida fanciulla con un lungo velo azzurro che le copriva la testa scendendole quasi fino ai piedi. Era Elena, che lo salutò con un lievissimo sorriso. Lui rimase per un attimo sbigottito e imbambolato. Aspettando la messa, aveva visto di spalle quella donna coperta dal velo, ma non l'aveva riconosciuta, d'altronde come avrebbe potuto? La sua fisionomia era completamente nascosta.

Fu lei a salutare per prima. Con quel «salve», che gli penetrò dritto nel cuore, lui sentì per la prima volta la sua voce che gli sembrò dolcissima e musicale. Travolto dall'emozione, rispose al saluto con un mezzo inchino.

«Ho chiesto di incontrarvi» cominciò Elena «per conoscere la vostra opinione su quelle mie poesie che avete da stampare, per sapere se ne vale la pena. E vi prego di essere sincero.»

Dopo un attimo di esitazione, Luigi riuscì a riordinare i pensieri. Lei gli aveva chiesto sincerità, e così si espresse: «Come ho detto anche a mio padre, poter stampare le vostre poesie per noi è un privilegio. I vostri versi, contessina, sono deliziosi e commoventi».

Era l'assoluta verità. Lei reagì con un gran sorriso di soddisfazione e compiacimento:

«Mi farebbe piacere se mi spiegaste le ragioni di questo vostro apprezzamento; cosa di quei miei semplici versi, insomma, vi è tanto piaciuto.»

«Quei versi, contessina, non sono affatto semplici, sono intensi, carichi di sentimento e di sensibilità, dicono molto di più di quanto avete scritto. E poi il loro suono è così musicale, avvincente...»

L'entusiastica spiegazione di Luigi andò avanti finché non fu Elena a interromperlo:

«Vi prego, mi lusingate e spero che siate sincero.»

«Lo sono, dovete credermi, lo sono. E anzi, voglio esserlo fino in fondo. Confessandovi che desidero ardentemente che questo nostro incontro non sia un fatto eccezionale e irripetibile. Spero con tutto il cuore che possa accadere ancora, che possiamo tornare a parlarci.»

Ormai Luigi si era lasciato andare, senza ritegno, eccitato e travolto dal suo stesso entusiasmo per un incontro tanto desiderato. Era stupefatto per aver trovato il coraggio e la sfrontatezza soprattutto di dire le ultime cose che le aveva detto: per averle confessato, insomma, che voleva rivederla, per averle quasi chiesto un appuntamento. Poi tacque, come spaventato dalla sua temerarietà.

Anche Elena reagì a questa richiesta, ma con un lungo silenzio, le labbra atteggiate a un sorriso quasi impercettibile. Finché rispose: «Tutte le domeniche sono qui all'Incoronata per la Messa Granda, e ora lasciatemi rientrare per seguire quello che ne resta, sperando che la Santa Vergine mi perdoni per questo mio ritardo».

Tornando in chiesa, la contessina quasi lo sfiorò mentre si risistemava il velo sul capo. Luigi rimase immobile, come pietrificato dalla meraviglia e dalla gioia incontenibile. Poi uscì dalla chiesa – con l'animo in pace perché di messe, quella mattina, ne aveva seguite più d'una – e prese la strada di casa.

Il giorno dopo, lunedì, andò in officina di buonora, prima che arrivasse suo padre, sempre molto mattutino. Con entusiasmo, si mise al lavoro sulle cento pagine di poesie di Elena da stampare: una poesia per pagina di quella carta pregiatissima fatta arrivare da Firenze per l'occasione; così avevano progettato l'impaginazione, in modo da valorizzare ogni componimento. Fece di tutto perché Gianarturo non notasse quanto era felice – che spiegazione avrebbe potuto dargli? – anche se la settimana che lo separava dal prossimo incontro con Elena gli sembrava di una lunghezza insopportabile.

Per fortuna la sorpresa di una visita graditissima interruppe quel clima di insofferente attesa: mercoledì mattina, venne inaspettatamente a visitarlo a casa Carlo Porta.

Dopo essersi calorosamente salutati e avere scambiato commenti, non tutti positivi, sulle prime mosse dei francesi a Milano, Porta consegnò al suo nuovo amico un quaderno di quelli scolastici.

«Queste le poesie delle quali ti ho parlato quando sono venuto a trovarti in officina.»

«Sì, sì, so benissimo quanto potere, quanta forza si attribuisce oggi all'amore, leggo anch'io poemi e romanzi che vanno tanto di moda, sarà come tu dici. Comunque, per dirla tutta, io di unioni fra un borghese e una nobile non ho notizia; semmai tra un nobile e una borghese, ma solo se lei è bellissima e ricchissima.»

Con quest'ultima sorniona malignità tipica di Porta, presi gli ultimi accordi per la stampa dei suoi versi, il poeta si congedò lasciando Luigi deluso dal cinico pessimismo dell'amico, irritato e turbato. E tale restò, di pessimo umore, per tutta la giornata. A sera, tornato a casa, dopo la cena andò, come faceva sempre, nella camera di nonna Alessandra per augurarle la buonanotte. L'anziana signora, ancora vitalissima e di bell'aspetto – dimostrava meno dei suoi 65 anni –, era al lavoro, intenta a ricamare gli orli delle lenzuola per il corredo della piccola Beatrice. Appena adolescente, ci sarebbe voluto ancora qualche anno per il matrimonio della sua dolce nipotina, ma la preparazione accurata di un vasto e raffinato corredo degno dell'amatissima figlia di Gianarturo, richiedeva molto tempo e Alessandra vi si dedicava con passione e perizia.

Tuttavia, nonostante tanto impegno, appena Luigi entrò nella camera della nonna, dalla sua espressione lei notò che qualcosa non andava. Ne chiese conto al nipote, il quale le si sedette di fronte e ben volentieri le riferì tutto, dall'amore per Elena al pessimismo di Carlo Porta. Aveva bisogno di sfogarsi, certo di ricevere rassicuranti parole di saggezza.

Infatti, dopo un breve silenzio, Alessandra prese le mani del nipote e cominciò a raccontare.

«Avevo sedici anni ed ero perdutamente innamorata di Federico, tuo nonno, e a tutti i costi volevo sposarlo. I miei genitori, però, non ne volevano sapere: lui lavorava da operaio in una tipografia e mio padre era uno stimato funzionario dell'amministrazione finanziaria del Ducato, impensabile che sua figlia andasse sposa a un umile lavoratore di una stamperia. Non c'erano nobili di mezzo, ma la divisione per ceti valeva ugualmente; mio padre, infatti, stava cercando di combinare un matrimonio col figlio di un ufficiale della gendarmeria, suo amico. Comunque, era impensabile che la figlia di un funzionario ducale e imperiale, regnante ancora la compianta Maria Teresa, sposasse un ragazzo d'officina. Per mio padre sarebbe stato uno scandalo concedere la mano di sua figlia a un operaio.»

Luigi seguiva interessatissimo e costernato.

«Lo scontro fra me e la mia famiglia fu durissimo» continuò Alessandra, «io non volevo saperne di sposare quel tipo che oltretutto proprio non mi piaceva – brutto, tozzo e altezzoso. Ma non cedetti, minacciai perfino di farmi monaca dalle carmelitane scalze e di scappare di casa. Da parte sua, mio padre minacciò di farmi portare con la forza all'altare dai gendarmi amici suoi.»

«Cose ridicole, nonna.»

«Cose che raccontate oggi sembrano ridicole, specialmente dopo l'arrivo dei repubblicani francesi che tanto parlano di *égalité,* ma cose che allora facevano male, molto male, sia a me sia a mio padre e a mia madre, povera donna, che in quelle settimane di liti e punizioni non faceva altro che piangere. Federico, intanto, cercava in tutti i modi di parlare con mio padre, lo implorava di riceverlo, ma lui non accettava neppure di vederlo.

«Finché» proseguì dopo una pausa, «un giorno di febbraio, Milano era coperta di neve, il mio moroso si mise in piedi immobile davanti alla nostra casa minacciando evidentemente di voler restare lì finché non fosse stato ricevuto. Passò così tutta la notte mentre io, nella mia camera, non chiusi occhio, disperata. Verso l'alba, mia madre, ormai senza più una lacrima da piangere, all'insaputa del marito che fingeva di ignorare la situazione, uscì in strada e portò a Federico, seduto per terra nella neve, una coperta e una tazza di brodo caldo. Passò così un'altra giornata.»

Ancora una sapiente pausa.

«Al tramonto, mio padre cedette: all'idea di un'altra terribile notte, non solo per il povero ragazzo, ormai quasi congelato e con chissà quali tragiche conseguenze, disse

ta di una Repubblica autonoma e indipendente, non possiamo non partecipare personalmente a questo processo, quando partiranno gli arruolamenti dovresti essere anche tu dei nostri.»

«Il tuo speranzoso entusiasmo mi commuove, amico mio, ma temo che quel piccolo esercito nostrano di cui parli, se mai si farà, servirà solo a combattere le guerre del Bonaparte e sarà messo ai suoi ordini, altro che Repubblica indipendente. E poi, io non posso abbandonare la mia carriera tristemente impiegatizia, mio padre mi disconoscerebbe, già ora preme perché raggiunga mio fratello Baldassarre a Venezia per lavorare con lui nell'Intendenza di Finanza. Resisterò finché potrò ma so che infine dovrò cedere e lasciare Milano. Tu puoi capire quanto questo mi addolorerebbe.»

Passò così quella settimana di ansiosa ma anche euforica attesa.

Finalmente arrivò la domenica della risposta, la sperata e temuta risposta di Elena che Luigi aspettava alla sua improvvisa e, temeva, forse improvvida dichiarazione d'amore, della quale ormai quasi si pentiva.

Tornarono nel chiostro del convento degli agostiniani e andarono a sedersi sulla stessa panca di pietra. Dapprima si guardarono a lungo, in silenzio, entrambi un po' imbarazzati, finché a parlare fu lei.

«Ebbene, anch'io vi amo» gli disse con un filo di voce, prendendogli la mano, come aveva fatto lui.

Seguì un altro lungo silenzio. Luigi, emozionatissimo e quasi tremante, trovò finalmente la forza di dirle: «State facendo di me l'uomo più felice del mondo».

Dopo un altro lungo silenzio fu ancora lei a prendere l'iniziativa, passando a dargli del tu: «Ora, se vuoi, puoi baciarmi».

Benché sconvolto da un'iniziativa tanto improvvisa ma soprattutto temeraria – una donna che propone a un uomo di baciarla, non si era mai visto –, Luigi pensò solo che non poteva farla aspettare e la baciò appoggiando delicatamente le sue labbra su quelle di Elena. Il contatto gli provocò un'emozione tanto intensa, quasi sconvolgente, che a lungo non riuscì a staccarsi da lei.

Era l'inizio di un grande amore. Seguirono altri incontri e altri baci, prima ogni domenica nello stesso luogo, poi passeggiando nelle strade della zona, dalla Conca dell'Incoronata o dal Ponte delle Gabelle alla basilica di San Marco e lungo l'alzaia del Naviglio Martesana, spesso approfittando, per baciarsi sempre più appassionatamente e per scoprire i loro corpi accarezzandosi sempre più audacemente, di angoli bui, rientranze nella parete di un palazzo della zona, un portone sempre aperto.

Finché, anche con la complicità della cuoca di casa Carminati, quella Rita Ciardi, affezionatissima a Elena che aveva visto nascere e che già molto aveva fatto perché i due s'incontrassero, riuscirono a vedersi anche in altri giorni della settimana, approfittando delle assenze del conte Cesare per viaggi nel suo feudo di antica provenienza in San Giovanni in Croce, vicino a Cremona. In tutte le occasioni, approfittando di luoghi appartati che Luigi riusciva a scovare, il loro rapporto diventava sempre più intimo e i loro baci sempre più lunghi, intensi e profondi.

Col passare del tempo, tuttavia, un problema grave incombeva sulle teste dei due innamorati, che però fingevano – ma solo fingevano – di ignorarlo. Come e quando avrebbero potuto informare i rispettivi genitori del loro rapporto? E poi, quale futuro li attendeva? Su questo punto le prospettive dei due divergevano: Elena lo sapeva, Luigi no.

Lei sapeva che per il suo avvenire, il conte suo padre aveva già progettato tutto da quando era bambina, come spesso si faceva nelle famiglie aristocratiche: avrebbe sposato il marchese Gian Giacomo Beltrame di Gavirate al quale era stata promessa, che conosceva e frequentava dall'infanzia. Impegno di cui Luigi non sapeva nulla, Elena non gliene aveva parlato.

Lui, invece, era pienamente cosciente della forte contrarietà di Gianarturo a qualsiasi unione o rapporto con la figlia di un nobile, conosceva la sua rigorosa e intransigen-

so frequentato anche dal Verri diede vita alla bella avventura editoriale di stampo, per l'appunto, illuminista che fu la rivista "Il Caffè", che io leggevo con famelico interesse. Bella, sì, quell'avventura, ma breve, purtroppo durò solo un paio d'anni.»

Fece una piccola pausa per placare l'entusiasmo che stava montando.

«E soprattutto furono amici e collaboratori di quel Cesare Beccaria, che forse voi avete conosciuto, morto appena due anni fa, che con il suo rivoluzionario – sì, è proprio il caso di definirlo così – saggio giuridico dal titolo *Dei delitti e delle pene* è stato per noi ragazzi, non ancora proprio giacobini, un faro di civiltà. Vi si auspica, pensate padre, addirittura l'abolizione della tortura e della pena di morte. Uno scritto che continua ad avere un gran successo in tutta Europa.»

Luigi fece un'altra pausa, stavolta aspettando e temendo una reazione del padre.

«Materiale, padre, che oggi avremmo potuto stampare noi, anche se voi non condividete una parola. E comunque dovremmo essere orgogliosi che la nostra città sappia dare vita a consessi tanto intelligenti e creativi e alle loro opere, nonostante l'arcigna censura austriaca.»

«Sì, Luigi; senza saperlo, o forse perfino sapendolo, quei circoli, con le loro opere, hanno preparato la rivoluzione, cioè l'arrivo dei francesi: diversi padroni, diversa ma pur sempre arcigna censura. Chissà se ora sono soddisfatti» insinuò malignamente Gianarturo. «Comunque» aggiunse subito per evitare discussioni politiche in famiglia, «quello che a noi interessa è che ci propongano dell'altro lavoro. Parini e Verri sono ottimi clienti e quasi amici, li ho portati perfino a parlare di politica, non è stato difficile. Sai che fanno parte della Municipalità, e devo ammettere che sono tra i meno fanatici in quella consorteria di repubblicani filofrancesi arrabbiati; perciò, con me si sono lasciati andare, credo volentieri, a indiscrezioni e anticipazioni.»

«E cosa ti hanno detto di tanto riservato?»

«Ebbene, impegnandomi al segreto, che certo non manterrò, mi hanno raccontato che con Melzi d'Eril, il più bonapartista della Municipalità, sono andati dal Generale a sondarne le intenzioni, rappresentando le preoccupazioni dei milanesi; e francamente credo che me ne abbiano parlato perché in realtà vogliono che si sappia in giro. Naturalmente Napoleone li ha rassicurati anticipando loro l'intenzione di fare della Lombardia una Repubblica sorella – proprio così avrebbe detto, sorella – di quella francese, creando subito una non meglio definita Guardia nazionale. Al comando di questo nuovo corpo i nostri due clienti, delegati segreti, proposero di mettere due milanesi per moderare l'egemonia francese e fecero due nomi che Bonaparte accettò: Gian Galeazzo Serbelloni, molto gradito al Generale, affiancato da Pietro Teulié, un avvocato milanesissimo nonostante il patronimico francese, repubblicano bonapartista della prima ora, come tutta la sua famiglia. Poi ha intenzione di arruolare una Legione lombarda, una vera formazione militare da incorporare nell'*Armée*. Questo mi ha raccontato il Parini, tornando non proprio tranquillizzato dall'incontro con Bonaparte.»

Luigi taceva.

«Il fatto è, figlio mio, che con un esercito straniero in casa, sul nostro futuro, sul destino delle nostre terre non possiamo avere alcuna certezza.»

Luigi non replicò oltre e si allontanò quasi offeso.

Ma ormai, più che al comportamento dei francesi, ai progetti di Bonaparte per Milano e alle fosche previsioni di Gianarturo, Luigi pensava ai giorni che mancavano al secondo incontro con Elena all'Incoronata.

Per rendere sopportabile quell'attesa lavorava perfino più del solito, tenendo bene a mente la bella lezione di nonna Alessandra: «Se è vero amore certamente prevarrà» e lui sapeva che il suo era vero amore, quindi, si rassicurava, non poteva che trionfare.

La attesissima domenica arrivò. Luigi entrò in chiesa con largo anticipo sull'inizio della messa, sistemandosi in vista dei due portali d'ingresso per essere certo di riuscire a

te visione della separazione in censi della società, visione che esprimeva con questo motto: «Ciascuno al suo posto e sarà bene per tutti». Era convinto, infatti, che l'unione fra un borghese e una nobile – ma non viceversa, situazione vantaggiosa per entrambi – avrebbe danneggiato più il primo, soprattutto se ricco, perché col tempo la nobile avrebbe utilizzato, dilapidato – per la verità Gianarturo diceva «depredato» – le ricchezze del marito borghese riducendolo in miseria. Luigi pensava che in fondo si trattasse di un modo di ragionare non molto diverso da quello dei borghesi parigini, quasi tutti benestanti – avvocati, commercianti, banchieri, medici, artigiani – che avevano ispirato e organizzato la Rivoluzione francese.

Inoltre, né suo padre né Elena sapevano della sua intenzione di arruolarsi nella Guardia nazionale. Come avrebbero reagito? Immaginava facilmente l'ostile e forse furiosa reazione paterna ma della sua amata non sapeva neppure cosa pensasse della presenza dei francesi e delle loro idee repubblicane.

Intanto Gianarturo aveva già consegnato al conte un certo numero di copie del volume delle poesie di sua figlia che Carminati gli aveva ordinato. Una splendida edizione: raffinata carta fiorentina di Pineider, impaginazione elegante, il titolo *Le Poesie di Elena* impresso sulla copertina in morbidissima pelle di capretto con prezioso inchiostro cinese: tutto come aveva promesso. Il conte aveva pagato senza eccepire il lavoro particolarmente costoso. L'autrice ne andava orgogliosa e ne portava sempre un volume con sé, anche perché era frutto del lavoro di Luigi.

In autunno, con l'arrivo delle prime piogge e della nebbia, i loro incontri diventarono più difficili e più rari. Luigi cominciò a temere che il loro rapporto si raffreddasse, già Elena gli sembrava un po' distratta, talvolta persino elusiva. Pensò, perciò, che, per evitare un allontanamento – non sia mai, non voleva neanche pensarci – fosse arrivato il momento di rendere il loro rapporto più agevole e frequente. Cosa che sarebbe stata possibile solo se ne avessero finalmente informato i rispettivi genitori: basta con la clandestinità. Una decisione temeraria, la sua, neppure immaginava quanto, un'impresa durissima.

Quando, in una sera grigia e piovosa si incontrarono nel chiostro dell'Incoronata, sulla panca di pietra dove lui l'aveva baciata la prima volta, ne parlò a Elena: le comunicò, con entusiasmo e timore insieme, il proposito di mettere le rispettive famiglie a parte del loro amore. Lei dapprima restò immobile, come pietrificata, ma poi subito reagì, si oppose con una forza che Luigi non si aspettava, quasi con ostilità. Gli disse che sapeva con certezza che informare il conte della loro relazione avrebbe scatenato un conflitto per lei insopportabile, suo padre le avrebbe imposto di troncare immediatamente quella storia arrivando, se l'avesse ritenuto necessario, perfino a chiuderla in casa. Inoltre, pensò subito – e questa sarebbe stata la conseguenza peggiore –, avrebbe dovuto rivelare all'uomo che amava l'impegno matrimoniale con Gian Giacomo. Insomma, una catastrofe.

Luigi fu tristemente colpito, esterrefatto da una sua reazione tutt'a un tratto così violenta, quasi isterica. Non riusciva a spiegarsela, era un comportamento che da Elena non si sarebbe mai aspettato. La vide andare via senza poter aggiungere una parola.

Poi accadde qualcosa che non fece che confondergli ancora di più le idee.

Un mattino di pochi giorni dopo, al termine di uno dei loro consueti incontri diventati ora più freddi e quasi imbarazzati, inaspettatamente dopo quella sua reazione, al momento del congedo lei gli diede uno strano appuntamento: subito dopo il tramonto a un ingresso laterale del palazzo Carminati, un portoncino di servizio generalmente usato dai fornitori della casa. Lui, che proprio non si spiegava quell'invito – ma era un invito? – passò le poche ore di attesa al lavoro in tipografia ma distratto da un sentimento di ansiosa e insieme speranzosa aspettativa. Era appena arrivato al luogo dell'incontro quando lei scese ad aprirgli e facendogli segno di tacere lo prese per mano.

vedere Elena prima dell'incontro concordato. E finalmente lei comparve.

Ormai era estate e aveva sul capo un velo molto lieve che le scendeva sulle spalle e sulle braccia coperte da un bel vestito leggero: un corpetto azzurro con maniche molto larghe, un'ampia gonna di un raso bianco crema con intarsi azzurri e un'alta fascia rossa in vita. Luigi, ricordando anche l'incontro precedente, notò con ammirazione l'eleganza sempre sobria ma raffinatissima di Elena e pensò che anche la sua educazione non potesse che essere altrettanto raffinata: in realtà non faceva che rimarcare a se stesso tutte le buone ragioni e le virtù che ne facevano la donna perfetta.

Immediatamente, però, si pose un problema al quale non aveva pensato nei giorni trascorsi nell'attesa di quell'incontro: come avrebbe dovuto comportarsi? Cosa avrebbe potuto dirle? Ma soprattutto, cosa si aspettava Elena da lui?

Intanto, anche lei lo aveva notato e con un sorriso lievissimo sulle labbra si avviava verso la porta laterale che dava sul giardino contiguo, il luogo del loro primo incontro. Quando lui la raggiunse, lei lo prese per mano evidentemente con l'intenzione di condurlo altrove, ma quell'improvviso contatto lo sorprese e lo emozionò al punto di non consentirgli di rispondere al suo «Buona domenica», perché il cuore gli saltava nel petto, il fiato gli mancava e la bocca era talmente secca da non permettergli di parlare.

«Venite, andiamo nel chiostro degli agostiniani, lì saremo più tranquilli.»

Lei lo guidò ad aggirare l'abside per passare sull'altro lato della chiesa, entrarono nel chiostro, attraversarono il bel giardino al centro del quale giganteggiava una maestosa quercia secolare e andarono a sedersi su una delle panche di pietra sotto il portico.

«Dunque i miei versi vi sono piaciuti» esordì lei che continuò a parlare della sua passione per la poesia, dei suoi poeti preferiti non solo italiani ma anche latini e perfino francesi e tedeschi conosciuti con l'aiuto dei suoi educatori. Luigi, ammaliato dalla sua voce dolcissima e musicale, la lasciò parlare annuendo appena con la testa, e riuscendo solo a emettere qualche suono di generica ammirazione. Andarono avanti così per qualche minuto quando, improvvisamente, come risvegliato, lui le prese la mano, la baciò con la massima delicatezza e disse quasi sussurrando:

«Elena, io vi amo.»

Ora fu lei a tacere, a lungo, fissandolo con espressione di meraviglia, quindi come estrema delicatezza ritrasse la mano che lui le teneva e, attenta a non dargli la sensazione di respingerlo, con dolcezza gli disse: «Mi cogliete di sorpresa, ma vi prego, lasciatemi andare a casa a vincere il mio stupore e a riflettere su ciò che mi avete detto. Domenica prossima ci rivedremo ancora e ne parleremo».

Si alzò e, dopo averlo salutato con un cenno del capo e un bellissimo sorriso, se ne andò. Luigi rimase come pietrificato, chiedendosi come gli era potuto accadere di dichiararsi così improvvisamente, in quel modo che ora gli sembrava quasi brutale. «E ora» si chiedeva, «come potrò sopravvivere questa settimana che mi separa da una sua risposta?»

La risposta la trovò ancora una volta nel lavoro, la tipografia Airoldi aveva da stampare le poesie di Elena – e questo in qualche modo gli dava la sensazione di averla vicina – e quelle del Porta, che, polemiche ma argute, gli davano un po' di buon umore e sollievo, incuriosito, per di più, dall'uso ricco ed elegante che il suo amico faceva del vernacolo milanese – «Come non si sente neppure in certi palazzi dell'aristocrazia» gli spiegava Gianarturo «che pure si fanno vanto di parlare nel modo migliore la nostra lingua.»

Porta, anzi, in quei giorni andò almeno un paio di volte in officina a dare le sue indicazioni sul lavoro, sull'impaginazione e sul corpo dei caratteri da usare, e anche queste visite e le argute chiacchierate che provocavano un po' distraevano Luigi, dandogli sollievo. Fu durante uno di quegl'incontri che confidò all'amico che stava seriamente pensando di andare ad arruolarsi in quella Guardia nazionale che il Generale stava costituendo.

«È evidentemente un'operazione che prelude alla nasci-

di queste cose e non ho avuto mai modo di spiegarle quali sono i valori della Rivoluzione che i francesi portano qui da noi, *liberté, égalité, fraternité.*

E invece la situazione gli apparve ancora più grave quando Elena gli disse che il conte suo padre aveva un «rapporto speciale» non solo col governatore, l'arciduca Ferdinando d'Asburgo-Lorena, ma addirittura, per l'importanza del suo feudo, con l'imperatore duca di Milano, dal quale era spesso ricevuto per questioni riguardanti il governo del territorio. «Dunque» pensò Luigi, «Carminati era stato uno dei più autorevoli delegati del potere austriaco in Lombardia, cioè il padre della donna che amo rappresenta quelli che più odio.» Fu un nuovo, imprevedibile e insopportabile colpo al cuore.

Ma questa rivelazione di Elena gli ricordò improvvisamente di avere trascurato un altro passaggio importante del suo progetto: non aveva ancora parlato con suo padre dell'intenzione di arruolarsi nella Guardia nazionale. Omissione inconsapevole o autocensura per evitare lo scontro? Insomma, sembrava proprio una mancanza di coraggio, quasi una forma di viltà. Era certissimo infatti che mai Gianarturo avrebbe approvato quella scelta che avrebbe potuto scatenare uno scontro in famiglia. Per non dire – pensò anche – del suo matrimonio con la figlia di un conte, una unione inaccettabile e impossibile.

Per la verità, conflitti veri e propri fra padre e figlio non ce n'erano mai stati: dissensi o divergenze sì, perfino discussioni politiche, talvolta anche animate ma comunque di rado e soprattutto sul lavoro. Già, il lavoro, la tipografia: arruolandosi avrebbe dovuto lasciarla, abbandonare suo padre da solo con ordini e clienti che, grazie a Dio, continuavano a crescere e con la sua ambizione di diventare editore. Anche a questo, a una cosa tanto importante come il lavoro, stranamente non aveva pensato e la prospettiva di abbandonarlo gli sembrava insopportabile, quasi un delitto.

Con Elena quella volta si lasciarono tristi e confusi, senza baciarsi, con l'amara sensazione di avere rotto o quanto meno danneggiato qualcosa di prezioso e insostituibile, per avere volutamente ignorato fino a quel momento un grosso ostacolo, un grave impedimento sulla strada che volevano percorrere insieme. Per la prima volta, insomma, Luigi temette di poterla perdere.

Scacciò immediatamente, e irritato con se stesso, quel pensiero perché non riusciva neppure a immaginare una vita senza Elena. Tornando a casa si tormentava alla ricerca di un modo per evitare questa cupa prospettiva, per confermare una volta per tutte, ancora più forte e neppure scalfibile, l'amore della sua vita.

Pensò che per cominciare non restasse che informarne Gianarturo – non chiedergli il permesso ma informarlo – della sua ferma intenzione di unirsi a Elena per sempre: sì, di sposarla. E giacché c'era, considerando le due condizioni inseparabili, metterlo a parte anche della decisione di arruolarsi nella Guardia nazionale. Dopodiché, e questa del suo folle piano era la parte più difficile, terribilmente più difficile, avrebbe trovato il modo di arrivare al conte Cesare per chiedergli la mano di sua figlia.

Le resistenze e i ripensamenti di Elena? Era certo che si trattava di paure, di una sorta di panico di fronte a una imprevista e inattesa prospettiva che non aveva ancora preso in considerazione: paure, panico che sarebbe riuscito a vincere con la forza dell'amore. La totale contrarietà di suo padre il conte per di più fedelissimo all'imperatore? Se non ce l'avesse fatta a vincere anche quella, seppure con dolore sarebbe andato avanti lo stesso. Non sapeva ancora come, ma era certo che sarebbe andato avanti.

«Mio padre è nel feudo di San Giovanni in Croce» gli disse come per rassicurarlo, «non torna prima di domani sera», e, senza parlare, lo condusse in camera sua. Luigi era sbigottito, quasi spaventato, cominciò a capire e il cuore gli saltò in gola. Lei tentava, senza riuscirci, di essere rassicurante. Si sedette sul letto, troppo vasto per una fanciulla e coperto da una grande imbottita di seta rosa, cominciò ad aprirsi la scollatura della veste azzurra, un semplice abito da casa, poi a togliersi la fascia blu che le stringeva la vita; quindi, prese ad aprirsi il corpetto e continuando molto lentamente e timidamente a spogliarsi senza guardarlo, finché sussurrando gli disse: «Devi essere gentile con me, è la prima volta».

Anche per lui, ormai terrorizzato, era la prima volta ma non glielo confessò. Per fortuna, presto al timore e all'emozione si sostituì il desiderio febbrile, e finalmente Luigi decise di prendere l'iniziativa. Poi la natura ma soprattutto l'amore aiutarono i due giovani inesperti.

Ancora non albeggiava, lei era sotto le coperte quasi completamente nuda – non aveva avuto il coraggio di spogliarsi del tutto – quando, dopo averla baciata un'ultima volta, lui uscì per tornare a casa. Elena rimase a pensare: questa sua prima volta non era stata come l'aveva immaginata, amiche e cameriere le avevano parlato di un piacere che però non era arrivato; forse non ancora, pensò. Comunque, era stato bello, aveva sentito dentro di sé tutto l'amore dell'uomo che presto avrebbe dovuto lasciare per sposare un altro, e questo molto la intristiva. Tuttavia, infine, era felice di averlo fatto. Doveva farlo, doveva darsi a lui con amore e con gioia prima che la loro storia finisse.

Luigi, che non poteva sapere, prese quello che voleva essere un dolcissimo addio per un arrivederci. Comunque, tornando a casa anche lui pensava a quanto fosse stata bella quella prima volta. Era felice che fosse accaduto e per iniziativa di Elena.

Già, ma perché lo aveva fatto? E dopo quella reazione al chiostro dell'Incoronata, poi... Sì, era felice che fosse accaduto ma qualcosa in fondo a quella bella storia lo inquietava anche perché lei non gli era sembrata, né prima né durante né dopo, veramente serena, contenta di quanto aveva voluto che accadesse.

Ma certo, ora capiva, ora era chiaro: era l'incertezza del loro futuro, del futuro del loro amore a turbarla. Ora sapeva cosa doveva fare: dare finalmente sicurezza e solidità alla loro storia coinvolgendo le famiglie. Lei doveva sentire che insieme avevano un avvenire d'amore, era di sicuro questa la ragione che l'aveva spinta a darsi a lui: insomma, doveva sposarla. E gli era anche chiaro che lei non era pronta all'inevitabile scontro col padre, perciò doveva prepararla, gradualmente, lentamente, dolcemente ma ci sarebbe riuscito.

D'altra parte, quello che era appena accaduto tra di loro ormai lo obbligava a sposarla. Era necessario, dunque, parlarle dei suoi progetti. A cominciare della sua determinazione di arruolarsi appena possibile nella Guardia nazionale e quindi, di conseguenza, di sue probabili lunghe assenze da Milano. Doveva informarla e mettere tutto in chiaro prima.

Quando lo fece, ottenne l'effetto opposto.

«No, Luigi, no! Anche questo no! Tu con quelli, con quei repubblicani che devastano e dissacrano le chiese, razziano i nostri tesori e la nostra arte? In Francia hanno decapitato centinaia di nobili, quando cominceranno a farlo anche qui da noi? Quando toccherà a mio padre e poi magari anche a me? Insomma, ti rendi conto con chi ti stai mettendo?»

Fu un colpo terribile per Luigi, che impallidì, sbigottito. Questo proprio non l'aveva messo in conto: Elena era dunque un'accanita monarchica, ferocemente antifrancese e antigiacobina. Prevedibile? Certo, forse avrebbe dovuto aspettarselo dalla figlia di un conte, come immaginare però che la sua anima gemella, la donna con la quale intendeva trascorrere l'esistenza, fosse così lontana da lui in politica, cioè nella visione del mondo e delle speranze per il futuro di Milano e dell'Italia?

Ma no, cercò subito di rassicurarsi, semplicemente non siamo stati abbastanza insieme, non abbiamo mai parlato

V

Gli amici del caffè

Gli ultimi giorni di quel novembre del 1797 erano eccezionalmente freddi e nebbiosi, anche per una città come Milano. Quella sera alcuni tavoli della bella ed elegante sala del Caffè Nuovo al Leone – rinomato locale all'inizio della corsia di Porta Orientale, subito dopo il monumentale ingresso in pietra bruna del Seminario Arcivescovile – erano occupati, come di consueto, da alcuni chiassosi ufficiali francesi. Era una clientela abituale di quel locale molto alla moda tutto velluti e legni pregiati, noce e ciliegio, cristalli preziosi, lampadari sontuosi, decorazioni in bronzo, posaterie in argento; frequentato dalla nobiltà e dalla nuova, ricca e ambiziosa borghesia milanese; apprezzato, oltre che per la cortese efficienza del personale di sala, soprattutto per il ricercatissimo ed esclusivo caffè alla *pànera*, servito con una crema particolare aromatizzata con erbe rare e cosparsa di cacao. Ma la clientela abituale apprezzava molto anche i punch alla frutta, spesso con l'aggiunta di grappa o brandy. Inoltre, dopo una certa ora nelle sale ai piani superiori si giocava clandestinamente d'azzardo fino all'alba, opportunità che attirava anche una clientela danarosa.

La ragione principale dell'assidua presenza nel Caffè Nuovo di ufficiali dell'*Armée d'Italie* era però la possibilità, se non la certezza, di incontrare o almeno di poter ammirare e corteggiare le belle ed eleganti signore milanesi che non mancavano mai e molto raramente erano accompagnate.

A un tavolo un po' in disparte sedeva un gruppo di giovani milanesi. Alcuni, poco più che ragazzi, indossavano le uniformi nuove di zecca della Guardia nazionale, quella sorta di gendarmeria civica da poco istituita sul modello di quella francese per volontà di Bonaparte che intendeva farne il nucleo originario di una futura forza italiana da affiancare all'*Armée*. Le loro divise, infatti, erano molto simili a quelle francesi. Fra loro, Luigi Airoldi il quale, spinto dall'entusiasmo rivoluzionario e patriottico, superando, anzi ignorando le forti resistenze famigliari, si era arruolato appena era stata costituita la più grande Repubblica Cisalpina che comprendeva la Lombardia, gran parte dell'Emilia e porzioni marginali di Veneto e Toscana. L'atto di nascita era stato firmato cinque mesi prima, il 29 giugno, nel quadrato dei portici del Lazzaretto, divenuto piazza d'Armi, nel sestiere di Porta Orientale. Milano ne era stata proclamata la capitale e il verde bianco e rosso ne era il vessillo, colori già adottati dalla precedente, provvisoria e più piccola Repubblica Cispadana.

Mentre ai tavoli dei soldati francesi l'umore era ottimo, si rideva rumorosamente, si parlava ad alta voce e si cantava anche perché oltre al caffè si beveva brandy fornito d'ufficio dall'*Armée*, al tavolo dei giovani milanesi era pessimo.

«Ormai è passato più di un anno dall'arrivo di Bonaparte, nel quale tanto speravamo ma, ammettiamolo, fino a ora è una vera delusione» lamentava Luigi a bassa voce, quasi sussurrando, «ci hanno promesso *liberté, égalité, fraternité* ma tutto il potere è nelle loro mani; anche la nostra Guardia, che si definisce nazionale e lombarda, è ai loro ordini; della Repubblica controllano l'amministrazione, le finanze pubbliche e le tasse continuano ad aumentare.»

Intervenne un commilitone di Luigi seduto accanto a lui: «In piazza Duomo hanno eretto il cosiddetto Albero della Libertà, quello ufficiale, non quello messo lì in qualche modo dai primi giacobini nostrani all'arrivo dei francesi, una specie di orribile obelisco sormontato dal cappello frigio simbolo della Rivoluzione, ma di vera libertà se ne vede

Visconti conte di Rho – con buona pace del Bonaparte che i titoli li ha aboliti –, so che sta preparando una raccolta di suoi pensieri. Ne aveva già proposto un titolo: "Pensieri di un buon vecchio" o qualcosa del genere. Forse vuole portarcela per la stampa ma non so se riuscirà a completarla perché pare, purtroppo, che sia molto ammalato: quasi in fin di vita, si dice.»

«Mi dispiace per il Verri; comunque, evidentemente è gente che si fida di noi» osservò Luigi «ed è ottima cosa, da andarne orgogliosi e per le occasioni di lavoro che ci può offrire.»

Si riferiva alla rete di conoscenze, ai rapporti politici: infatti col fratello minore Alessandro, con Giambattista Biffi, con Luigi Lambertenghi e altri, Pietro Verri aveva fondato l'Accademia dei Pugni, detta ironicamente così per quanto erano animate le discussioni politiche e giuridiche che vi si tenevano, della quale Luigi ricordava di aver visto un bel ritratto di gruppo fatto da Antonio Perego.

Ad arricchire quel sistema di legami – Luigi ne intuiva l'esistenza ma conosceva solo qualcuno dei personaggi che lo componevano – c'era poi la prestigiosa *École de Milan*: circolo di geniali giovani e giovanissimi – tranne il decano Verri – che si riuniva in un appartamento al pianterreno di un palazzo in contrada del Monte, dove Verri viveva malvolentieri con la famiglia con la quale non aveva mai avuto buoni rapporti.

«Figliolo, mi sembri molto informato su quell'ambiente: per ragioni politiche o professionali?»

«Le une e le altre» rispose Luigi sorridendo, «perché molti giovani come me, ma non solo i giovani, sono interessati a certe idee, si sono formati e informati a certe fonti, a certi scritti ma anche con certe frequentazioni. Un fenomeno che forse vi sarà sfuggito.»

«Parli del cosiddetto illuminismo?» chiese Gianarturo fingendo di non cogliere l'ironia ma con un'espressione quasi di disgusto.

«Certo, padre, di quello parlo. Per esempio, quel conses-

Tuttavia, Luigi stesso ormai percepiva che la situazione stava creando un certo allarme anche tra i più entusiasti: nobili più o meno disinteressatamente filofrancesi, come Melzi d'Eril e Serbelloni, scrittori, poeti, artisti, sognatori e idealisti. Fra quanti, insomma, come lui, avevano sperato che Napoleone avrebbe portato, oltre all'uguaglianza, anche libertà e indipendenza. Mentre ora alcuni temevano perfino l'annessione diretta della Lombardia alla Francia, come era evidente che presto sarebbe accaduto al Piemonte sconfitto, che aveva già dovuto cedere Nizza e la Savoia.

E una rivelazione che, replicando, gli fece Gianarturo, ebbe l'effetto di accrescere le perplessità di Luigi.

«Ricordi, figliolo, la visita, tempo fa, di quei due nostri importantissimi e anziani clienti, i fratelli Pietro e Alessandro Verri?»

«Certo che ricordo, padre; ambedue convinti illuministi quasi settantenni, forse ora un po' superati dai tempi. Pietro, il più vecchio, è autore di una bella *Storia di Milano*. Saranno venuti a proporci dell'altro lavoro, immagino.»

«Vedremo. Intanto del vecchio abate Parini, loro amico» ricordò Gianarturo, «del quale tutti conoscono soprattutto quel poemetto satirico, *Il giorno*, scritto ormai più di trent'anni fa e rimasto incompleto, ebbene del Parini abbiamo appena finito di stampare una integrazione delle sue *Odi*, dopo anni.»

«E mi pare che non abbia ancora finito di pagarci. Non è certo ricco, adesso vive nel palazzo di Brera, l'ex convento della Congregazione degli Umiliati e ora sede delle Scuole Palatine, dove insegna per mantenersi appena dignitosamente. Ha due cattedre al Ginnasio nello stesso palazzo di Brera: di Principi generali di belle lettere e di Eloquenza. Mi dicono che abita in un appartamento composto di appena due piccole stanze con vista sull'Orto botanico. Non è detto che prima o poi non ci porti a stampare la parte ancora inedita del *Giorno*.»

«Chissà, ma non fantastichiamo. Per ora, quanto al vecchio Pietro Verri» aggiunse Gianarturo, «in realtà Verri-

miglia, oltre alla lussuosa casa in corsia di Porta Romana, possiede una vasta tenuta con una splendida villa quasi in Brianza, appena fuori le mura, dove talvolta riunisce degli amici – ne conosco qualcuno – per serate di poesia e musica alle quali Gian Giacomo è sempre presente. Lei ha una decina d'anni più di Beltrame ma è ancora molto bella, è una donna colta e affascinante. Si dice che lui ne sia perdutamente innamorato. Ma, come ti dicevo, solo voci, illazioni, pettegolezzi, che mi arrivano dai miei amici che frequentano le sue serate in villa.»

Luigi ascoltava costernato.

«Già, voci, pettegolezzi di cui tu sei molto bene al corrente. E nonostante questa storia, lui sposerebbe ugualmente Elena?»

«Be', se il padre glielo impone... Sai che in quel tipo di famiglie non c'è la possibilità di disobbedire, si rischia di essere perfino diseredati e poi non mi sembra che lui abbia il carattere per farlo.»

Lo sguardo nel vuoto, le mani strette con le dita intrecciate appoggiate sul tavolo, Luigi taceva e dopo un silenzio tanto lungo che Porta trovò penoso e imbarazzante, comunicò le sue intenzioni.

«Ebbene, io quel giorno sarò in Duomo per assistere a questo... a questo matrimonio. Non posso perdermelo.»

Inutilmente il suo amico tentò di dissuaderlo: «Non farlo, non andarci, amico mio, pensaci bene, ti prego». Continuò a esortarlo e infine quasi lo supplicò, quando si salutarono.

Luigi in effetti ci pensò molto ma non cambiò proposito.

Quella domenica entrò nel Duomo in anticipo sull'orario previsto per le nozze. In fondo alla cattedrale c'era già una piccola folla in attesa, gente delle due famiglie degli sposi. Non poté non andare con la memoria a un'altra occasione, non lontanissima nel tempo, in cui, in un'altra chiesa milanese, l'Incoronata, stette ad aspettare Elena per il loro primo incontro. Fu preso da uno strano doloroso sentimento di rabbia e rimpianto insieme.

L'addobbo del tempio per la cerimonia era sontuoso ed

elegante. Ai lati della grande navata centrale correvano due lunghissime decorazioni floreali composte da gigli, begonie bianche e rose bianche, dal grande portale d'ingresso fino all'altare maggiore. Ghirlande bianche sospese tra le maestose colonne. L'ultimo percorso dai gradini di accesso all'altare fino al ciborio era coperto da un lunghissimo tappeto fatto di candide pelli di agnello.

I candelabri erano già tutti accesi e Luigi, che conosceva bene l'interno della cattedrale, notò che quelli d'argento, i più belli e preziosi, evidentemente requisiti dai francesi, erano già stati sostituiti con altri in bronzo – di disegno più recente ma non meno belli, a suo parere –, come anche mancavano, probabilmente per la stessa ragione, alcune sculture e dipinti dalle cappelle e dagli altari laterali. «Non è un gesto degno di chi porta libertà e uguaglianza, questo è un saccheggio» pensò Luigi con una certa irritazione. «In tutti questi anni gli austriaci non hanno portato via una pietra. Quando la guerra sarà finita chiederemo la restituzione di tutto.»

Dall'esterno cominciò a giungere un fragore di carrozze dei nobili invitati in arrivo e il brusio della folla di curiosi che da tempo stazionava sulla piazza in attesa di assistere allo spettacolo, ormai raro, di un corteo del patriziato milanese e lombardo: una forma di ammirata curiosità popolare che le riforme imposte dal Bonaparte non erano riuscite a eliminare.

La folla degli invitati, piuttosto numerosa – «Evidentemente non solo nobili» pensò Luigi – cominciò a entrare andando a sistemarsi davanti all'altare secondo un ordine rigorosamente predisposto.

All'improvviso il tempio si riempì del suono grandioso ed esaltante del famoso, immenso organo Valvassori, senza pari nelle chiese della cristianità, dicevano con orgoglio i milanesi. Note solenni, gioiose ed esaltanti insieme per annunciare l'ingresso del corteo nunziale.

Ed ecco lo sposo, Gian Giacomo, alto, magrissimo, folti e lunghi capelli castani, il volto di un pallore che a Luigi sembrò innaturale in una simile situazione, accompagnato dai genitori.

Il padre, il marchese Rolando alla sua destra, alto, corpulento, di aspetto severo, con una grande capigliatura di riccioli bianchissimi che proseguiva in due lunghi favoriti; indossava l'uniforme dei Cavalieri dell'Ordine del Santo Sepolcro di Gerusalemme e la relativa spada al fianco sinistro, come il rango gli consentiva. La madre Giulia, alla sinistra dello sposo, ancora molto bella, elegantissima in una preziosa veste di seta azzurra e un meraviglioso diadema sulla fronte, i capelli raccolti in una lunga treccia bionda che sulla schiena le scendeva fino alla vita.

«Le nostre nozze, amore mio, certo non sarebbero state così» pensò amaramente Luigi.

Davanti all'altare erano sistemati due inginocchiatoi tappezzati di velluto rosso. Gian Giacomo andò a sistemarsi davanti a quello di destra, in attesa della sposa, che a quel punto entrò.

Era al braccio del padre, il conte Cesare. Indossava un sontuoso abito di broccato bianco con un lungo strascico retto da tre bambine. Luigi all'inizio notò solo che era bellissima, ma subito dopo si accorse che anche il suo splendido volto appariva di un pallore innaturale, e quell'ombra di sorriso risultava forzato. Lentamente e con solennità, padre e figlia marciavano verso l'altare.

A quel punto, quasi trafitto da una strana, dolorosa forma di pudore, di vergogna, capì che aveva commesso un grave errore: non poteva, non doveva e in realtà non voleva assistere a quel matrimonio, arrivare a vedere Elena accanto a quello che stava per diventare suo marito, diventare sua per sempre. Perché insistere nel farsi volontariamente tanto male?

Precipitosamente, uscì da una porta laterale.

VI

Porta, Foscolo, Monti

Porta s'impegnò molto a distrarre Luigi, a combattere certe sue crisi di rabbiosa tristezza, a tenerlo lontano da tutto quanto potesse ricordargli quello che per lui era stato un vero e proprio trauma esistenziale: il matrimonio di Elena. La frequentazione del Caffè Nuovo divenne perciò quotidiana. Tutte le sere erano lì con i loro amici ai quali, portato da Parini si era aggiunto un romagnolo quarantatreenne, Vincenzo Monti, inizialmente accolto con una certa diffidenza perché proveniva da Roma dove, prima di spostarsi su posizioni rivoluzionarie, aveva assecondato e servito la politica reazionaria dello Stato della Chiesa.

«Ci vorrà tempo per dimenticare certi suoi lavori, come la famigerata *Bassvilliana*, imbarazzante apologia del linciaggio di un diplomatico francese a opera di una feroce e ignorante plebaglia papista» aveva spiegato Porta agli amici del Caffè Nuovo prima dell'arrivo del contestato poeta. E poi, sorseggiando il suo punch preferito, quello all'arancio a cui faceva aggiungere qualche goccia di grappa della Valtellina, aggiunse: «D'altra parte, amici, bisogna dargli atto che se ha deciso di lasciare il comodo e redditizio rifugio romano, dev'essere davvero cambiato. Tenete presente che è stato portato a Milano con la carrozza e la scorta messa a sua disposizione dal generale Auguste Marmont, valoroso ufficiale dell'*Armée* molto stimato da Bonaparte. Anche se, per la verità, si dice che il generale, più che a Monti e alle sue idee, sia interessato a sua moglie, la bellissima ventottenne attrice Teresa Pikler. Ma questi pettegolezzi romani ci lasciano del tutto indifferenti, credo. Monti ce lo porta Parini, di cui tutti ci fidiamo, quale referenza migliore?».

«Comunque a noi le contorsioni politiche, i ripensamenti di un amico, quali che siano, devono interessare poco» aveva replicato Luigi. «Ci basti pensare alle famiglie dalle quali proveniamo, non sono certo covi di bonapartisti» aveva aggiunto con una certa amarezza pensando, in realtà, oltre che alla propria, anche alla famiglia di Elena. Un atteggiamento, dunque, il suo, più riflessivo, realistico e meno fazioso, cambiato a causa della crescente disillusione per la politica francese e per il comportamento di Napoleone: liberatore o conquistatore? Democratico repubblicano o tiranno? Erano in molti ormai a chiederselo.

Anche quella sera, erano gli ultimi giorni di novembre, Monti venne accompagnato da Parini, come quando si era presentato la prima volta. Si parlò molto di cosa veramente fosse la Repubblica Cisalpina, del comportamento dei francesi a Milano e della strategia di Bonaparte anche nei confronti della politica di Parigi.

«La campagna d'Italia doveva essere un diversivo per agevolare l'azione dell'*Armée du Rhin* contro i Prussiani» spiegò Parini «e invece, grazie al genio militare di Bonaparte, è diventata operazione principale e di maggior successo e ha fatto del Generale l'uomo forte della Rivoluzione, tanto che adesso a Parigi il Direttorio lo teme, preoccupato dal suo crescente prestigio.»

«Per questo» aggiunse Monti «dobbiamo temerlo anche noi, dobbiamo temere che voglia fare dell'Italia la base della sua scalata al potere, il piedistallo del suo monumento.»

«Sono d'accordo» assentì Porta, «basti pensare a come ha cinicamente e, lasciatemi aggiungere, volgarmente barattato con l'Austria la secolare, gloriosa Repubblica di San Marco in cambio del riconoscimento della situazione in Italia, di cui ormai evidentemente si considera il padrone.»

Intervenne Monti che aveva appena ordinato al cameriere «un caffè dei vostri».

«A questo proposito ho una buona notizia da darvi, buona almeno per me. Nei prossimi giorni si unirà a noi Ugo Foscolo.»

La reazione del gruppo di amici fu di rumoroso entusiasmo.

«Ci siamo conosciuti qualche settimana fa a Bologna, dov'ero di passaggio diretto a Milano in fuga da Roma. Ebbene, come sapete, perché vedo che siete informati su di lui, dopo la cessione della sua amata Venezia all'Austria, anche Foscolo, benché ormai ostile a Bonaparte, ha deciso di venire qui. Prima, durante il ritorno degli austro-russi, si era arruolato nella Guardia nazionale, poi ha un po' peregrinato da Padova a Bologna, dove si è fermato per dare alle stampe una sua opera; peraltro, stando a quello che mi dice, ancora incompiuta.»

«Marsigli, dall'editore Marsigli» intervenne Luigi come improvvisamente raggiunto da un ricordo dopo una breve riflessione. «Mio padre, che spera di diventare anch'egli editore un giorno, per ragioni di lavoro è in rapporti epistolari con questo Marsigli, il quale gli ha riferito di un'opera ancora incompiuta affidatagli da Foscolo, che definisce "uno scapestrato". Pare che si tratti di una sorta di romanzo epistolare che dovrebbe finire col suicidio di un certo Ortis, Jacopo Ortis. Ecco: *Ultime lettere di Jacopo Ortis* dovrebbe essere il titolo dell'opera. Se mai riuscirà a completarla. Intanto pare che il Marsigli, a sua insaputa l'abbia data da completare a un certo Angelo Sassoli. Un'iniziativa arbitraria e molto scorretta.»

«Comunque, figura sempre più interessante, questo Foscolo» commentò Porta.

«Prometto di presentarvelo nei prossimi giorni» assicurò Monti.

Altre manifestazioni di entusiasmo.

«Mi fa piacere vedere come accogliete la notizia» intervenne Parini, «perché in questi giorni Foscolo è mio graditissimo ospite; non potevo permettere che se ne restasse in quella stamberga nella quale aveva trovato posto appena giunto a Milano, male in arnese e con le tasche vuote.»

«Be', quanto meno vi fa compagnia» commentò Luigi.

«È proprio così. Facciamo delle lunghe passeggiate, nonostante la mia età: gli mostro la città e lo faccio volentieri perché è un conversatore irruento ma molto interessante. Per un vecchio è sempre piacevole passeggiare scambiando idee e opinioni con un giovane. Comunque dobbiamo dargli una mano a trovare un lavoro adatto a lui e che gli consenta di vivere dignitosamente. Milano è una città molto costosa.» Quindi, accennando un sorriso sornione, aggiunse: «Ma attenzione amici, Foscolo non ha ancora vent'anni ed è già rinomato, celebrato e soprattutto invidiato come un irresistibile *tombeur de femmes*, come dicono i francesi; un rubacuori, come più romanticamente e ipocritamente diciamo noi. Le donne lo trovano irresistibile, anche se a me con quella testa grossa e il naso lungo non sembra particolarmente bello. Tuttavia, evidentemente quella criniera rossiccia, folta e scompigliata, quell'aria da ribelle e da disperato, quel fascino mediterraneo e veneziano insieme, oltre alla reputazione di poeta maledetto, tutto depone a suo favore presso le dame. Non dimenticate, infatti, che viene da Zacinto o Zante o come diavolo si chiama quell'isola greca appartenuta a Venezia».

E dopo una brevissima pausa, forse dettata da un tardivo desiderio di discrezione: «D'altra parte, egli stesso mi ha raccontato di avere avuto la migliore iniziatrice all'arte di amare. Appena sedicenne, a Venezia ha conosciuto Isabella Teotochi Albrizzi, scrittrice, anche lei di origine greca, bellissima, intelligente, molto colta, di grande fascino. La carriera erotica di un giovane non potrebbe cominciare meglio».

«Insomma, una splendida nave scuola, come i marinai genovesi definiscono queste generose signore iniziatrici» commentò Porta. Gli amici reagirono con una fragorosa risata, solo Parini mostrò con una smorfia di non aver apprezzato la battuta per lui troppo militaresca.

«D'altra parte» aggiunse il vecchio abate con un tono

come di nostalgia, «non è ancora ventenne... be', insomma, con tutto questo non è difficile capire perché piaccia tanto alle donne. Nelle sue peregrinazioni per l'Italia, da quando è partito dalla sua isola ha lasciato dietro di sé una lunga scia di cuori infranti e dame piangenti.»

E dopo una brevissima pausa di incertezza: «Ma questo nostro futuro amico ha anche un altro problema, oltre a quelli di cuore, questo ben più grave: è un accanito giocatore, un vizio – perché di vizio si tratta – imperdonabile per uno squattrinato».

«Comunque, presto lo conosceremo e vedremo che tipo è e forse ci accorgeremo che averlo qui con noi è una buona cosa anche per lui» concluse Porta per passare sopra il suo ultimo pettegolezzo che non tutti avevano apprezzato e insinuando l'impressione di sapere qualcosa di più su Foscolo.

Queste lunghe chiacchierate con gli amici del Caffè Nuovo a Luigi facevano piacere perché, oltre a permettergli di dimenticare per brevi istanti Elena, si sentiva arricchito dalle opinioni di persone evidentemente molto più colte e informate di lui. Tuttavia, gli lasciavano la sensazione, il sapore amaro di una delusione, della perdita di una speranza politica e personale. Perciò a momenti era preso da una sottile nostalgia del focolare domestico, dal desiderio di rivedere la sua famiglia. Sapeva benissimo che avrebbe potuto ripresentarsi a casa in qualsiasi momento, non era stato un addio. «Puoi tornare quando vuoi, questa è casa tua e questo è il tuo lavoro», così, con amarezza, lo aveva salutato Gianarturo quando gli aveva comunicato di avere scelto l'avventura napoleonica. Ma Luigi non voleva tornare in famiglia e in officina ma soprattutto non voleva umiliarsi ammettendo, confessando d'avere sbagliato, anche perché nel suo cuore e nella sua mente le cose non stavano così, sapeva di non avere commesso un errore, che la sua personale scelta politica, arruolarsi nella Guardia nazionale, era stata giusta.

Semplicemente sentiva il bisogno di rivedere le persone che amava. Gli sarebbe bastato riabbracciare quella che gli era più cara, la sua sorellina, la piccola dolce Beatrice, anzi «la Bea», come tutti la chiamavano.

Una di quelle sere, perciò, prese quasi inconsapevolmente la strada di casa, dirigendosi verso Porta Orientale.

Arrivato sotto l'abitazione che era stata, anzi che sentiva ancora la sua, andò sotto la finestra della camera di Bea. Ricordava che a quell'ora, nel tardo pomeriggio, don Augusto, il monaco benedettino di Santa Maria delle Grazie insegnante di latino e greco, terminata la sua lezione era andato via e lei si dedicava alle sue letture preferite. Luigi sapeva che la sua sorellina leggeva molto e questo gli piaceva, lo inorgogliva, anche se temeva che letture prolungate dopo il tramonto, alla luce delle lampade, potessero danneggiarle la vista.

Ma Bea preferiva stare a leggere accanto all'ampia finestra che dava sulla strada e dalla quale in questa stagione arrivava a godere del tramonto. E infatti, eccola, la sua Bea; la vedeva bene attraverso i vetri indorati dalla luce del crepuscolo, china su un libro aperto sul tavolo sistemato sotto la finestra, la testa bionda appoggiata alla mano sinistra mentre con la destra si accingeva a girare la pagina.

Luigi raccolse un sassolino dall'aiuola che circondava la casa e lo lanciò contro la finestra colpendo un vetro. Lei guardò giù, lo vide, agitò le mani con gioia per salutarlo e poi gli fece segno come per dire: «Aspettami, arrivo».

Lui non ebbe il tempo di intimarle di restare lì, di non muoversi, perché la ragazza stava già scendendo le scale riuscendo a non farsi notare dai suoi. In realtà, nonna Alessandra, che viveva nella camera accanto alla sua, aveva seguito tutto, fin dall'arrivo di Luigi, con sorridente tenerezza.

I due fratelli si abbracciarono forte, con gioia, ridendo. Poi lui si staccò, tenendo la sorella per le braccia per guardarla meglio, con un'espressione di meraviglia.

«Sorellina, ricordavo che eri bella ma...»

«E ora non lo sono più?» replicò lei, fintamente contrita.

«Ora, piccola Bea, sei bellissima, sono bastati pochi mesi per fare di te una delle più splendenti fanciulle di Milano, chissà quanti corteggiatori.»

«Ma no, niente di serio» si schermì lei con un sorrisetto un po' ipocrita.

«Impossibile, non ci credo. Comunque quando ci sarà qualcosa o qualcuno di importante voglio essere il primo a saperlo. Ma ora dimmi che novità ci sono in famiglia.»

Luigi prese la sorella per mano e insieme si avviarono lungo la stradina che fiancheggiava la loro casa. «Ma in fretta, non vorrei che si accorgessero della tua assenza.»

«Nessuna novità: la mamma si lamenta sempre della tua mancanza e rimprovera il papà di non essere riuscito a trattenerti. La nonna, che ora certamente ci sta seguendo dalla sua finestra, è sempre più il vero capo della famiglia e lavora giorno e notte a ricamare il mio corredo da sposa che Dio solo sa se userò mai. Quanto a nostro padre, è più impegnato di prima, per questo sente anche lui molto la tua mancanza ma non lo confessa. Gli arriva sempre più lavoro, anche da aspiranti poeti e scrittori spesso sconosciuti, e adesso pare che l'abate Parini stia per portare alla nostra tipografia quel veneziano, quel certo Ugo Foscolo appena arrivato o in procinto di arrivare a Milano. Ormai in molti chiedono a nostro padre di fare l'editore, non solo lo stampatore, e quindi di occuparsi anche della progettazione e diffusione delle opere e dei rapporti economici con gli autori. So che si è già rivolto al Direttorio Cisalpino per essere autorizzato a svolgere regolarmente l'attività di editore.»

«Finalmente, il suo sogno» commentò Lugi. «È quello che ha sempre sperato di arrivare a fare; mi dispiace molto di non essere con lui per dargli una mano, so che gli sarei molto utile e poi, francamente, anch'io ho sempre sognato di arrivare a fare l'editore.»

«E invece fai il soldatino per i francesi» quasi lo rimproverò Bea. «Sei contento, almeno? Non mi sembra.»

«Già, ma adesso, sorellina, torna a casa» tagliò corto Luigi, elusivo. «Se si accorgessero della tua assenza...»

«Non preoccuparti, ci penserebbe la nonna a tranquillizzarli.»

Si salutarono abbracciandosi ancora, Bea si avviò a rientrare mentre Luigi, dopo essersi assicurato che sua sorella fosse a casa, si incamminò verso la caserma. Nonna Alessandra poté finalmente allontanarsi dalla finestra, sorridendo compiaciuta, per tornare al suo lavoro di ricamo.

Per rientrare al suo alloggio militare nel palazzo dei Giureconsulti, felice d'aver potuto riabbracciare sua sorella e di avere avuto buone notizie della famiglia, la giovane guardia nazionale percorreva lentamente, pensoso, i Bastioni ma, arrivato all'incrocio con la corsia di Porta Orientale, vi sostò per qualche istante e poi con decisione la imboccò, cambiando destinazione: avrebbe percorso poche decine di braccia per arrivare al Caffè Nuovo dove, ne era certo, avrebbe incontrato i suoi amici.

Infatti, quando entrò nel locale li vide subito; erano i soliti, seduti al solito tavolo, e immediatamente notò che tra loro c'era una novità, uno sconosciuto: un giovane dall'aria corrusca, una folta e disordinata chioma di riccioli rossicci come la barba che gli incorniciava il volto non bello ma interessante e dai lineamenti forti, la postura austera, vestito con abiti piuttosto originali, molto spartani e di foggia quasi militaresca, la camicia senza cravatta aperta fino al petto. Luigi non lo aveva mai visto prima, ma capì subito che quello sconosciuto era Ugo Foscolo, del quale molto si era parlato a quel tavolo.

«Ecco Luigi, finalmente! Ci mancavi.» Ad accoglierlo con tanto affettuoso entusiasmo fu, naturalmente, Carlo Porta che, come al solito, stava conducendo la conversazione. «Vieni, ti presento il nostro nuovo amico, Ugo Foscolo, del quale nei giorni scorsi abbiamo parlato.»

I due si strinsero la mano guardandosi con curiosità, Luigi con un ampio sorriso, piegando appena il capo, Foscolo scrutandolo con un'espressione severa.

«Ci stava raccontando per sommi capi la sua storia» proseguì Porta, «una vicenda davvero avvincente.» A Luigi, che ormai conosceva bene il suo amico, sembrò di cogliere un tono sottilmente ironico che l'interessato, invece, parve non percepire.

«Per prima cosa ci ha rivelato che nella sua molto rimpianta isola natia, Zacinto, fu battezzato col nome del nonno paterno, Niccolò, ma poi fu lui a decidere di chiamarsi Ugo come, pare, il leggendario nobile capostipite della sua dinastia.»

«La vostra, messere, è stata certamente una vita intensa e interessante. Ben arrivato a Milano. Come vi ha accolto la nostra città, che impressione vi ha fatto?» chiese Luigi.

Foscolo sembrò non gradire la domanda, perché assunse un'espressione di fastidio.

«Spero comprendiate, caro amico – permettete che vi consideri già amico? – che per chi come me è nato in una delle più belle, solatie, profumate, splendide e, insomma, felici isole del Mediterraneo, l'atmosfera grigia e umida di questa città non può che provocare tristezza e nostalgia. Anche altre città italiane nelle quali ultimamente ho sostato erano meno cupe di questa.»

Parlava un italiano elegante con una strana inflessione veneziana e greca insieme. Gli amici al tavolo con lui cominciarono a guardarlo chi con interesse, chi con meraviglia e chi, come Luigi e Carlo Porta, con evidente fastidio, o con imbarazzo, come Vincenzo Monti. Perciò, forse stimolato da questa gamma di reazioni, Foscolo andò avanti calcando la mano.

«E poi la gente... Certo, tutti ben educati, ti salutano incontrandoti, ti sorridono persino, formalmente ineccepibili, ma non uno che si fermi a scambiare due parole con te, com'è normale non solo a Zacinto ma anche a Venezia. Insomma, ho già capito che non è una città facile.»

Il primo a replicare fu Porta, con la consueta ironia, stavolta un po' amara.

«Mi dispiace, caro amico, che questa nostra città vi abbia deluso: benché sia più popolosa, più moderna e più vivace di Parigi, come riconoscono meravigliati e ammirati persino i nostri amici francesi arrivati senza invito. A cominciare da Bonaparte che pare stia preparando progetti grandiosi per Milano, anche se è andato a sistemarsi nella meravigliosa villa dei Pusterla a Mombello. Sono progetti che ci auguriamo siano anche di vostro gradimento» disse con un sarcasmo che suscitò qualche risatina. «Quanto alle persone, poi» proseguì Porta, «i milanesi, vi assicuro, sono gente affabile, gentile e generosa, molto generosa. Sbrigativa e asciutta, certo, senza tanti fronzoli e salamelecchi, e questo può farla apparire perfino scontrosa, ma concreta e di cuore. Perfino Bonaparte lo ha capito.»

Risata generale, sguardo sconsolato di Foscolo che si limitò a scuotere il capo.

«Giusto, parliamo di Bonaparte» intervenne Luigi, nel tentativo di allentare la tensione che si era creata con quest'ultimo scambio di battute. «Parliamo del Generale e cerchiamo di capire fino a che punto è veramente un liberatore, come si presenta, prima di mostrarsi apertamente un conquistatore.» Un argomento volutamente molto impegnativo, quello proposto da Luigi, per sviare la conversazione che infatti prese decisamente quella direzione. Conversazione nella quale Porta intervenne subito, aumentando la dose di disincanto, ironia e scetticismo.

«A me sinceramente, e vorrei tanto sbagliarmi, pare che il Generale, mostrando dapprima la faccia del liberatore, abbia decisamente intrapreso la via del conquistatore.»

«Sei il solito pessimista» reagì Luigi, «ma il tuo a me pare un pessimismo di maniera. Tu sai bene, infatti, caro Carlo, che i cambiamenti, soprattutto se radicali, non sono mai gratuiti, c'è sempre un prezzo da pagare, spesso anche in vite umane; guardate cos'è successo in Francia, che prezzo di sangue è stato pagato per la Rivoluzione con l'impiego della ghigliottina e si sta ancora pagando con le guerre alle tirannie sue nemiche.»

Foscolo, che fino a quel momento era stato ad ascoltare, scosse il capo.

«Su questi argomenti, cari amici, ho idee molto personali che non so se vi piacerebbero. La conversazione è interessante e tranquilla e non voglio rovinarla. So che nel piano superiore c'è la possibilità di giocare alle carte e vi confesso che il gioco è una mia passione. Perciò vi saluto e vado a cercarmi un tavolo compiacente.» E se ne andò lasciando gli amici di stucco.

«Perbacco, seduttore e giocatore» commentò Porta, «un giovane ricco di virtù.»

Lo scambio di idee politiche riprese lasciando a tutti la curiosità di quelle opinioni trattenute, e si andò avanti così, più o meno pacatamente, fino a sera inoltrata. Furono proprio Carlo e Luigi i primi a lasciare il Caffè, avviandosi insieme l'uno verso casa l'altro verso la caserma. Camminarono a lungo senza parlare finché, un po' enigmatico, Porta ruppe il silenzio.

«Forse ho qualche novità ma non so se faccio bene a parlartene.»

L'amico, ancora silenzioso, lo guardò interrogativo.

«Novità che riguardano il matrimonio di Elena.» Luigi si girò di scatto, con espressione allarmata, verso l'amico che subito proseguì, con cautela: «Stai tranquillo, non le è successo nulla, voci... ci sono delle voci... si dice che il matrimonio vada male».

«Male? Come male, cosa intendi Carlo? Spiegami, non farmi stare in ansia.»

«Ebbene, pare che il matrimonio – non so come dire – ecco, ancora non sia stato consumato, che Gian Giacomo neppure si avvicini a Elena che sarebbe disperata...»

«E tu come fai a sapere queste cose?»

«Me ne ha parlato tuo padre l'ultima volta che sono andato da lui per un lavoro che sta facendo per me.»

«Mio padre? Cosa c'entra mio padre in tutto questo?»

«Ecco com'è andata: Elena ne ha parlato con Rita Ciardi, la cuoca di casa Carminati, con la quale, come sai, fin da bambina, dopo la morte di sua madre, ha uno stretto rapporto di affetto e confidenza. Rita ne ha parlato con sua cugina Zoe, la cameriera di voi Airoldi la quale – secondo me correttamente – ha ritenuto opportuno riferirne a tuo padre. Gianarturo, infine, ne ha parlato a me, commentando: "Le solite baruffe fra sposini nobili e viziati". Mi ha chiesto di impegnarmi al segreto ma, credo, sapendo benissimo che non avrei potuto fare altro che raccontarti tutto. E probabilmente era proprio ciò che voleva.»

«E adesso, cosa succede?» chiese Luigi dopo un lungo e torvo silenzio.

«Non succede niente, amico mio. Non sappiamo se il conte Carminati sia al corrente della situazione e in quel caso, quale potrebbe essere la sua reazione. Non ci resta che stare a vedere.»

Proseguirono la strada in silenzio finché Luigi chiese come a se stesso, quasi sussurrando: «Ma perché Gian Giacomo si comporta così? Come fa a resistere alla bellezza di Elena? Come può tenerla lontana? Forse è malato. O semplicemente è pazzo».

«Io credo di avere una spiegazione di questo strano comportamento.»

Luigi lo guardò con espressione interrogativa.

«Quale sarebbe questa tua spiegazione?»

«Mariangela, la spiegazione è Mariangela, la ricca vedova di cui ti dissi. Lui ne è perdutamente, disperatamente innamorato e, debole e fragile com'è, non riesce neppure a immaginare di lasciarla. Lei, d'altra parte, ha un carattere fortissimo, dominante, lo tiene legato strettissimamente, senza lasciargli il minimo margine di libertà, della quale, peraltro, lui non saprebbe cosa fare. La conseguenza di tutto questo è che lui non riesce neppure ad avvicinarsi a Elena, è come se avesse orrore, repulsione della sua bella moglie.»

«Non dirmi queste cose, Carlo, mi fai male, scateni in me una rabbia feroce, incontrollabile. Se avessi fra le mie mani quel miserabile debosciato lo strangolerei. Non può umiliare così la più bella e dolce donna del mondo.»

«Controllati Luigi, cerca di mantenere la calma che rischi solo di peggiorare la situazione.»

«Facile per te, tu hai la tua Vincenzina, che ti ama e che tu ami. Nessuno disturba il vostro amore.»

«Lascia perdere. La mia storia con Vincenzina è stata brevissima, ora è fidanzata e sta per sposare il ministro delle

Finanze della nostra Repubblica Cisalpina. Anche nel mio caso c'è lo zampino del padre: un ricco gioielliere non può consentire che sua figlia sposi uno squattrinato poeta; ma, come vedi, io non mi dispero e non minaccio sfracelli.»

«Evidentemente siamo tutti e due sfortunati in amore, povero amico mio.»

«Ti ripeto, lascia perdere. Chiediamoci, piuttosto, se le famiglie sono coinvolte in questo disastro matrimoniale e, in quel caso, cosa intendono fare.»

La conversazione andò avanti così fino a quando i due amici, raggiunte le rispettive residenze, si separarono. Luigi si chiedeva se il conte Cesare fosse stato informato da Rita della infelice condizione di Elena. Concluse che no, non poteva essere informato, altrimenti avrebbe avuto una reazione certamente terribile.

In realtà, tutte e due le famiglie dei disgraziati sposi conoscevano solo in parte il dramma causato dalla loro volontà di imporre ai propri figli un matrimonio indesiderato. Carminati si chiedeva a cosa fosse dovuta l'evidente malinconia – in realtà si trattava di profonda infelicità – che affliggeva la sua amatissima Elena. La osservava angosciato e inquieto ma non osava fare domande, non aveva il coraggio di chiederle la ragione di tanta tristezza. «Una sposina, una contessina appena diciottenne bella, privilegiata, maritata con un marchese non può, non deve essere triste» si diceva. «Ma sì, è l'umore balzano delle fanciulle, in fondo è poco più di un'adolescente, lasciamo fare al tempo.»

Naturalmente anche alle donne di casa Airoldi erano arrivate delle voci attraverso i soliti canali delle cugine Ciardi, ma parvero perfino compiaciute per quella che a loro sembrava una giusta punizione del destino per chi faceva soffrire il loro Luigi.

Il tipografo, invece, era sempre più impegnato col lavoro che, con suo grande compiacimento, continuava ad aumentare, e non sembrava occuparsene. Parini, per esempio, gli aveva procurato un nuovo prestigioso anche se giovanissimo cliente, Ugo Foscolo.

«Ho sentito dire un gran bene di voi e del vostro lavoro, mastro Gianarturo» lo salutò il poeta entrando nella tipografia. Airoldi lo aveva ricevuto in piedi al suo tavolo da lavoro coperto di fogli di carta da stampa e sparsi qua e là vecchi caratteri mobili in lega di piombo e stagno, mentre lo zacintio si guardava intorno con curiosità e ammirazione nel grande salone con tavoli e torchi, ad alcuni dei quali erano al lavoro degli operai. «I miei amici dicono che siete il più raffinato stampatore di Milano.»

«Troppo buoni, i vostri amici» si schermiva gongolando Airoldi, «cerco solo di fare bene il mio lavoro.»

Foscolo, da parte sua, aveva in mente un modo, una prova per averne conferma, dopo avergli parlato di certi suoi lavori precedenti: si era presentato in tipografia con un volumetto che sulla copertina portava il titolo *A Bonaparte Liberatore*.

«È un'ode che ho già fatto stampare a Bologna firmata Niccolò Ugo, i miei due nomi, quello di battesimo e quello che mi sono scelto. Mi sono rimaste poche copie di questo libro e perciò vi chiedo la possibilità di ristamparlo. E poi, francamente, mi piacerebbe con una stampa più raffinata e moderna. Intendo mandarne alcune copie a Reggio Emilia, città a cui l'ho dedicato, anche perché per prima ha issato il tricolore, stendardo della nostra Repubblica.»

A fatica Gianarturo trattenne una reazione rabbiosa, l'impulso a rispondergli malamente, a gridargli in faccia che non considerava Bonaparte un liberatore ma un despota, un tiranno, un anticristo portatore di disordine morale e politico. E poi, il tricolore, anche quello non era che una scopiazzatura di quello francese, col verde al posto del blu. Ma lasciò perdere, non voleva rinunciare a quel nuovo giovane cliente presentatogli da Parini e che gli sembrava molto promettente. Non poteva certo fargli uno sgarbo e comunque lo riteneva un personaggio interessante. Si mostrò pertanto lusingato per l'offerta, che accettò senz'altro.

«Sarà per me un privilegio se potrò fare per voi, come spero, anche qualcosa di originale, di esclusivo. Vorrei stampare questa vostra opera con un carattere tipografico assolutamente nuovo e di grande eleganza.»

Gianarturo prese a raccontare di un suo collega stampatore, cuneese di nascita e parmense di adozione, Giovanni Battista Bodoni, cinquantasettenne, col quale da molti anni era in corrispondenza:

«Un'amicizia di mestiere ed epistolare, la nostra, con un ricco scambio di informazioni e consigli professionali. Sono anche andato a Parma per conoscerlo e mi ha molto impressionato la sua intelligenza e capacità creativa. Oltre che tipografo, anzi, prima che tipografo questo mio amico è anche un raffinato incisore, un artista, e questo lo ha spinto a dedicarsi al disegno di un nuovo carattere, del tipo che noi definiamo "con grazie", cioè con dei segni di arricchimento, con netti contrasti fra linee spesse e linee sottili, come se la lettera fosse tracciata con una penna intinta nell'inchiostro, che agisce con diverse pressioni sulla carta. Bodoni pensa di fornire entro l'anno prossimo i nuovi caratteri mobili per la stampa che sta preparando ma intanto, per la fiducia che nutre in me, presto me ne fornirà un completo corredo di prototipi per i miei torchi. Potrei usarli, appunto, per stampare il vostro volumetto, sarebbe il primo a Milano e in Lombardia stampato in Bodoni.»

«È un'esperienza molto interessante, mastro Gianarturo, sarò felice e onorato di esserne il portatore. Oltretutto renderebbe questa ristampa della mia opera più interessante, come inedita. Vi devo confessare che il mio impegno al quale più tengo è un romanzo epistolare, il titolo potrebbe essere *Ortis* o *Ultime lettere di Jacopo Ortis*, non ho ancora deciso, perché è incompleto. Quand'ero a Bologna l'ho affidato al tipografo Marsigli, che mi ha tradito: temo ne abbia arbitrariamente affidato il completamento a un mediocre letterato locale. Se vi avessi conosciuto prima, messer Airoldi, lo avrei dato a voi molto più volentieri e fiducioso. Ma siccome, come vi ho detto, l'opera è incompleta, chissà... in futuro...»

«Ne sarei sinceramente fiero e onorato.»

«E non temete per il pagamento, so che mi ha preceduto la meritata reputazione dello squattrinato col vizio del gioco: tutto vero, ma con la raccomandazione del mio amico Parini ho ottenuto l'incarico di condirettore, insieme a Melchiorre Gioia, di un nuovo giornale politico, il "Monitore Italiano". E non nego che mi favorì anche la mia adesione al Circolo Costituzionale, grazie ad amici come Ippolito Pindemonte, Giuseppe Giulio Ceroni e il grande pittore Andrea Appiani: un sodalizio molto influente che ha una strana sede nella chiesa sconsacrata Santa Maria della Rosa. Per il "Monitore" mi occupo prevalentemente di cronache del Gran Consiglio del Corpo Legislativo della Repubblica Cisalpina. A proposito, conoscete Gioia?»

«Lo conosco, è un ex prete piacentino che all'abito talare ha preferito il mestiere di giornalista, per di più illuminista repubblicano accanito, più giacobino che prete, da poco liberato dal carcere di Piacenza» rispose il tipografo, che stavolta non riuscì a nascondere un tono sprezzante e indispettito. «E anzi» aggiunse subito, «so che tra i vostri amici c'è anche mio figlio Luigi.»

«Un'amicizia ancora breve ma precoce, la nostra, che mi sembra abbia basi solide.»

«Ne sono lieto, mio figlio ha recentemente avuto una triste disavventura amorosa.»

«Nessuno può capirlo più di me.»

L'Airoldi gli rivolse uno sguardo interrogativo, ma preferì non fare domande. La conversazione proseguì con cortesia e perfino inaspettata simpatia reciproca.

VII
Egitto

Quella stessa sera, come d'abitudine, gli amici fedeli frequentatori del Caffè Nuovo si ritrovarono al solito tavolo che i camerieri ormai riservavano sempre a loro. I primi ad arrivare furono Luigi, sempre in uniforme da ufficiale della Guardia nazionale, e Foscolo, sempre scapigliato, la camicia aperta, gli abiti apparentemente, solo apparentemente, in disordine.

«Oggi ho visitato tuo padre nella vostra bella e grande tipografia. Per farmi conoscere e perché capisca le mie ambizioni e il mio carattere, gli ho lasciato da leggere quel *Piano di Studj*, un mio progetto di vita per ampliare e approfondire conoscenze e sensibilità. È uno strumento utile non solo a me, naturalmente» aggiunse con la consueta dose di presunzione, «e non so neppure se e quando lo pubblicherò. Intanto mi ristamperà l'ode *A Bonaparte Liberatore*, anche se mi è sembrato di capire che il suo orientamento politico sia diverso.»

«Molto diverso.»

«Mi ha poi accennato a una tua dolorosa disavventura d'amore. Mi dispiace, vuoi parlarmene?»

Luigi gli raccontò tutto. Lo fece volentieri, anche perché ne aveva bisogno per riordinare le idee, per quanto possibile, dopo aver saputo dell'incomprensibile, folle – così lo considerava – comportamento di Gian Giacomo Beltrame.

Foscolo lo ascoltò in silenzio, concentrato, il capo appena inclinato, lo sguardo basso, le mani unite appoggiate sul tavolo. I due amici poi tacquero a lungo, finché il poeta di Zante prese a raccontare la sua storia.

«Che certo non è amara come la tua ma te la voglio narrare perché tu capisca quanto, per un giovane, le prime, seppure dolorose, vicende d'amore siano importanti, decisive. Per la mia formazione questa è stata importantissima.»

Era la storia dell'iniziazione di un adolescente all'amore. Un amore intenso e completo, una passione ardente, incontrollabile; appiccata quando, ancora sedicenne, Niccolò Ugo Foscolo arrivò a Venezia con i tre fratelli e la madre greca Diamantina Spathis. Il trasferimento fu dovuto ai gravi problemi economici sorti dopo la morte del padre Andrea, medico di vascello, veneziano. Il ragazzo proseguì in Laguna gli studi, i suoi insegnanti di greco e latino furono tutti colpiti dal suo precoce talento e perché meglio lo coltivasse lo introdussero nei colti e vivaci salotti letterari veneziani.

Uno di questi, il più raffinato, frequentato da personaggi come Ippolito Pindemonte e Vincenzo Monti, era tenuto dalla bellissima greca Isabella Teotochi Albrizzi, donna di grande cultura, scrittrice e poetessa, sposa infelice dell'alto ufficiale della flotta Carlo Antonio Maridon. Quando conobbe Ugo, Isabella aveva diciotto anni più di quel ragazzo, quasi un ragazzino, pieno di ardore e di fascino, avrebbe potuto essere sua madre. Fu lei a prendere l'iniziativa, a insegnargli l'amore, ad accenderlo di una passione impetuosa e rovente che da allora, pur cambiando l'amata di turno, fu per sempre, insieme a un profondo pessimismo esistenziale, un tratto della personalità di Foscolo e una presenza costante nel suo animo.

Quelle lezioni d'amore durarono solo cinque giorni, ma quel rapporto diventò un'amicizia solida e duratura: «Amante appassionata di cinque giorni e amica fedele di tutta la vita», così Isabella descrisse molto tempo dopo la sua storia col giovanissimo e indimenticato allievo.

«Resterà per sempre nel mio cuore» concluse Foscolo,

«ma so che altre donne se ne impadroniranno. Anzi, sta già accadendo con una meravigliosa dama della quale non posso fare il nome.»

«Ma come» lo interruppe ridendo Carlo Porta che nel frattempo li aveva raggiunti, «sei appena arrivato a Milano e già ti sei invaghito di una milanese? Dunque, di questa città qualcosa ti piace.»

«Non è una milanese» gli rispose secco lo zacintio.

Intervenne Luigi, quasi irritato: «Questi discorsi per me sono privi di senso. Di amore vero, di grande amore in una vita può essercene solo uno. Per me c'è solo Elena e solo lei, per sempre».

Nessuno ebbe cuore di replicare, di disilludere l'amico e prima che lo contraddicesse, come sembrava stesse per fare, Foscolo, il meno disposto a un unico grande amore della vita, fu Porta a trovare il modo di cambiare rapidamente discorso, anche perché aveva importanti novità.

«Bonaparte sta per partire per l'Egitto.»

La reazione degli amici fu prima di stupore e incredulità. Foscolo sorrise con sarcasmo scuotendo la testa pensando che fosse una delle solite beffe di Porta. Il quale, però, reagì restando serio e completando l'inattesa e sorprendente notizia.

«La mia fonte è attendibilissima, vi assicuro. Frequento una signora che ha – diciamo così – buoni rapporti anche con un ufficiale francese dello stato maggiore del Generale. Costui si è confidato con la sua (e mia) amica della quale pare sia molto innamorato; forse per prepararla alla separazione, alla sua partenza per l'Egitto. Lei poi si è confidata con me.»

Risatine e ammiccamenti a proposito dello strano triangolo durarono pochissimo, l'informazione era troppo importante per essere sovrastata da ironia e sarcasmo; perciò, prevalse la meraviglia e la curiosità.

«Vai avanti» fu l'invito quasi imperioso di Foscolo.

«Pare che questa decisione dipenda dal fatto che ormai il Direttorio di Parigi sia infastidito, anzi preoccupato dal successo militare, popolare e quindi politico di Bonaparte. La campagna d'Italia doveva essere un diversivo, un'operazione secondaria per attirare qui forze degli austro-russi e così poterli battere in Germania ma, grazie ai successi del Generale, si è rivelata l'operazione più importante. Ormai, dopo la conquista di Roma e Napoli, il Generale è quasi il padrone della penisola. Ha accumulato troppo prestigio e troppa influenza politica, i francesi impazziscono per lui. Per di più è al comando dell'esercito più forte e non perché sia il più numeroso ma per il suo ascendente sulla truppa e la sua grande abilità strategica.

«Per la Francia ormai il nemico più tenace e ancora imbattuto è l'Inghilterra» proseguì Porta compiaciuto per l'interesse che aveva suscitato. «Napoleone sa di non poterla affrontare in mare, dove la flotta inglese è superiore, e considera troppo difficile e pericolosa l'invasione dell'isola, perciò ha deciso di spostare a oriente l'*Armée*, per tagliare così a Londra la strada per il suo impero coloniale da dove le arrivano risorse e uomini per la sua flotta e il suo esercito ma anche per la madrepatria. Da parte loro, quelli del Direttorio sono ben felici di questa nuova missione, sperano perfino che sotto le piramidi Bonaparte ci lasci le penne.»

Superato il momento di stupore, fra gli amici si cominciò a discutere della temerarietà e dell'utilità della decisione del Generale. La conversazione andò avanti a lungo aggiungendo ciascuno qualche informazione sulle condizioni economiche e sociali dell'Inghilterra, argomento al quale era molto interessato Foscolo, che intendeva studiare la lingua e la letteratura di quel paese che sperava di visitare un giorno.

Si parlò della grave condizione delle fasce più deboli della popolazione provocata dal vertiginoso aumento delle tasse per la guerra, della crescita dei prezzi del grano sempre più raro – si diceva perfino che gli speculatori lo portassero oltremanica per venderlo ai francesi, al nemico –, di crisi della produzione, importantissima per l'economia inglese, di filati e tessuti ma anche dell'arrivo di nuovi macchinari a vapore che, aumentando enormemente la produzione, creavano molta disoccupazione.

Insomma, si cercava in tutti i modi qualche argomento legato al presunto impoverimento dell'Inghilterra per giustificare quella che sembrava un'impresa folle più che temeraria.

«Già, ma che c'entra l'Egitto?» chiese sensatamente Luigi.

«C'entra» rispose Foscolo «perché dicono l'Egitto sia un grande produttore di grano e forse anche di lana grezza, ancora in fiocchi, di cui gl'inglesi hanno un gran bisogno, e anche di cotone. Insomma, il Generale vuole tagliare i rifornimenti alternativi che arrivano al suo nemico da oriente, non solo dall'Egitto ma anche dalla Persia e dall'India. Nelle nostre isole, le isole greche, si conoscono bene questi traffici nel Mediterraneo. Mi sembra però un progetto troppo ambizioso anche per Bonaparte, e poi il suo abbandono dell'Italia potrebbe indurre gli austriaci a tentare il ritorno. Per questo, per impedirlo intendo arruolarmi nella Guardia nazionale» concluse.

«Certo non lascerà sguarnita la Repubblica Cisalpina, oltretutto so che è in via di formazione una Legione lombarda da incorporare nell'*Armée.* E probabilmente a questo scopo sono impegnati alcuni ufficiali della Guardia nazionale, come Pietro Teulié» replicò l'informatissimo Porta rivolgendosi intenzionalmente a Luigi.

Il quale comprese il significato di quello sguardo, pensando che si potesse trattare quasi di un invito a cogliere l'occasione per allontanarsi almeno per un po' dai luoghi della sua dolorosa disillusione.

«Quanto a me» aggiunse Porta, «ormai la cosa mi riguarda poco, perché sto per partire per Venezia dove mio fratello Baldassarre mi ha procurato un posto all'Intendenza di Finanza. Finalmente guadagnerò un po' di più del mio attuale misero stipendio da contabile. E poi chissà, potrei cimentarmi con qualcosa in veneziano: poesie, teatro...»

«Quante notizie, quest'oggi» commentò Luigi. «Quest'ultima è la più triste perché perdiamo un amico.»

«Anche a me mancherete molto e mi mancheranno i nostri punch corretti con la grappa. Ma è una perdita temporanea, perché sono certo che tornerò presto nella mia Milano, dalla quale non è possibile stare lontani a lungo. E poi l'umidità della Laguna fa male alle ossa, persino più di questa nostra.»

Superato rapidamente e con una risata il momento di dispiacere, si riprese a commentare la novità che riguardava Napoleone.

Luigi, da parte sua, più che occuparsi delle intenzioni del Generale prese a fantasticare sul proprio futuro possibile, pensò a come fare per essere arruolato nella Legione lombarda e partire con l'*Armée* per l'Egitto.

La decisione fu rapida. Pochi giorni dopo riuscì a parlare con Serbelloni per chiedergli, quale comandante della Guardia nazionale, e al suo vice Teulié, di essere trasferito alla Legione lombarda alla cui formazione era impegnato lo stesso Teulié. Naturalmente si guardò bene dal fare alcun riferimento all'Egitto, tuttavia era chiaro che dovesse saperne qualcosa, perché in certi ambienti la notizia già girava e anche per questo di buon grado fu subito trasferito alla Legione. Per di più, «tenendo conto della sua ottima esperienza, col grado di luogotenente». Promozione istantanea che molto inorgoglì Luigi.

Nella primavera del 1798 i preparativi fervevano. Reparti dell'*Armée* di stanza in Italia venivano trasferiti sulla costa francese. Napoleone si spostò a Tolone da dove il 19 maggio sarebbe salpata con lui una prima flotta composta da decine di navi cariche di uomini, cavalli e pezzi d'artiglieria con destinazione Alessandria d'Egitto. Altre ne sarebbero subito seguite, anche da Marsiglia e da Genova.

Per l'Egitto, su alcune centinaia di navi partirono complessivamente in cinquantaquattromila fra soldati e marinai. Ormai il progetto di portare la guerra sotto le piramidi non era più un segreto in Lombardia, in Italia e in Europa. Perciò a Milano tutti si chiedevano quanto sarebbe stata indebolita la presenza francese a causa delle partenze per l'Oriente e quali conseguenze questo avrebbe potuto avere.

Anche alcuni reparti della neonata Legione lombarda, e fra questi il plotone di fanteria in cui era inquadrato il giovane luogotenente Airoldi, erano stati subito coinvolti nella missione.

Luigi, con l'eccezione del breve incontro con Beatrice, non vedeva i suoi famigliari da più di diciotto mesi, da quando, dando un grande dispiacere più di tutti a suo padre, era uscito di casa per arruolarsi nella Guardia nazionale. Ma ora non poteva partire per la guerra e per l'Egitto senza prima abbracciarli. Come si sarebbe comportato Gianarturo? Non gl'importava, doveva incontrarlo e chiedere la sua benedizione.

Quando a sorpresa si presentò a casa, una sera pochi giorni prima di partire per Genova, dove si sarebbe imbarcato per attraversare il Mediterraneo fino ad Alessandria, l'accoglienza fu commovente. Mamma Bianca e Beatrice piangevano a dirotto. Nonna Alessandra se ne stava imbronciata in un angolo. Inaspettatamente, papà Gianarturo, quando tornò a casa risalendo dalla tipografia, trattenendo a stento la commozione, gli andò incontro allargando le braccia: «Dio e sant'Ambrogio ti assistano e ti riportino a casa sano e salvo» gli sussurrò mentre lo abbracciava stretto e a lungo quando seppe che tipo di impresa, pericolosa già dal viaggio, stesse per intraprendere quel suo scapestrato figlio.

Asciugata l'ultima lacrima, Bianca annunciò con tono imperioso che quella sera avrebbero cenato «finalmente ancora tutti insieme». Impossibile contraddirla e fermarla mentre già si precipitava in cucina con la fedelissima Zoe per le operazioni necessarie.

La cena fu gioiosa, nonostante l'occasione dolorosa: la tavola apparecchiata con la preziosa tovaglia di lino grosso ricamata e intarsiata, parte del corredo da sposa di Bianca, piatti di ceramica e posate d'argento, «quelle per le grandi occasioni».

Erano stati preparati alcuni dei piatti preferiti da Luigi, come i *rustin negàa* e i *mondeghili*: «Piatti che solo mamma sa fare così buoni» esclamò il ragazzo, complimento che però la nonna prese male perché quella sera in cucina aveva messo le sue sapientissime mani anche lei.

Gianarturo aveva stappato un paio delle sue bottiglie valtellinesi più preziose. Prevaleva la gioia del ritrovo della famiglia intera intorno al tavolo della cena: «Come prima che lui se ne andasse» pensò Bianca, tornando a commuoversi. «Come prima che arrivassero quei francesi arroganti, prepotenti e senza Dio a portarmelo via» pensò Gianarturo. Non sembrava un saluto a chi si apprestava a partire verso una terra sconosciuta per una guerra strana, lontana e incomprensibile. Luigi fu particolarmente loquace, parlò molto delle sue recenti e interessanti amicizie e delle sue esperienze nella Guardia nazionale – esagerando un po', naturalmente. Gianarturo si guardò bene dal rovinare l'atmosfera con il benché minimo cenno di dissenso.

La serata durò molto più del previsto e quando, a notte inoltrata, dopo gli abbracci e i saluti finali Luigi si accinse a uscire di casa, gli si avvicinò per abbracciarlo anche Zoe, che lo aveva visto nascere, e mentre lo stringeva gli sussurrò all'orecchio: «La domenica Elena va alla Messa Granda in San Babila. Da sola».

Per Luigi fu un colpo al cuore e allo stomaco. Sconvolto ma cercando di non manifestare reazioni di alcun tipo, si limitò a dare una stretta ancora più forte alla premurosa e complice cameriera, per lui più una tata, come per ringraziarla e per comunicarle che aveva ricevuto e capito il messaggio e uscì in fretta da casa. Pensò che evidentemente la cara Zoe credeva che lui volesse, anzi, dovesse salutare anche Elena prima di partire. E in realtà, pensò anche, Zoe aveva ragione.

Dopo il matrimonio, gli sposi Beltrame erano andati ad abitare in un bel palazzo di proprietà del padre di Gian Giacomo, nel sestiere di Porta Orientale, quasi alle spalle della basilica di San Babila che la tradizione considerava la più antica di Milano. Luigi sapeva che anche per questo a Elena quella vecchissima chiesa era molto cara.

A domenica mancavano tre giorni che trascorse in preda

a un'ansia quasi angosciosa. Si chiedeva se dovesse andare a quella messa per incontrarla, se fosse saggio e opportuno. Non sarebbe stato più prudente e anche più onesto partire senza riattizzare la memoria dolorosa del loro breve ma intenso e infelice amore?

E se Elena, contrariamente a quello che gli aveva detto Zoe, andasse a messa accompagnata da suo marito? Era tradizione rigorosamente rispettata delle famiglie nobili milanesi che in chiesa la domenica i coniugi andassero sempre insieme. Oppure, pensò anche, intraprendere un viaggio e andare a una lontana guerra da cui avrebbe potuto non fare ritorno senza salutarla, non sarebbe stato semplicemente un atto crudele e vile?

No, decise infine, avrebbe incontrato Elena o almeno l'avrebbe vista un'ultima volta. Lo doveva a lei e a se stesso.

Entrò in chiesa ben prima che iniziasse la messa e prima che cominciassero ad affluire i fedeli, sistemandosi in fondo alla navata di destra, nell'angolo più in penombra, come faceva, pensò, quando andava a incontrarla all'Incoronata, all'inizio della loro storia.

Anche Elena arrivò in anticipo, come fa chi vuole pregare in solitudine prima che cominci la funzione religiosa. Era sola, come gli aveva assicurato Zoe, e quando la vide a Luigi mancò il respiro. Era perfino più bella di come la ricordava. Indossava una semplicissima veste bianca molto accollata con un corpetto azzurro, un'alta fascia rossa le stringeva la vita, non aveva ancora voluto adeguarsi alla nuova moda, che andava diffondendosi, della cintura stretta appena sotto i seni. Il capo era coperto da uno scialle di pizzo bianco lungo quasi fino ai piedi. Percorse tutta la navata centrale per andare a inginocchiarsi a uno dei primi banchi.

Luigi decise che non poteva aspettare l'*Ite missa est* per parlarle, nella folla dei fedeli che uscivano. La chiesa era ancora quasi deserta, meglio approfittarne, e con lunghi passi silenziosi andò a inginocchiarsi accanto a lei mentre il cuore gli saltava in gola. Dopo un attimo Elena, sentendo una presenza vicina, si girò di scatto verso di lui e sgranò gli occhi per la meraviglia, quegli occhi che a lui ora sembrarono perfino più grandi e profondi di come li ricordava. Ma tristi, molto tristi.

Non aspettò che gli chiedesse cosa ci facesse inginocchiato accanto a lei. Fu lui a parlare, sottovoce.

«Sto per partire, Elena, vado in Egitto con la Legione lombarda nell'esercito di Bonaparte per fare lì la guerra agli inglesi. Non so quando e se tornerò, perciò volevo salutarti.»

«Hai fatto bene» rispose lei guardandolo, e dopo un breve silenzio aggiunse un «grazie» che a lui parve strano, incongruo e perciò rimase lì a pensare, perplesso, inginocchiato, finché decise che ormai aveva fatto quello che voleva fare e poteva tornarsene in caserma a prepararsi per la partenza. Ma quando fece per alzarsi, lei, del tutto inaspettatamente, lo fermò prendendogli la mano e gli sussurrò: «Aspettami fuori».

Colto di sorpresa e col cuore gonfio di felicità, Luigi non si chiese neppure il perché di quella strana richiesta e si precipitò fuori sperando che la messa finisse in fretta. Ad attenderla, si mise dove lei uscendo non potesse non vederlo: esattamente di fronte al portale, sotto la colonna sormontata dal Leone di San Marco, patrono della Serenissima Repubblica, che guarda verso Venezia, come a indicare la direzione della corsia di Porta Orientale.

Quell'attesa gli parve interminabile. Finalmente i fedeli cominciarono a uscire dalla basilica e a lui sembrò che Elena non arrivasse mai. Infatti uscì per ultima, evidentemente aveva voluto aspettare che la folla si fosse dispersa.

Gli si avvicinò sorridente, con un sorriso lieve e incerto.

«Voglio che tu porti con te in quella terra lontana un viatico tutto nostro: fra il dovere e la felicità, mio caro, abbiamo scelto il dovere. Non è sempre la scelta più giusta.»

Luigi capì immediatamente il senso di quelle parole, espresse come se fossero state a lungo meditate, come una confessione. Avrebbe voluto risponderle che la scelta non l'aveva fatta lui, che lui avrebbe scelto la felicità e che a optare per il dovere – ma era proprio un dovere, il suo? – era stata lei. Ma preferì tacere. Si guardarono ancora a lungo in silenzio finché Elena, prendendogli la mano per un istante brevissimo che lui non avrebbe mai dimenticato, gli disse piano: «Torna, pregherò per te». A Luigi sembrò che avesse gli occhi lucidi. Capì che non poteva fermarsi oltre e senza salutarla, dopo un ultimo sguardo velocemente si allontanò, chiedendosi se l'avrebbe più rivista.

I reparti della Legione lombarda destinati alla guerra in Egitto partirono per Genova verso la fine di maggio del 1798. Il trasferimento durò alcuni giorni e fu faticoso, in particolare il tratto appenninico col passo dei Giovi, non impervio ma percorso da sentieri più che da strade, dove si fermarono a lungo a riposare prima di intraprendere l'ultimo tratto in discesa.

Nessuno degli ardimentosi lombardi in marcia verso la costa ligure aveva mai visto il mare. Quando a Luigi, in pieno giorno, apparve dall'alto quella sterminata e luccicante distesa, la meraviglia fu forte e l'emozione intensa. Mai aveva immaginato di poter vedere qualcosa di tanto solenne e grandioso. Pensò che il mare, come la montagna, incuteva un tale rispetto, al limite del timore.

Scendendo verso Genova – formalmente ancora una repubblica, la Repubblica Ligure, ma sotto il controllo francese – vide dall'alto la composta animazione dell'enorme porto, percorso da lunghe banchine che penetravano in mare, e il numero, che a lui sembrò enorme, di navi ormeggiate o in movimento. Un'immagine che gli dava la sensazione di un'attività intensa e ben organizzata: qualcosa di simile, pensò, accade al verziere, il *verzee*, il mercato ortofrutticolo di Milano, ma il porto era più grande, incomparabilmente più grande, non aveva mai visto un mercato di tale vastità.

In fondo, quasi all'orizzonte, si stendeva una lunga e alta muraglia, una diga che sembrava galleggiare nel mare. All'estremità della terraferma, come orientata verso il largo, si ergeva una sorta di gigantesca lanterna che anche da così lontano a Luigi sembrò la cosa più alta che avesse mai visto. Gli dissero poi che era il faro per segnalare a chi proviene dal mare la posizione del porto di Genova.

Scoprendo questi grandi spazi, cominciò a capire quale esperienza, unica e mai neppure immaginata, lo aspettasse: l'attraversamento del Mediterraneo fino ad Alessandria d'Egitto. E non aveva ancora idea delle terribili burrasche, pure possibili nonostante fosse primavera inoltrata, come delle lunghe e tediose soste su un mare immobile dovute alle bonacce – queste, invece, non rare in quella stagione.

Aveva sentito dire e aveva letto su qualche gazzetta che in quei mesi si stavano sperimentando in vari paesi d'Europa e in America delle navi spinte da motori a vapore, dette infatti «vaporiere». Ma per ora quella traversata dovevano farla col vento nelle vele, quando c'era.

L'ultima sensazione prima di imbarcarsi fu il ricordo dolcissimo e struggente della mano di Elena posata sulla sua nel loro incontro in San Babila.

VIII

Il ritorno di Luigi

Il sole già pallido di inizio ottobre del 1799 era appena tramontato e Gianarturo aveva lasciato la tipografia – erano rimasti al lavoro ancora solo un paio di operai – ed era salito in casa per lavarsi e cambiarsi d'abito come al solito, «per togliermi di dosso tutto quell'inchiostro velenoso» diceva.

Come quasi ogni sera, Bianca stirava la biancheria con uno dei due ferri che aveva fatto scaldare sopra una grande pietra di fiume della forma di un grande uovo lasciata sopra la brace del camino, dove intanto se ne stava scaldando un altro. Non le piaceva che questo lavoro – questo «mestiere», per le donne milanesi i lavori casalinghi erano «i mestieri» – lo facesse Zoe, almeno per certi capi molto personali. La fedelissima cameriera era invece intenta a rassettare.

Nonna Alessandra, china sul tavolo, alla luce di un grande candeliere, era impegnata nel ricamo di alcuni capi, i più preziosi, dello sterminato corredo matrimoniale che da anni stava preparando per la nipotina Beatrice. La quale, chiusa in camera sua, era alle prese col latino, con la traduzione non facile di una satira di Giovenale. Studiare le piaceva molto, anche se suo padre, ormai formalmente autorizzato con sua grandissima soddisfazione a svolgere l'attività di editore, pensava che la ragazza fosse abbastanza grande per farla finita con i libri: «Ormai ha quasi diciotto anni, è in età da marito, si trovi un bravo giovane, buono, onesto e possibilmente ricco» pensava, guardandosi bene dal farne anche solo cenno alla figlia amatissima.

Era quella la situazione della sua famiglia quando Luigi, salite di corsa le scale, spinse la grande porta che lui sapeva mai bloccata durante il giorno, ed entrò in casa.

La prima a vederlo fu mamma Bianca alzando gli occhi dalla tavola da stiro, subito travolta da un'ondata di emozioni diverse: il soprassalto seguito dalla sorpresa, la gioia di rivedere suo figlio primogenito dopo più di un anno, anche se con l'uniforme molto malconcia; subito dopo, la dolorosa scoperta di notare che il bel volto di Luigi, abbronzato dal sole egiziano, era attraversato da una benda nera che gli copriva l'occhio destro.

Ma prima di qualsiasi domanda e spiegazione, fra madre e figlio ci fu un lunghissimo e forte abbraccio; subito dopo, in lacrime, Bianca gridò a squarciagola: «È tornato! È tornato!» convocando tutta la famiglia.

Per prima cosa, dopo averli abbracciati e chiamati per nome uno per uno, Luigi cercò, maldestramente, di tranquillizzare tutti a proposito di quella benda nera, della apparente perdita di un occhio.

«Me ne basta uno, da quello ci vedo benissimo.»

Ma la battuta consolatoria non piacque ai suoi famigliari che continuavano a guardarlo con espressione interrogativa e angosciata; mamma Bianca piangeva in silenzio. Poi, per spiegare, raccontò che l'occhio destro era stato colpito con la punta di una lama durante un corpo a corpo in uno degli ultimi scontri – «più una scaramuccia», minimizzò – con una banda di mamelucchi sbandati. Gli occhi sbarrati di chi lo ascoltava gli imponevano una spiegazione di quel termine sconosciuto, misteriosamente e minacciosamente esotico.

«I mamelucchi sono soldati che originariamente, secoli addietro, erano servi e schiavi degli ottomani. Col tempo hanno scalato posizioni e sono diventati una casta, come una razza a parte, agli ordini del califfo, sempre più potenti, ora sono combattenti abili e pericolosi» e subito aggiunse con orgoglio: «ma li abbiamo quasi sempre sconfitti a cominciare dalla grande battaglia delle Piramidi, che passerà alla storia; e spesso avevamo la meglio anche contro inglesi e turchi.»

Luigi continuò a raccontare che «dopo quello scontro feroce e decisivo i mamelucchi, ormai praticamente fuori gioco, si limitarono a incursioni e agguati in piccoli gruppi. Durante una di queste scaramucce ne ferii uno che cadendo agitò la scimitarra colpendomi al volto, all'occhio. Tutto qui».

I famigliari lo ascoltavano sconvolti: non avrebbero mai immaginato che il loro «ragazzo» potesse farsi coinvolgere in situazioni tanto pericolose, violente e sanguinose. Luigi proseguì comunque in modo concitato.

«Tuttavia, non bastò eliminare i mamelucchi. Dopo la battaglia navale di Abukir, quando la flotta inglese, comandata da quell'abilissima carogna dell'ammiraglio Nelson, quasi distrusse la nostra, eravamo praticamente bloccati in Egitto e anche l'invasione della Siria non andò bene, finita con la sconfitta di San Giovanni d'Acri.»

«Che avventura, fratello mio» esclamò ammirata Beatrice.

«Già, un'avventura cominciata col viaggio, come non immaginavo. Trovarci in pieno mare, scoprirne l'odore sconosciuto, sentire il vento salato sulla pelle, già questo, fin dall'inizio, era per noi, gente di terra, un'avventura. E poi la navigazione, le scoperte: prima abbiamo costeggiato la Corsica, che appariva verde e selvaggia. Poi la Sardegna: ci siamo fermati un paio di giorni a fare scorte di acqua e di carne secca nella bella baia di Cagliari, all'estremo Sud dell'isola, dove ho visto degli strani uccelli rosa che se ne stanno in acqua su una sola gamba.»

Ogni tanto si fermava come per prendere fiato.

«Poi, superata anche la Sicilia, in pieno Mediterraneo ci siamo imbattuti in isole e isolette a noi sconosciute. Ce n'è una, scogliosa e verde, che si chiama Pantelleria, come mi raccontava il mio amico Gero, il nocchiero genovese accanto al quale mi piaceva stare durante la navigazione perché mi raccontava tante storie di mare. Anche su quell'isola ci siamo fermati un paio di giorni per rifornirci di acqua – ce n'è pochissima – e pesce secco. Ma abbiamo visto le strane abitazioni dove vivono i pochi abitanti di quell'isola, tutti pescatori: sono come dei cubi di pietra con una cupola bianca di calce per tetto e una sola finestra che a volte non c'è neppure perché non serve: la luce entra dalla porta che può essere anche solo una spessa tenda lasciata aperta. Miglia più avanti, un'altra isola, ancora più piccola e completamente arida e disabitata, come mi spiegava Gero, una lastra di pietra in mezzo al mare, Lampedusa.»

Tutta la famiglia seguiva ammutolita il racconto. Beatrice sembrava ipnotizzata. Inorgoglito, anzi eccitato dall'attenzione e dalla tensione dei suoi cari, Luigi proseguiva senza sosta.

«Ma l'isola più interessante e più grande la vedemmo quando eravamo quasi alla metà del viaggio: si chiama Malta, che con la piccola Gozzo forma un arcipelago. È quella dove riparò san Paolo dopo un naufragio mentre era diretto a Roma: me lo ha raccontato il custode della cattedrale della capitale, La Valletta, dedicata, appunto al santo.

«L'isola era in mano ai cosiddetti Cavalieri di Malta, un ordine militare "ospitaliero", cioè dedicato all'assistenza e alla protezione dei pellegrini in Terra Santa, nato con la prima Crociata. Il Generale chiese al Gran Maestro dell'Ordine un approdo sicuro a tempo indeterminato ma gli fu rifiutato, perciò decise di impadronirsi dell'isola. Cosa che gli fu possibile in qualche ora di combattimenti davvero poco cruenti. Perciò facemmo dell'isola una base di rifornimento e collegamento, ma la cosa più importante per me fu che finalmente, dopo giorni, potei tornare ad assaporare della frutta e della verdura.

«Il momento più emozionante, miei cari, fu però l'ingresso della nostra flotta nello splendido porto di Alessandria, grandioso tanto da far immaginare, quasi vedere il mitico, leggendario faro scomparso, considerato una delle sette meraviglie del mondo antico. Ma secondo me già il porto con le sue colossali strutture merita di essere considerato una meraviglia. Il caldo era insopportabile, basti ricordare che era il 7 luglio ed eravamo in Africa.»

Luigi, quasi inaspettatamente, si fermò. Tutti rimasero a lungo in silenzio continuando a guardarlo con gli occhi sbarrati.

«E tu» chiese Gianarturo quasi incredulo ma con un non scontato moto di orgoglio «hai visto tutto questo, hai partecipato a tutto questo?»

«Sì, padre, quasi a tutto, finché i due occhi mi funzionavano entrambi, ma poi, dopo la ferita, che i medici – o sedicenti tali – dell'*Armée* mi medicarono in qualche modo, fui esonerato dalle azioni di combattimento e relegato in fureria. Intanto nella truppa giravano voci sorprendenti, come quella della scoperta nella città costiera di Rashid, Rosetta per noi, di una stele di pietra con incisi strani segni, dei geroglifici, l'antica scrittura egizia. Accanto c'erano altre due scritte, una delle quali in greco: questo accostamento ha permesso la traduzione dall'egizio. D'altra parte, sapevamo che con l'*Armée* Napoleone aveva voluto portare in Egitto più di duecento fra studiosi, esperti di cose orientali e tecnici.»

Si fermò brevemente perché capiva che una famiglia di tipografi come la sua considerava questa notizia straordinaria e appassionante.

«Dopo avere passato un po' di tempo tra le scartoffie, fui incaricato della manutenzione e cura delle armi della nostra legione. Una situazione francamente umiliante per il soldato coraggioso che ero stato. Fino a quando certe notizie che arrivavano da Parigi convinsero il Generale a tornare in Francia.»

In realtà Luigi non aveva raccontato proprio tutto, non poteva. Aveva omesso, per esempio, che al seguito dell'*Armée* c'era un certo numero di donne, alcune con compiti di servizio, domestici: lavanderia, guardaroba e cucina, a disposizione degli ufficiali. Altre, prostitute reclutate in Francia e nei territori occupati, Egitto e Siria compresi, erano a disposizione dei soldati, naturalmente a pagamento.

Si guardò bene, Luigi, dal raccontare che anche lui aveva fruito di quel «servizio». Ma, si ripeteva come attenuante, solo perché insistentemente spinto dai commilitoni, doveva dimostrare di essere uomo a tutti gli effetti. La cosa non gli piacque affatto, non gli diede la minima soddisfazione – come raccontò poi al Caffè ai suoi amici che ovviamente molto lo canzonarono – ma, spiegò, era come se avesse dovuto adempiere a un suo dovere di soldato.

Questa parte imbarazzante e per niente eroica della sua esperienza africana Luigi aveva potuto evitare di raccontarla anche perché Gianarturo insisteva per sapere altro.

«E tu Bonaparte lo hai mai visto?»

«Non solo l'ho visto, ma mi ha anche rivolto la parola quando ero in armeria. Era venuto per una delle sue solite ispezioni e quando mi notò mi chiese cos'era successo al mio occhio. Glielo raccontai, emozionatissimo, e lui si complimentò con me, perché, mi disse, quella ferita dimostrava che ero un bravo soldato, di quelli di cui aveva più bisogno e perciò mi augurò di guarire in fretta. Ero senza parole e riuscii solo a ringraziarlo.»

Gianarturo, compiaciuto e gonfio d'orgoglio, gli diede una pacca sulla spalla e prese anche lui a raccontare per aggiornare Luigi.

«Riprendi fiato, figliolo, che pure qui ne sono successe di cose. La guerra contro la nuova alleanza antifrancese, la cosiddetta Seconda Coalizione, allargata a quasi tutte le monarchie europee, stava andando male per i francesi. Col risultato che infine, come forse sai, sono tornati qui gli austro-russi che hanno riconquistato facilmente la nostra piccola Repubblica Cisalpina.»

«Lo so, li ho visti a spasso per Milano con le loro grottesche, vecchie uniformi bianche e i ridicoli pennacchi sui cappelli. Ebbene, fu anche questo ritorno degli austriaci a spazzare via ogni dubbio al Generale, convincendolo a tornare in Francia. Io credo, però, che soprattutto fosse determinato a mettere ordine a Parigi; infatti, conseguenza politica di tutto questo fu una grave crisi del Direttorio.»

«Abbiamo saputo» intervenne suo padre.

«Comunque, ha deciso di approfittare del viaggio per riportare in patria anche i feriti che non erano in grado di combattere, come me. Con le poche navi che ci erano rimaste siamo riusciti a partire sorprendendo gli inglesi – ma forse quel furbacchione di Nelson ha preferito lasciarci partire per liberarsi di Bonaparte – e abbiamo fatto rotta per Fréjus dove siamo sbarcati, inattesi, il 9 ottobre scorso. Da lì – mentre il Generale marciava su Parigi per, dicevano i suoi uomini, "ripristinare l'ordine repubblicano" – io e gli altri lombardi rimpatriati, con qualche cavallo e un paio di carri fornitici dai francesi, ci siamo messi in marcia per Milano. Una marcia lunga e faticosa ma eccoci qui.»

Luigi continuò instancabile a raccontare, a rispondere alle molte domande, a tranquillizzare. Infine, mentre Bianca e Zoe preparavano la cena, Gianarturo mostrò con orgoglio a Luigi alcuni fogli. Vi erano stampate delle poesie di Vittorio Alfieri, brevi brani del Parini, di Melchiorre Gioia e di altri. Tutti apparentemente scelti a caso ma in comune avevano una caratteristica che non si poteva ignorare: quei testi erano scritti con dei caratteri nuovi, mai visti prima, ben evidenti ed elegantissimi.

«Sono tornato a Parma dal mio amico Bodoni che, come mi aveva promesso, mi ha fatto dono di un corredo completo dei suoi nuovi bellissimi caratteri mobili. Ed ecco il risultato: sono solo prove, naturalmente, ma la prima opera intera che stiamo per pubblicare, poche copie per pochi amici, è quasi un omaggio al tuo amico Foscolo, una nuova edizione del *Tieste*, una tragedia fatta leggere a Vittorio Alfieri per primo, che ne fu entusiasta. Tu eri già in viaggio per l'Egitto quando quel matto si è arruolato con i francesi. Chissà, forse pensava anche lui di andare a combattere sotto le piramidi. Prima di partire per Genova come ufficiale della Seconda Divisione, è venuto a farmi visita e a conversare con me. Poi ho saputo che ha combattuto come ufficiale di quanto restava della Legione contro gli austro-russi insieme alle poche migliaia di francesi rimasti nella Riviera di ponente.

«Certo» tenne subito a precisare Gianarturo, temendo di apparire troppo rispettoso verso un giacobino, «le nostre opinioni politiche sono molto diverse, ma anche Foscolo mi sembra deluso da Bonaparte, pur battendosi contro gli austriaci. Deluso soprattutto per la cessione all'Austria della sua amata Repubblica di Venezia. Comunque, gli avevo promesso che la prima prova di stampa con i caratteri di Bodoni sarebbe stata qualcosa di suo e ho rispettato quell'impegno.»

«E dov'è adesso quello zingaro scatenato?» chiese Luigi. «Per ora so che, profondamente amareggiato, deluso e squattrinato, è in giro per l'Italia: mi ha scritto da Padova, da Bologna, è difficile seguire le sue peregrinazioni.»

Gianarturo fece una breve pausa prima di rivelare quella che considerava la notizia più piccante.

«Credo, stando alle voci, soprattutto a quelle riportate dal tuo informatissimo amico Carlo Porta, che il colpo fatale Foscolo lo abbia ricevuto dalla seducente e furbissima attrice romana Teresa Pikler. Sì, proprio lei, la moglie di quel Vincenzo Monti al quale il tuo amico dice di essere tanto affezionato, ma evidentemente non abbastanza se si è follemente innamorato di sua moglie, undici anni più di lui. Una passione che il nostro neppure nasconde ma, e questo è l'aspetto più singolare della vicenda, con la generosa tolleranza del marito. Del quale, peraltro, è noto l'opportunismo: non a caso si è subito associato alla loggia massonica milanese. Evidentemente, provenendo dal Vaticano, gli faceva comodo, qui a Milano, l'esibizione di un giovane poeta scapestrato e rivoluzionario.»

«Ma come, voi, cattolico osservante, criticate la curia, il papa?»

«Sono un cattolico di rito ambrosiano» rispose Gianarturo con un sorriso ironico.

«Forse anche alla Pikler l'opportunismo faceva comodo.»

«Quella è una gran furbacchiona, avvezza agli ambienti romani: molte promesse, molte lusinghe e niente fatti per il tuo povero amico rimasto a bocca asciutta. Oltretutto con la chiusura del "Monitore", provocata dalle intemperanze politiche di Melchiorre Gioia, è rimasto al verde e senza lavoro. Non gli restava che migrare, la fuga insomma.»

«A volte sembra che il mio amico Ugo dolori e disillusioni se li vada a cercare» commentò Luigi mentre guardava dapprima con interesse e poi con ammirazione i fogli con testi stampati in Bodoni che il padre gli stava mostrando.

«Bellissimi, padre. Sono dei testi bellissimi. Una stampa mai vista prima tanto elegante. Uno stile nuovo, per il nuovo secolo che sta per cominciare: uno stile per il 1800.» E poi, riprendendo il discorso su Foscolo, che molto gli stava a cuore: «Mi fa molto piacere sapere degli ottimi rapporti che intrattenete col mio amico Ugo e mi meraviglia questa vostra nuova attitudine al pettegolezzo o, se preferite, all'indiscrezione, ormai fate concorrenza a Porta. Comunque, dimostrate, anzi confermate un'apertura mentale e una tolleranza che molti giacobini non hanno. Ma soprattutto sono felice e orgoglioso che siate finalmente un vero editore, come avete tanto desiderato».

Dopo una breve pausa, però, cambiò espressione e tono di voce.

«Ma non tutto quello che ho visto attraversando la Lombardia e arrivando a Milano mi è piaciuto, anche se me lo aspettavo, a cominciare da certe facce: facce da austriaci e da russi. Quand'è successo?»

«Appena partito Bonaparte per l'Egitto, com'era prevedibile gli imperiali si sono precipitati a riprendersi quello che considerano loro. È stato facile, i pochi francesi rimasti e la residua Legione lombarda al comando di Moreau non sono riusciti a fermarli. Ad aprile gli austriaci guidati dal solito vecchio feldmaresciallo Michael von Melas e i russi di Aleksandr Suvorov, dopo una serie di scontri a Brivio, Lecco, Trezzo e Verderio di cui a Milano ci arrivavano voci, hanno sfondato a Cassano e il 28 aprile sono entrati a Milano, accolti con entusiasmo.»

«Entusiasmo?» chiese Luigi, scandalizzato.

«Certo, un entusiasmo giustificato quello di chi odiava

i francesi, ma insopportabilmente opportunista e ipocrita quello di quanti avevano accolto Bonaparte con altrettanta eccitazione. Ora, come avevo previsto, figlio mio, sono di nuovo qui a godersi le loro vendette. Per fortuna tu eri altrove ma ora devi stare molto attento, quelli vanno avanti con processi sommari e deportazioni di giacobini o di quanti considerano tali, devastando e distruggendo tutto quello che gli sembra un'eredità francese, molestando le donne e saccheggiando qualche negozio. Ingenuamente speravamo che abolissero la leva obbligatoria istituita da Bonaparte e invece l'hanno raddoppiata.

«Ma hanno infierito anche con certi gesti simbolici» proseguì dopo una pausa. «Per prima cosa, per esempio, hanno abbattuto quello sgorbio che i bonapartisti chiamavano Albero della Libertà, il ridicolo monumento a Bruto in piazza Duomo e quello a Marco Aurelio in piazza Mercanti. Tutto questo, come ti ho già detto, con entusiasta consenso popolare, anche di tanti repubblicani filofrancesi improvvisamente diventati monarchici filoaustriaci. Che dire, figlio mio, il popolo è fatto così.»

Più che turbato o amareggiato, Luigi era irritato.

«Non tutto il popolo, padre, non tutto. E comunque immagino che questo vi abbia fatto piacere.»

«Certo! Ma io sono sempre stato fedele al nostro augusto imperatore, come sai. Mi ha fatto piacere che quella massa di atei anticristo se ne sia andata, che quelle mostruosità erette davanti al nostro Duomo per dissacrarlo siano state abbattute. Mi fa piacere che il nostro sovrano sia ancora il cattolicissimo imperatore Francesco II, monarca del Sacro romano impero, per volontà divina, storia e tradizione. Tuttavia, non posso non provare rabbia e profonda delusione e disgusto per i voltafaccia della gente, nel vedere come gli austriaci stiano trattando la città, come si stiano vendicando di qualcosa di cui ritengono tutti i milanesi responsabili. È inaccettabile, una profonda, amara delusione, figlio mio.»

Luigi non rispose subito, non sapeva se compiacersi per la delusione di suo padre o dolersi per il ritorno degl'imperiali e per il male che stavano facendo a Milano e a quella che per lui era ancora la Repubblica Cisalpina di cui Milano era tuttora, per quanto ne sapeva, la capitale. E in quel momento gli fu chiara la strada da percorrere e in una certa misura già iniziata.

«Ormai mi è chiaro, padre, che non possiamo più sperare che altri, siano essi austriaci o francesi, ci portino libertà, pace e benessere. Dobbiamo conquistarceli da soli, noi milanesi, lombardi, italiani. In fondo è quello che involontariamente Bonaparte ci ha mostrato con quella esperienza di autogoverno, una parvenza di autogoverno, molto parziale e finto, comunque un'esperienza. E poi, ammettiamolo, ci danno una lezione di patriottismo, ci insegnano amore e dedizione alla terra, alla lingua, alla cultura e alle tradizioni nazionali, della comunità della quale storicamente facciamo parte. Il loro canto rivoluzionario, adottato come inno nazionale, comincia con le parole *Allons enfants de la Patrie*, "Andiamo figli della Patria", cioè della terra dei nostri padri. Insomma, la rivoluzione i francesi l'hanno fatta nel nome della nazione identificata col popolo. La strada è quella: lunga e faticosa ma è quella. Bisogna prepararsi, organizzarsi per intraprenderla. So che molti altri, per esempio commilitoni della Legione, la pensano come me.»

Dicendo queste cose, Luigi, pur concitatissimo, sembrava parlare fra sé e sé, mentre Gianarturo lo ascoltava in silenzio e annuendo quasi impercettibilmente. Luigi sperò che anche suo padre, che capiva ma non condivideva, arrivasse a pensarla come lui.

I due Airoldi tacquero a lungo, pensando al futuro possibile o almeno sperabile. Solo Beatrice era rimasta, attenta e interessatissima, ad assistere alla loro conversazione. Anche la nonna infatti era tornata al suo ricamo. Infine, quasi come per interrompere quel lungo silenzio che stava diventando imbarazzante, Bea intervenne con un tono un po' severo, di chi volesse ricordare qualcosa o tornare alla realtà.

«Forse, padre, c'è qualcos'altro di più importante da far sapere a Luigi.»

«È vero, ho da darti una brutta notizia. Poche settimane fa, il 15 agosto, è morto un tuo amico e nostro cliente, Giuseppe Parini. I francesi erano andati via da meno di tre mesi ma non ha potuto rallegrarsene. Si racconta, pensa, che quando i giacobini tolsero con la forza il crocifisso dalla sala del Consiglio di cui l'abate faceva parte, si dimise gridando che dove non c'è posto per il cittadino Cristo non c'è posto per il cittadino Parini. Era già anziano ma queste emozioni a una certa età si pagano. Molti milanesi hanno reagito al giacobinismo anticristiano: una cosa simile fece anche l'astronomo Barnaba Oriani. Vero che era anche sacerdote, tuttavia...»

«Padre» lo interruppe Bea, stavolta anche un po' insolente, «non intendevo questo con "altro di più importante".»

Gianarturo capì a cosa si riferisse sua figlia e le lanciò un'occhiataccia scuotendo la testa, come se volesse negare, sottrarsi a una evidenza. Ma la ragazza reggeva il suo sguardo aprendo leggermente le braccia, come a rafforzare l'inevitabilità di quello che suggeriva.

Infine, rassegnato e desolato, il povero Airoldi si decise.

«Ho un'altra amara e strana notizia da darti, figliolo. Gian Giacomo Beltrame è morto.»

Anche se il suo volto era in parte coperto dalla benda, lo sbigottimento di Luigi fu subito evidente.

«Morto? Cosa dici, come morto? Ed Elena, come sta Elena? Le è successo qualcosa?»

Senza avere ancora avuto qualche informazione sulla morte del povero marchese Beltrame, il primo, immediato pensiero di Luigi fu per Elena, l'amore della sua vita e la più pronta a intervenire per tentare di tranquillizzarlo fu Beatrice.

«Calma, Luigi, stai tranquillo, Elena sta bene, non le è successo niente.»

Ma Luigi proprio non riusciva a stare tranquillo: era agitatissimo, sconvolto perché quel fatto, quella tragedia inevitabilmente coinvolgeva la sua Elena. Con quali conseguenze per lei? Perciò, aveva assoluto bisogno di sapere cos'era successo, com'erano andate le cose. Toccò a Gianarturo raccontare.

«Un paio di mesi fa, in aprile, Gian Giacomo fu trovato morto, trafitto, pare, da più colpi di spada, nel casino di caccia all'interno della grande tenuta di villa Rovi, in Brianza, proprietà della sua amante, la ricchissima vedova Mariangela Rovi che aveva ereditato tutto dal suo defunto marito, il gioielliere Ascanio Rovi. La relazione fra i due da tempo a Milano non era un segreto. Come pure non lo era che, anche dopo avere sposato Elena, Gian Giacomo continuasse a incontrare la sua amante. Me ne aveva parlato anche Parini, e il tuo amico Porta prima di partire per Venezia.»

«Sì, sapevo qualcosa, Carlo mi aveva detto di quella loro relazione ma non volevo credere che continuassero a incontrarsi.»

«Pare che non abbiano mai smesso di vedersi. Questo, credo, spiegherebbe perché Gian Giacomo si astenesse da qualsiasi rapporto con Elena: forse la Rovi era gelosissima e possessiva, forse in qualche modo gli aveva imposto di non adempiere ai suoi doveri coniugali, forse semplicemente lui non voleva tradire il suo vero grande amore...»

«Questo per me è assolutamente incomprensibile, che si possa volutamente rinunciare a una donna come Elena» reagì Luigi con amarezza e irritazione.

«Comunque, figliolo, pare che sia stata proprio la sua amante a trovarlo morto, andando a uno dei loro soliti incontri. Lo trovò trafitto più volte, disteso nel suo letto, nel... loro letto, completamente inzuppato di sangue. Terrorizzata e sconvolta, come puoi immaginare, non seppe fare altro che correre a informare della terribile scoperta il padre di Gian Giacomo, il marchese Rolando, il quale, naturalmente, sapeva della relazione di suo figlio con la Rovi, e la disapprovava con forza ma inutilmente. Forse pensava che il figlio sposandosi vi avesse messo fine. Fu lui, comunque, ad andare dal magistrato, naturalmente senza neppure accennare alla relazione con la Rovi, la quale da allora è come scomparsa.»

Airoldi si fermò brevemente come per prendere fiato e consentire al figlio di ritrovare la calma.

«Nella denuncia» proseguì quindi «il marchese parlò di un'aggressione per rapina, il magistrato si accontentò della sua versione e non andò a fondo: sai come molti giudici siano deferenti con i nobili, specialmente se si tratta di un potente e ricco marchese come Rolando Beltrame. Il caso è stato chiuso in fretta e furia: aggredito e ucciso per rapina da una banda di criminali sconosciuti. Anche se non si sa di cosa sarebbe stato rapinato, in un casino di caccia di solito non ci sono soldi, valori o oggetti preziosi, al massimo qualche fucile. È tutto molto misterioso, in questa storia.»

«Quindi nessuno sta indagando. E in giro cosa si dice, che ipotesi si fanno?» chiese Luigi, naturalmente più preoccupato per le sorti di Elena che per il defunto marchese.

«Chiacchiere» concluse secco Gianarturo, «solo chiacchiere senza fondamento. C'è perfino chi fantastica che a ucciderlo sarebbe stata proprio la sua amante, per gelosia dopo che si era sposato, e la prova sarebbe il fatto che la Rovi è scomparsa. Ma, come dicevo, sono solo fantasie e pettegolezzi.»

«E voi, padre, cosa ne pensate?»

«Non lo so e non voglio fare ipotesi. Anzi non voglio neppure saperlo e pensarci, anche perché tua madre ha appena apparecchiato per te una cena meravigliosa e a tavola non si parla di certe cose. Perciò, pace all'anima sua e chiudiamo qui con questa brutta storia.»

In realtà, per Luigi quella brutta storia non fu affatto chiusa lì. Superata la sorpresa, la costernazione per la notizia, il suo primo pensiero fu che dunque Elena era libera. Certo, si affrettò a dirsi, in un modo che mai avrebbe desiderato – ma in realtà un involontario moto di gioia gli esplodeva nel cuore. Sentimento che però subito gli parve inopportuno, cattivo, quasi blasfemo. Non si può gioire per la morte di chicchessia, pensò subito; neppure per quella dell'uomo che ti ha portato via la donna della tua vita.

La cena che mamma Bianca con Zoe avevano preparato «per il ritorno del figliol prodigo», come ironizzava Gianarturo, fu ricca e gioiosa. La tavola apparecchiata in modo sontuoso come per le occasioni speciali, con biancheria di lino e posate d'argento. Luigi, naturalmente, per tutta la cena fu festeggiato e coccolato.

«Un ingiustificato trattamento da re, esagerato, anche se è vero che sono pur sempre vostro figlio.»

Bianca si schermiva ammutolita dalla felicità. Gianarturo fra un «ma va' là!» e l'altro bofonchiava qualcosa d'incomprensibile.

Luigi, comunque, non solo era felicissimo di essere a casa ma anche – e continuava a pensarci e a vergognarsene ma non poteva farci niente – del fatto che la sua Elena era tornata libera.

Non sapeva ancora se il suo servizio nella Legione sarebbe andato avanti in qualche modo o se, a causa della ferita, sarebbe cessato. D'altra parte, egli stesso non era convinto di voler proseguire, sempre meno attratto da Bonaparte e dalle sue imprese che gli sembravano ormai palesemente imperialiste. Anche se, come si ripeteva sempre, si rendeva conto che da lì poteva nascere una spinta per l'indipendenza dell'Italia e la conquista di libertà civili per gli italiani.

Quella notte, comunque, e anche nelle successive finché non si fosse fatta chiarezza sul suo futuro, avrebbe dormito a casa sua. Finalmente, dopo tanto tempo.

Trovò la sua vecchia camera perfettamente in ordine, come se la famiglia lo avesse sempre aspettato da un momento all'altro, e gli sembrò perfino profumata. Nel letto era stata messa una biancheria che lui sapeva essere quella più pregiata del corredo di casa, da usare per le occasioni eccezionali.

Quando si fu coricato dopo avere indossato la sua camicia da notte preferita, quella di flanella bianca con bordi di seta, che era stata preparata sul suo letto, non poteva immaginare che mamma Bianca a stento stesse resistendo all'impulso di andare a dargli il bacio della buonanotte, come faceva quand'era bambino.

Ma Luigi, nonostante la gioia del ritorno a casa, sapeva che quella notte si sarebbe addormentato a fatica, sapeva che l'idea, anzi l'immagine di Elena nuovamente libera non gli avrebbe dato tregua.

E lui, cosa avrebbe dovuto o potuto fare? Andare a cercarla o, almeno per un po', ignorarla? Stando a quello che gli avevano raccontato, suo marito era morto da poco, perciò, secondo la tradizione che le famiglie nobili rispettavano rigorosamente, il lutto stretto sarebbe durato un bel po', non sapeva esattamente quanto, mesi, sempre troppo per lui. Certo, il matrimonio non era stato consumato ma era pur sempre un regolare matrimonio e quindi le forme andavano rispettate. Il decoro sociale e le convenzioni lo imponevano.

Questo pensava Luigi in quella quasi insonne prima notte fra le ritrovate e confortanti pareti domestiche. Ma sapeva anche che non sarebbe riuscito a lasciar passare troppo tempo prima di tentare di incontrare Elena.

La prima cosa che gli venne in mente appena sveglio all'alba non fu la gioia di ritrovarsi in famiglia ma qualcosa che fino a quel momento aveva trascurato e che improvvisamente gli procurò rimorso e senso di colpa: si rese conto di non avere pensato neppure per un attimo che la tragedia della morte violenta e cruenta di Gian Giacomo comunque aveva colpito e certo coinvolto emotivamente anche Elena, che in qualche modo ne aveva sofferto, tanto più dopo un'esperienza matrimoniale così frustrante e umiliante.

Decise perciò che doveva cercarla e incontrarla al più presto.

Salutò, baciandola frettolosamente, mamma Bianca, che gli rispose con uno sguardo deluso che diceva «già vai via?» e uscì di casa dirigendosi verso la basilica di San Babila.

Arrivò all'elegante palazzo nobiliare che si diceva fosse opera di un allievo del Piermarini, anche se Luigi non ne riconosceva lo stile, quasi affacciato sul Naviglio della cerchia interna e che sapeva essere proprietà del conte Carminati e ora residenza della sfortunata vedova Beltrame.

Sembrava disabitato: le grandi finestre chiuse, sbarrato l'alto portone in legno tutto bassorilievi geometrici. Luigi decise di ispezionarlo tutto intorno per accertarsi se vi abitasse qualcuno. Alle spalle del palazzo vide che un portoncino più piccolo era aperto su un cortile interno lastricato con bianchissime pietre di fiume. Entrò e, sul lato destro, un mezzo cancello in legno lasciava intravedere quella che doveva essere stata la scuderia della casa, ma dentro neanche l'ombra di un cavallo. C'era solo un anziano ometto che, riparato da un lungo e ampio grembiule di cuoio che gli arrivava fino ai piedi, era dedito con una grande scopa di saggina a pulizie che in realtà apparivano inutili, assolutamente superflue perché tutto, dal selciato del cortile agli interni della scuderia, era perfettamente pulito.

Pur intuendo che quell'uomo era custode e inserviente di una grande e bella dimora disabitata, Luigi comunque gli si avvicinò e gli chiese se i coniugi Beltrame fossero in casa. L'ometto dapprima lo guardò con aria sospettosa, poi in malo modo gli rispose che il palazzo era deserto «da quando è successa la disgrazia».

Luigi capì a quale «disgrazia» alludesse ma finse ugualmente di ignorarlo: «Non so di cosa parliate, buon uomo, sono appena rientrato in città».

«Dunque, non sapete che il marchese è morto? Pochi mesi fa è stato trovato ucciso a colpi di spada o di pugnale, non so bene, probabilmente da uno o più briganti.»

«Ciò è terribile, pace all'anima sua, vedo che Milano non è più una città sicura e tranquilla come un tempo.»

L'ometto annuiva.

«E la... marchesa, cioè la contessina Elena Carminati? Sì, insomma, sua moglie?»

«Lei sta bene, non era con lui quando è accaduta la disgrazia. Da allora è tornata a casa di suo padre dove se ne sta chiusa in una specie di clausura. A me ora spetta solo accudire questa che era la loro casa. Voi li conoscevate?»

Luigi rimase a lungo silenzioso e immobile, badando a non tradire una qualche emozione. Poi, quasi sottovoce, concluse: «Conoscevo… cioè, conosco la contessina Carminati. Grazie buon uomo». E uscì da dove era entrato.

Ora aveva ben chiaro a cosa dovesse dedicarsi nei prossimi giorni o settimane o mesi. Di quanto tempo avesse bisogno non gli importava: tutto quello necessario per ritrovare Elena e averla finalmente per sé.

Per prima cosa, perciò, corse al Palazzo della Ragione, fino a pochi anni prima Broletto Nuovo, sede dell'amministrazione cittadina e del comando della repubblicana Legione lombarda, ormai, col ritorno degli austriaci, in via di scioglimento. Doveva sapere cosa sarebbe stato di lui ora che aveva un occhio di meno e visto che l'*Armée* per questo lo aveva rimandato in Italia, a Milano, senza alcuna indicazione sul suo possibile impiego futuro. Per di più ora il corpo sarebbe stato trasformato in Milizia Reale al servizio del viceré austriaco e Luigi non aveva alcuna intenzione di servire l'Austria.

Il cittadino commissario alla Legione, Ambrogio Bevacqua, designato da Bonaparte su indicazione di Teulié, approvato dal Consiglio degli Anziani della Repubblica Cisalpina e poi dal Direttorio, ora di fatto fungeva da liquidatore del corpo che, comunque, in così poco tempo si era fatto onore. Quasi tutti gli ufficiali e anche parte della truppa erano riparati in Francia dove Teulié tentava di organizzare una velleitaria Legione italica.

Ambrogio Bevacqua era una vecchia conoscenza di Luigi del quale frequentava spesso la casa e la tipografia. Rampollo di una importante e ricca famiglia milanese, di qualche anno più anziano di lui, simpatico e ben disposto nei suoi confronti, erano diventati amici ai tempi delle comuni e scapestrate frequentazioni giacobine; a volte Ambrogio era con Luigi e gli altri amici seduto al tavolo del Caffè Nuovo.

Quando Bonaparte era partito per l'Egitto avrebbe voluto andarci anche lui, ottimo cavallerizzo, alla testa dello squadrone di cavalleggeri della Legione al seguito. Ma gli fu imposto di restare a Milano per adempiere al suo ruolo di commissario. In quella funzione, comunque, riuscì a farsi onore impegnandosi nell'ultima resistenza in città al ritorno degli austro-russi, per conto dei quali ora, con forte rammarico, stava liquidando la Legione che sarebbe stata convertita in Milizia Reale.

Alle domande di Luigi, dopo le prime inevitabili ma fraternamente ciniche battutacce sull'occhio bendato, Ambrogio rispose con franchezza: «Mio caro, se il Generale dovesse tornare, cosa che tutti speriamo, di un guercio non saprebbe cosa farsene. Ma tu hai già molti impegni: quel reazionario monarchico di mastro Gianarturo, per esempio, da quando è diventato editore» e qui, sorridendo, fece un gesto e un verso di esagerata ammirazione «ha ancora più bisogno di te. E poi Elena, forse anche lei...» ma si fermò, pentito di averla nominata quando il suo amico gli lanciò un'occhiataccia, e concluse in fretta: «Sei congedato. Potrai restituire l'uniforme e l'arma quando vorrai».

Uscito dal Palazzo della Ragione, Luigi era soddisfatto, anzi entusiasta, nonostante il vago sentimento di rammarico e nostalgia per avere lasciato la Legione. Non gli restava altro da fare che correre da suo padre, informarlo della sua disponibilità, anzi, del suo desiderio di tornare a lavorare con lui – Gianarturo, Luigi ne era certo, ne sarebbe stato felice – per poi dedicarsi finalmente alla ricerca di Elena.

A proposito della quale, non aveva dimenticato quel velocissimo, fugace forse per discrezione, accenno sfuggito a Bevacqua. E ora si pentiva dell'occhiataccia con cui l'aveva fermato perché, pensava, forse l'amico Ambrogio sapeva qualcosa, aveva qualche informazione sulla situazione di quella che restava la donna della sua vita, forse anche sulla tragica morte di Gian Giacomo. In fondo era stato ufficiale prima nella Guardia e poi nella Legione, gente altolocata e informata ne conosceva, voci e indiscrezioni ne raccoglieva molte. Doveva tornare da lui e farsi dire tutto quello che sapeva di Elena.

IX

Editore

Quando suo figlio gli comunicò il desiderio di tornare a lavorare con lui, Gianarturo arrivò a commuoversi. «Fenomeno rarissimo» pensò Luigi, «si vede che sta invecchiando.» L'idea di averlo nuovamente attivo accanto a sé, a mastro Airoldi sembrava la coronazione di un desiderio covato per mesi. Tanto più che ora, da editore, aveva bisogno di una mente più giovane, più fresca, più informata, più a conoscenza delle cose del mondo – e meglio ancora se con idee tanto lontane dalle sue.

Appena tornato in tipografia, Luigi notò che molti torchi erano nuovi, diversi da quelli che conosceva, in ghisa, evidentemente adatti ai caratteri di Bodoni.

«Per ora» spiegò Gianarturo eccitatissimo «usiamo quelli che mi ha venduto il mio amico parmense, ma presto li produrremo noi. Ho anche le formelle per i singoli caratteri di dimensioni diverse. In cortile, come vedrai, stiamo risistemando una fornace che già usavamo per fondere la lega di piombo, antimonio e stagno da versare nelle formelle. Insomma, presto saremo del tutto autonomi anche con i nuovi caratteri.»

La visita all'officina che già conosceva e ricordava benissimo fu breve, e Luigi volle subito mettersi alla prova con i nuovi caratteri mobili e i nuovi torchi. Abbastanza agevolmente compose una matrice con le prime ottave del proemio dell'*Orlando Furioso* di Ludovico Ariosto, poema che amava moltissimo anche se nulla aveva a che vedere con la sua cultura illuminista e giacobina.

Le donne, i cavallier, l'arme, gli amori,
le cortesie, l'audaci imprese io canto ...

Il padre gli stette accanto assistendolo nella delicatissima operazione di inchiostrazione con un particolare rullo, più leggero.

«Sai, questi caratteri sono più raffinati, a tratti molto sottili, è facile eccedere.»

Infine, Gianarturo lo seguì sull'uso del torchio e sul controllo della pressione. In realtà, Luigi non aveva bisogno di consigli, era abbastanza esperto, ma si emozionò quando vide stampata la prima ottava.

«È bellissima! Col Bodoni perfino l'Ariosto migliora» esagerò per l'entusiasmo.

L'eccitazione per le novità e la curiosità lo tennero al lavoro fino a tardi, riuscì persino a non pensare sempre a Elena. Finché, risalendo verso casa con Gianarturo palesemente felice e affettuoso come non lo aveva mai visto, non riuscì a non chiedergli: «Ma voi, padre, che idea vi siete fatta della morte di Gian Giacomo Beltrame?».

Dopo un lungo silenzio, la risposta a Luigi parve sibillina.

«Mio caro, non so niente di più di quello che si dice in giro.» E dopo una brevissima pausa: «Ma io ho l'impressione che per capirci qualcosa non bisogna allontanarsi dal loro ambiente. Ti ripeto, è solo una mia impressione».

Luigi fu colpito da quella che a lui sembrava più un'illazione che un'impressione. O, quanto meno, un'ipotesi, per quanto vaga. Senza prove, certo, forse solo prodotto dell'intuito. Ma anche le intuizioni non nascono dal nulla – si ostinava a pensare –, c'è sempre qualche elemento concreto, di cui probabilmente non si ha neppure coscienza, che innesca, induce l'intuizione.

«Tuttavia, figlio mio» aggiunse Gianarturo per interrompere le sue elucubrazioni, «ti prego di non tornare a perderti dietro questi pensieri, all'inseguimento di ricordi smarriti. Quella è una storia finita, quest'ultima tragedia ci ha messo una pietra sopra. Una pietra tombale: scusami quest'ultima battuta, pessima, lo riconosco, eppure non involontaria.»

Ma ormai Luigi non riusciva a togliersi dalla testa la sensazione che, ipotesi o intuizione o qualsiasi altra forma di percezione fosse, il padre gli aveva indicato una possibile strada. Era davvero un suggerimento paterno? Notò anche che in quella loro pur breve conversazione non era mai stato fatto il nome di Elena, della quale in realtà avevano parlato senza nominarla.

Quella notte fece molta fatica a prendere sonno. Doveva andare a fondo della morte di Gian Giacomo, di tutta quella storia. A cominciare, anzi, dalla sua relazione clandestina e il conseguente – ma per Luigi incredibile e inaccettabile – volontario inadempimento dei suoi doveri coniugali. «Una vicenda con troppi lati oscuri» pensava, «con troppe situazioni incomprensibili. Tutte cose che non mi interesserebbero affatto se non riguardassero Elena.»

Gli tornò alla mente quella battuta di Ambrogio Bevacqua che lui aveva inopinatamente bloccato temendo chissà cosa, quel «E poi Elena...». Stava forse per rivelargli qualcosa su di lei o sulla poco chiara fine di Gian Giacomo? E cosa? Aveva fatto malissimo a bloccarlo quel giorno, a zittirlo. Doveva tornare da Ambrogio e chiedergli cosa stesse per dirgli.

Il Commissario liquidatore della Legione lo ricevette con un sorriso vagamente sornione.

«Bentornato. Sei qui, forse, per sapere qualcosa a proposito di qualcuno?»

L'ironia dell'amico, su un argomento per lui sacro, irritò Luigi, che però decise di stare al gioco.

«L'altro giorno ho avuto l'impressione che stessi per informarmi sulle recenti vicende di Elena, ma io ti ho interrotto.»

«Già, e anche piuttosto bruscamente.»

«Me ne scuso, amico mio, ma come puoi capire quello è un argomento che proprio non riesco ad affrontare con serenità.»

«Capisco benissimo, perciò non hai affatto da scusarti.»

«Bene. Dunque, cosa stavi per dirmi riguardo a Elena?»

«Ecco. Devi sapere che la mia famiglia e quella di Mariangela Rovi, l'amante di Beltrame, sono molto amiche da tempo. Noi andavamo spesso a caccia nella loro enorme tenuta nella bassa Brianza, oltre il naviglio della Martesana, appena a nord del borgo di Cologno, verso Carugate. Costeggiata dal Lambro, quella tenuta è un paradiso per i cacciatori: lepri, fagiani, quaglie, anatre, di tutto. Ma anche la loro splendida e grande villa è sempre molto ben frequentata. Perciò Mariangela e io ci conosciamo fin da bambini e siamo ottimi amici, da ragazzini avemmo pure una innocente e breve storia che definire d'amore sarebbe eccessivo.»

Un ricordo che lo fece tacere per pochi istanti di inaspettata nostalgia, con un sorriso di tenerezza.

«Sono stato forse il primo a sapere della sua relazione con Beltrame, dalla quale ho vanamente tentato di dissuaderla in tutti i modi e per molti motivi, a cominciare dalla differenza di età. Fu Mariangela stessa a informarmi del contratto di matrimonio fra Beltrame ed Elena, per la quale poi ho saputo che avevi perso la testa. Inutili i miei amichevoli tentativi di farla ragionare, lei era follemente innamorata. Perciò smisi di frequentarla: non volevo essere in qualche modo coinvolto in una storia che temevo sarebbe finita male. Come, infatti, è accaduto.»

Luigi ascoltava, concentratissimo e silenzioso. «Dunque anche lui come Carlo Porta conosceva questa Rovi» pensò.

Dopo una pausa brevissima, come se avesse bisogno di riordinare i ricordi o controllare le emozioni, Ambrogio proseguì: «Finché un giorno, verso sera, Mariangela si presentò da me, improvvisamente e del tutto inattesa, proprio in questo ufficio. Si sedette dove ora sei seduto tu. Era disperata, sconvolta, in lacrime. "Lo hanno ucciso! Lo hanno ucciso!" gridava singhiozzando. Capii subito che parlava di Gian Giacomo».

«Dunque, lei ha assistito all'assassinio? Ha visto chi è stato?»

«Lasciami andare avanti. Quando finalmente sono riuscito a calmarla, almeno un poco, Mariangela mi ha raccontato che quel giorno andava a raggiungere il suo amante nel casino di caccia, lontano dalla grande villa, in fondo al breve viale che parte dal cancello grandioso, quasi monumentale, all'ingresso della tenuta: uno stradone, che poi prosegue verso la villa, lastricato con pietre di fiume, alberato con due doppie file di tigli, a destra e a sinistra, che in primavera inondano col loro intenso profumo tutto il percorso.»

Ambrogio notò che il suo amico cominciava a dare segni d'insofferenza.

«Scusami Luigi, sto divagando, ma sai, i ricordi... Comunque, Mariangela racconta che stava per entrare nel loro – chiamiamolo pure così – nido d'amore, quando notò che la porta era aperta e subito dopo vide uscire precipitosamente un uomo che impugnava una spada. Colto di sorpresa, quell'uomo per un attimo si fermò a guardarla brandendo minacciosamente l'arma, ma poi subito fuggì di corsa. Mariangela, che lo ha definito "un brutto ceffo", in quel brevissimo istante vide che la spada era insanguinata e anche gli abiti del sicario. Perché, evidentemente, era un sicario. Mariangela racconta che si precipitò nel casino e trovò Gian Giacomo in un lago di sangue. Si chinò su di lui, lo abbracciò chiamandolo disperata perché, dice, le sembrava ancora vivo, muoveva le labbra, sanguinava dalla bocca, sussurrava qualcosa e a lei sembrò di intendere "Carminati... Carminati...", ripetuto due volte prima di morire.»

«Certo, Cesare Carminati de' Brembilla, il padre di Elena.»

«Calma Luigi, prima di pronunciare sentenze, anche se ammetto che lo pensai subito anch'io. Comunque, sconvolta, non sapendo cosa fare, Mariangela corse a casa a lavarsi e poi subito da me a raccontarmi tutto e a chiedermi di aiutarla. Le dissi di tornare a casa, che avrei pensato a tutto io.»

«E cosa facesti per aiutarla?»

«Andai subito dal capitano di giustizia e gli raccontai quasi la verità, quasi: che il casino di caccia come tutta la tenuta dei Rovi era spesso a disposizione di amici della famiglia per qualche riunione o passeggiata nel bosco o una breve battuta di caccia. Che quel giorno era stata messa a disposizione di Gian Giacomo e alcuni amici, fra i quali anch'io, per una passeggiata e una conversazione sulla guerra di Bonaparte in Egitto, guerra che a noi sembrava stranissima, incomprensibile. Ho raccontato che Gian Giacomo era già lì con un certo anticipo e quando arrivò Mariangela per fare gli onori di casa agli ospiti in arrivo, vide il cadavere e corse a chiedermi aiuto. A bloccare gli ospiti poi avrebbe pensato la servitù.»

«Ambrogio, quello che hai raccontato non è quasi la verità ma quasi tutto inventato. E il capitano di giustizia ti ha creduto?»

«E perché mai non avrebbe dovuto credermi? Mi informò che da tempo giravano in quella zona disertori francesi sbandati che si erano rifiutati di seguire il Generale in Egitto, alcuni dei quali si erano dati a furti, rapine e saccheggi. Notò solo, dopo avere ispezionato il luogo del delitto, che nulla era stato toccato. Quindi, non c'era stata rapina ma gli sembrò plausibile, visto che l'assassino non ne aveva avuto il tempo.»

«E Mariangela fu sentita?»

«Certo, fu sentita giorni dopo; una cortesia del capitano di giustizia per lasciarle il tempo di calmarsi. Io l'avevo preparata ma il colloquio fu una mera formalità. Accortezza che quel gendarme, di solito durissimo, non usa certo con tutti, ma i Rovi sono una famiglia molto ricca e potente. Ormai non ci resta che aspettare i risultati delle indagini che il capitano di giustizia sta compiendo. Ti assicuro che gli starò addosso.»

Luigi aveva ascoltato il racconto con la massima attenzione ed era sinceramente ammirato dalla determinazione e dalla destrezza con cui Ambrogio aveva gestito la brutta storia salvaguardando l'onore della sua amica Mariangela. Ma non aveva alcuna intenzione di limitarsi ad aspettare l'esito delle indagini. Provava un irresistibile impulso a incontrare Elena, sentire anche la sua versione, ma era consapevole della difficoltà di superare le barriere che suo padre il conte le aveva eretto attorno. E poi non era sicuro che fosse opportuno, che fosse il momento, il periodo giusto, a così breve distanza dall'assassinio di quello che era pur sempre, almeno formalmente, suo marito.

Soprattutto, non riusciva a togliersi dalla mente quel nome che Mariangela avrebbe sentito pronunciare da Gian Giacomo morente: «Carminati... Carminati...». Lo ha sentito davvero o immaginato sconvolta alla vista dell'amante in fin di vita? O, perfino, ha mentito per orientare le indagini in una direzione a lei gradita? Anche se – e una donna come lei, del suo ceto, avrebbe dovuto saperlo – un'indagine su un nobile tanto potente era molto improbabile, in particolare ora, dopo il ritorno degli austriaci.

Luigi apparteneva a una generazione di milanesi che si era formata alle teorie e ai principi giuridici dell'illuminismo. Da soli quattro anni era morto Cesare Beccaria che, nel 1764, ad appena ventisei anni, aveva pubblicato un saggio sulla giustizia e sulle garanzie per accusati e condannati, quel *Dei delitti e delle pene* che, arrivando a invocare l'abolizione della pena di morte e della tortura, aveva avuto un grandissimo successo in tutta Europa. Chi, come lui, si era nutrito alle idee del Beccaria non poteva prendere immediatamente per buona un'ipotesi accusatoria così grave. S'impose di calmarsi e di pensarci su, magari tornando a parlarne con Ambrogio.

Ma la riflessione fu molto breve e dopo appena un paio di giorni i due amici si diedero appuntamento con uno scambio di biglietti e s'incontrarono di nuovo ma questa volta al Caffè Nuovo, dove Luigi aveva una gran voglia di tornare.

Naturalmente l'ambiente era molto cambiato dall'ultima volta, nelle sale ora c'erano molte, troppe divise bianche austriache e le dame erano assai meno numerose di un tempo, evidentemente la compagnia austriaca non era gradita come quella francese. Ma il cameriere non era cambiato e manifestò molta soddisfazione per il ritorno di un vecchio cliente; perciò, il tavolo che gli aveva riservato era lo stesso di un tempo. Quando i due amici vi si sedettero, Ambrogio si affrettò a fare un annuncio che rese felice Luigi.

«Presto ci raggiungerà Carlo Porta che è appena tornato da Venezia in quella che lui chiama "la mia arcifottuta casa", per quanto detesta la tetraggine del suo ambiente famigliare. Pensa che, per tener fede alla sua vocazione alla poesia vernacolare pare che in Laguna si sia spinto a verseggiare in dialetto veneziano e, si dice da quelle parti, con ottimi risultati. È un personaggio straordinario la cui amicizia è preziosa.»

Luigi assentiva con entusiasmo e festeggiarono l'ottima notizia con un nuovo tipo di bevanda che avevano appena inventato: al caffè tipico del locale facevano aggiungere – la chiamavano «correzione» – una speciale grappa della Val Brembana.

E fu il distillato a liberare Ambrogio di ogni residuo scrupolo di riservatezza.

«Carlo è venuto a salutarmi questa mattina. Mi ha parlato molto dei mesi passati a Venezia: poco lavoro, donne, baldorie, vino e gioco, nonostante i pochi soldi e grazie a elargizioni paterne. Si è persino cimentato, come ti ho detto, con qualche verso in dialetto veneto ma soprattutto con un grande amore, largamente ricambiato. Il nostro amico ha perso la testa per una nobildonna, Adriana Cordier Diedo che, altrettanto innamorata, non voleva lasciarlo tornare a Milano. La verità è che il nostro Carlo ha smarrito un pezzo di cuore in Laguna.»

Un altro sorso e, dopo un attimo di incertezza, Ambrogio si avvicinò ancora di più a Luigi e quasi parlandogli nell'orecchio, con l'aria di chi sta per rivelare un segreto che doveva restare tale, gli sussurrò: «Parlo piano perché tutti questi topi bianchi non devono sentirmi. Sono in corrispondenza con i miei amici ufficiali francesi che erano a Milano col Generale. Mi hanno confermato la voce che già ci era arrivata, che a Parigi Bonaparte si è impadronito del potere. Il 10 novembre, 18 brumaio, secondo lo strano calendario adottato con la Rivoluzione, ha fatto irruzione con i suoi uomini nell'Assemblea nazionale e rimosso il Direttorio, ormai inconcludente e, con l'intenzione di mettere ordine nella Repubblica, lo ha sostituito con un Consolato, sul modello dell'antica Roma. Tre consoli, egli stesso e altri due dei quali si sono sentiti i nomi nei mesi caldi della Rivoluzione, Emmanuel Joseph Sieyès e Roger Ducos. Ma ha voluto riservare per sé, al vertice di questo triangolo, il ruolo di Primo Console. Anzi, Primo Console a vita. Di fatto, quindi, tutto il potere è nelle sue mani e a tempo indeterminato. Se vogliamo continuare a riferirci all'antica Roma, una tirannide, una dittatura».

«Ma, come dicevi, qualcosa già sapevamo» intervenne Luigi, «voci ci erano arrivate.»

«Già, ma quello che probabilmente non sapete è che Napoleone si accinge a tornare in Italia, a Milano. Vuole regolare in conti con gli austro-russi, con la seconda coalizione antifrancese che ha messo in crisi il Direttorio fino alla caduta della Repubblica, consentendogli di impadronirsi di tutto il potere. Sa che il ventre molle dell'alleanza nemica è qui. E poi pare che si sia molto affezionato a Milano, che abbia per la nostra città progetti grandiosi. Sa che il suo prestigio e il suo potere sono cresciuti qui, con la campagna d'Italia. Ormai è evidente che per questa ragione il Direttorio lo ha mandato in Egitto.»

«Dunque il Generale sta tornando?» chiese Luigi eccitatissimo, sussurrando nell'orecchio dell'amico. «Come fai ad avere informazioni così precise?»

Ambrogio esitò prima di rispondere e poi, ammiccando: «Con i miei amici ufficiali francesi ci scambiamo informazioni fin da quando, partito il Generale per l'Egitto, sono tornati gli austriaci. Uno scambio utile, come vedi».

Luigi certo non si scandalizzò apprendendo che, di fatto, il suo amico facesse l'informatore dei francesi. Anzi, era fiero di lui, quasi lo invidiava. Ma soprattutto lo esaltava l'attesa del ritorno di Napoleone, nonostante tutte le delusioni, le critiche e i dissensi maturati durante i due anni in cui aveva governato Milano.

Mentre i due amici riflettevano silenziosi sulle prospettive che queste notizie aprivano, arrivò Carlo Porta, sorridente, con l'espressione di chi è felice di essere tornato nel posto giusto con gli amici giusti che lo accolsero con entusiasmo. Seguì una lunga serie di racconti, rievocazioni, spiegazioni, a cominciare, naturalmente dall'occhio bendato di Luigi e dalla bohème veneziana di Carlo, con un vago accenno al grande amore.

Della possibile e prossima ridiscesa in Italia di Napoleone, Porta apparve informato o almeno dotato di buon intuito.

«Era evidente che volesse riprendere da qui la guerra contro le monarchie reazionarie. Potrebbe essere una buona cosa per noi perché adesso dei nostri territori ma soprattutto della nostra collaborazione egli ha un gran bisogno.»

Finalmente arrivarono a parlare della vera ragione del loro appuntamento di quella sera. Naturalmente Porta sapeva già della cruenta storia di amore e morte di Gian Giacomo, a informarlo subito dopo il suo ritorno da Venezia era stata la stessa sua amica Mariangela.

Ma ora i tre amici si chiedevano: come interpretare quello che la Rovi diceva di avere sentito mormorare dal suo amante moribondo, quel «Carminati... Carminati...»? Aveva sentito bene, aveva realmente percepito quelle parole o aveva creduto, immaginato che lui le dicesse quello che lei pensava e voleva sentirgli dire? Oppure, infine: e se fosse un suo disperato e consapevole tentativo di vendicarsi dell'uomo che, per sua figlia, voleva portarle via Gian Giacomo?

Nessuno dei tre aveva le idee chiare, solo Luigi sapeva cosa fare, qualcosa di temerario e quasi impossibile: andare a parlare proprio con il conte Cesare, il padre di Elena. Ma si guardò bene dal confidarlo agli amici, certo che avrebbero fatto di tutto per dissuaderlo.

Mentre rifletteva su questo suo proposito, intervenne Ambrogio a cambiare argomento.

«Per prima cosa, comunque, dobbiamo fare chiarezza sulle condizioni di questo tuo occhio, perché dei sedicenti medici dell'*Armée* non mi fido; a malapena sono in grado di adempiere al loro incarico principale, occuparsi dei cavalli, anche perché quelli feriti o azzoppati in battaglia generalmente vengono abbattuti. Conosco un ottimo medico, milanese, del quale ci si può fidare. Domani ti porto da lui.»

Luigi era entusiasta di questa possibilità, anche perché ormai aveva la sensazione che quel suo occhio fosse in realtà molto meno malridotto di come gli aveva raccontato in Egitto quel mezzo veterinario. Un entusiasmo e una speranza che lo spinsero a proporre un brindisi.

«Al nuovo secolo che è appena cominciato, cari amici: un secolo, questo XIX, che, ne sono certo, è pieno di promesse. Chissà se questa volta Bonaparte, se veramente tornerà dalle nostre parti, le manterrà.»

I tre giovani alzarono i calici sorridenti e pieni di fiducia nel futuro.

Il giorno dopo Ambrogio e Luigi erano nello studio di un anziano e stimato dottore – o «cerusico», antico termine con cui, scherzando sulla sua età e sulla sua saggezza, lo definiva qualcuno – molto apprezzato dalle famiglie nobili, notabili e comunque benestanti: insomma, da quelle che potevano permettersi di pagarlo. Anche se, come altri suoi colleghi, talvolta si occupava gratuitamente dei più poveri, un'opera di carità sollecitata dal cardinale arcivescovo secondo una tradizione popolare che si faceva risalire a Carlo Borromeo e che comunque procurava prestigio e meriti al benefattore.

Luigi gli raccontò l'episodio accaduto in Egitto e poi si tolse la benda per farsi visitare. Silenziosissimo, il medico rimosse anche l'impacco di garza, ormai secco. Notò una ferita superficiale e ormai rimarginata che dal sopracciglio scendeva sulla palpebra. Delicatamente, col pollice gli sollevò la palpebra che restava chiusa e, dopo aver osservato a lungo, notò che la pupilla era arrossata ma intatta. Finalmente, sorridendo, parlò.

«Caro ragazzo, siete fortunato. Quella scimitarra vi ha solo molto superficialmente graffiato la palpebra, toccando appena la pupilla, ancora arrossata per il colpo, quindi costringendovi a tenere l'occhio chiuso. Ora è tutto a posto, dovete solo sciacquarvelo spesso con acqua pulita e fresca e in un paio di giorni tornerete a vedere come prima.»

In effetti Luigi si era subito accorto di avere già recuperato la consueta visione binoculare e si affrettò a comunicarlo con entusiasmo ad Ambrogio che accolse la notizia con una gran risata.

«Quante scene, quanto teatro hai fatto con quella benda da pirata. Da oggi per me sarai Polifemo mancato.»

Si lasciarono, felici «per l'occhio recuperato» e con la promessa reciproca di riflettere sulle parole di Mariangela.

Con molta più allegria, anzi con commossa gioia mista a sorpresa fu accolta in famiglia la guarigione di Luigi. Per una ragione di più da parte di Gianarturo: la certezza del pieno riscatto del suo migliore collaboratore non solo in tipografia, suo figlio.

«Ora con te al mio fianco sono finalmente un vero editore» gli disse quasi commosso abbracciandolo.

Luigi, lusingato e confuso, pensò che in passato suo padre non era mai stato tanto prodigo con lui di affetto e apprezzamenti e si chiese se non fosse l'arrivo della vecchiaia a intenerirgli il cuore e i modi, anche se, in realtà, aveva da poco superato i quarant'anni. Ma a occupare i suoi pensieri, ormai quasi come un'ossessione, c'era altro, il bisogno di fare chiarezza sulla morte di Gian Giacomo.

Da dove cominciare? Forse proprio da Elena e non solo per il desiderio di rivederla, ormai una frenesia. Era anche consapevole, però, che sarebbe stata un'impresa difficilissima, quasi impossibile. Ricordava quello che gli aveva detto quell'anziano ometto col grembiule di cuoio che accudiva la ormai abbandonata residenza dei coniugi Beltrame. Gli aveva detto che, dopo l'assassinio del marito, la marchesa «è tornata a casa di suo padre dove se ne sta chiusa in una specie di clausura». Come avvicinare, dunque, Elena se era segregata e strettamente sorvegliata nella vigilatissima magione del Carminati? Per ora non poteva fare altro che andare a controllare la situazione.

La mattina del giorno dopo si diresse a Porta Comasina, il sestiere dove si trovava la casa del conte Cesare. Camminando si chiedeva come e a chi avrebbe potuto fare la sua richiesta assurda – ne era pienamente consapevole – di parlare con Elena. Arrivato ormai in vista del sontuoso palazzo, quasi paralizzato dall'incertezza e dall'ansia, si fermò a riflettere, cercando di recuperare la calma e ordinare le idee, quando sentì una voce alle sue spalle.

«Siete di nuovo qui, messer Airoldi? Sapevamo che foste in Egitto con Bonaparte.»

Non era una voce sconosciuta, il tono era quasi amichevole e Luigi si girò di scatto. Vide che a parlare era stato un uomo con una vaga espressione fra l'ironico e il sarcastico. Indossava una ordinata giubba tipica da maggiordomo o da primo cameriere e Luigi lo riconobbe immediatamente: era Filippo, il severo ma sempre gentile responsabile della casa del conte Cesare, il servitore che lo aveva accompagnato tutte le volte che con Gianarturo era andato a parlare con Carminati, anche quando si erano incontrati per la stampa delle poesie di Elena. In realtà, col tempo Filippo si era mostrato sempre meno severo, fino a manifestare una certa simpatia per il giovane Airoldi, del quale aveva colto benissimo la forte attrazione per Elena. Luigi si chiese allora se il maggiordomo del conte fosse dalla sua parte e tornò a chiederselo ora che Filippo era davanti a lui.

«Sì, ero in Egitto con Bonaparte e, come vedete, sono tornato e sono felice di avervi incontrato, perché ho da chiedervi una cortesia.»

«Visto dove eravate diretto posso immaginare cosa intendete chiedermi.»

A quel punto Luigi ebbe un'intuizione: data la non ostilità del maggiordomo, perché parlare con Elena? Forse sarebbe stato più opportuno e più proficuo – anche se più difficile e di certo molto meno piacevole – per il momento parlare col conte Cesare, che probabilmente sapeva di più sulla vicenda di suo genero. Perciò dopo un attimo di esitazione rispose: «Avete immaginato bene, caro amico» eccedendo in cordialità, «vorrei chiedervi di farmi parlare col vostro signore».

«Immagino di cosa vogliate parlargli, argomento tremendamente difficile. Non so se sarà possibile.»

Luigi condivideva il pessimismo del suo interlocutore dal quale, però, non era arrivato un secco no. Comunque, non poteva arrendersi.

«So benissimo, Filippo, che farete il possibile. Confido nel vostro ascendente sul conte.»

Il maggiordomo accennò a un sorriso, trovava divertente una tanto interessata adulazione da parte di quel giovane che gli risultava sempre più simpatico, e dopo un lungo silenzio rispose: «Non posso promettervi nulla. Vediamoci domani mattina davanti all'ingresso».

Luigi si trattenne a stento dall'abbracciarlo.

Fin dalle prime luci dell'alba del giorno dopo era sul luogo dell'appuntamento in ansiosa attesa di Filippo. Il quale, forse con un po' di sadismo, lo lasciò ad aspettare fino a mattina inoltrata. Quando il portone del palazzo si aprì e comparve il maggiordomo con un mezzo sorriso sornione stampato sulle labbra, a Luigi saltò il cuore in gola.

«Il conte ha benevolmente accettato di ricevervi e vi aspetta nel suo studio, seguitemi» fu l'annuncio solenne ma condiscendente.

X
La vedova

L'incontro avvenne in un locale inaspettatamente spartano, quasi in contrasto con la sontuosità di palazzo Carminati. Lo studio era arredato con un semplicissimo tavolo antico, forse cinquecentesco, del tipo detto «fratino», sul quale era appoggiato un grosso candelabro di bronzo con molte braccia. Alcuni libri erano sparsi sul piano. Al tavolo, su una poltroncina non grande ma imbottita, era seduto il conte Cesare in posizione ben eretta e un'espressione severa sul volto. Altre due sedie ancora più semplici, anche queste antiche, definite modello Savonarola, erano sistemate davanti al tavolo per eventuali interlocutori. Al padrone di casa, vero conservatore, piaceva l'antico, un'eccezione per quei tempi. La parete alle sue spalle era interamente coperta da uno scaffale-libreria pieno di volumi tutti rilegati in pelle. Una finestra sulla destra e un grande ritratto, probabilmente di un antenato di qualche generazione addietro, sulla sinistra completavano l'ambiente, la cui austerità intimidiva più di un visitatore.

Luigi ebbe appena il tempo di salutare col dovuto ossequio, che il conte, senza neppure rispondere al suo saluto, gli disse brusco: «Avete fatto bene a venire, messer Airoldi, vi aspettavo».

Colto di sorpresa da questa accoglienza, l'ospite rimase in silenzio e fu Carminati ad affrontare, subito e brutalmente, l'argomento motivo di quella visita.

«Immagino che la morte del marchese Beltrame vi abbia fatto piacere.»

«L'assassinio di un giovane uomo non può in alcun caso farmi piacere, signore, chiunque egli sia» rispose Luigi, stavolta con un tono volutamente infastidito, quasi offeso.

«Certo, capisco. Tuttavia, messer Airoldi, che idea vi siete fatta di quella morte sanguinosa, di quell'omicidio?»

«Perché mi fa questa domanda?» si chiese Luigi. «Come potrei avere delle idee, fare delle ipotesi su un fatto di cui, per quanto risulta anche a lui, non so nulla se non che Gian Giacomo è stato assassinato?»

Decise di mantenersi su un piano di ingenuità, nel tentativo di far parlare il conte.

«Di quel fatto, signore, so solo quello che si dice in giro, che il marchese Beltrame è stato ucciso a colpi di spada probabilmente da un bandito per rapinarlo.»

Il conte, deluso dalla risposta, reagì con un gesto di stizza.

«Tutto qui? E non vi siete chiesto che cosa ci facesse nel casino di caccia della tenuta della signora Rovi? Non ditemi che non sapete che quei due erano amanti? E forse sapete anche che Gian Giacomo non ha mai fatto il suo dovere di marito, non ha mai consumato il matrimonio con la mia Elena. Un comportamento che considero un'offesa imperdonabile, un oltraggio a mia figlia e a me. Credo che almeno questo, che la donna che amate sia ancora intatta, avrebbe dovuto farvi piacere.»

Il conte non poteva sapere cos'era avvenuto fra Luigi e sua figlia, ma la mancata consumazione del matrimonio con Gian Giacomo, ricordata dal conte Cesare in quel modo brutale, quasi volgare, fu come un pugno nello stomaco che gli tolse il fiato costringendolo a tacere.

«Non vi nascondo, messer Airoldi» riprese Carminati dopo un lungo silenzio, «che a me quella morte, che certo mi turbò per il modo in cui avvenne, apparve anche come una liberazione. Una liberazione della mia Elena da un'unione che le aveva procurato solo dolore e umiliazione. Un'unione della quale, certo, sono responsabile, che ho imposto: ma quel contratto di matrimonio fu stipulato quando i due erano bambini, chi poteva immaginare... e poi si frequentarono, sembravano affiatati.»

«Ma, come avete detto, erano bambini, signore, due bambini» obiettò Luigi.

«È vero. Ma anche il marchese Beltrame è corresponsabile di quell'infelice accordo, quel contratto fu firmato anche da lui; perciò, non potevo non andare a chiedergli conto del comportamento di suo figlio. Cosa che feci e con una certa energia, come potete immaginare, non appena Elena mi raccontò come stavano le cose. Si mostrò costernato, mi promise che in qualche modo avrebbe rimediato a quello che considerava un oltraggio anche al buon nome della sua famiglia, che avrebbe convinto suo figlio...»

Luigi commentò, quasi a bassa voce per non apparire polemico, che evidentemente poi Beltrame nulla aveva fatto per porre rimedio, come aveva promesso, ma il conte lo contraddisse.

«E invece pare che sia stato molto energico con suo figlio, quasi violento, così egli stesso mi ha riferito in seguito, arrivando a minacciarlo di diseredarlo anche del titolo se non avesse lasciato questa donna per dedicarsi ai suoi doveri di marito.»

«Comunque credo che voi sappiate, signor conte, che quell'unione anche a me ha procurato molto dolore, un profondo e duraturo dolore.»

«Lo so bene, ma francamente non posso sentirmi responsabile anche di questo.» E dopo una pausa, aggiunse: «Sebbene, ve lo confesso, mi sono anche chiesto se per Elena non sarebbe stato meglio se avesse sposato voi».

Una confessione che – chissà quanto credibile, si chiese Luigi – lo lasciò sbigottito, a lungo senza parole finché riuscì a dire solo: «Sarebbe stato un bene per tutti».

«Non ne sono sicuro ma certo un male minore. La mia era solo un'ipotesi, una fantasia. Comunque, la vera ragione per la quale ho accettato di ricevervi è questa: so che state indagando per conto vostro sulla morte di Beltrame e immagino che abbiate già parlato con Mariangela Rovi. Francamente non so se è nel vostro interesse occuparvi di questa brutta storia; tuttavia, vi chiedo la cortesia di informarmi sui risultati delle vostre ricerche e di non parlarne con Elena prima di averlo fatto con me.»

Queste ultime parole gonfiarono di speranza il cuore di Luigi.

«Dunque, signor conte, intendete che potrò incontrare ancora Elena?»

«Vedremo, messer Airoldi, vedremo» disse Carminati sorridendo per la prima volta. «Ma ora vi devo congedare. Portate i miei saluti a vostro padre con i miei complimenti per il suo ottimo lavoro, il volume di poesie della mia bambina è molto bello. Verrà il maggiordomo per accompagnarvi» e uscì dallo studio.

Luigi rimase come pietrificato ad aspettare Filippo mentre rifletteva su una sua volontaria omissione: non aveva detto al conte di non avere personalmente incontrato Mariangela e non gli aveva neppure accennato a quanto lei aveva raccontato ad Ambrogio, soprattutto a quelle ultime parole che diceva di aver sentito pronunciare a Gian Giacomo morente: «Carminati... Carminati...». Omissione volontaria, appunto, quasi una scelta, una autocensura della quale non percepiva la ragione ma che gli sembrava opportuna.

E poi, si chiese, cosa può avere fatto il marchese Beltrame – se mai ha fatto qualcosa – per convincere il figlio a comportarsi da marito?

Tornando a casa non pensò ad altro che alla possibilità, appena accennata dal conte, di poter incontrare Elena: quasi un'autorizzazione. Ma subito si rese conto che non avere bisogno di alcuna autorizzazione, ricordò che tutte le domeniche lei andava a messa in San Babila, dove l'aveva salutata prima della partenza per l'Egitto.

Questa possibilità, questa concreta prospettiva di incontrarla improvvisamente lo tranquillizzò. Ricordò anche che

Carminati gli aveva chiesto di essere informato sulle sue indagini, dando quindi per scontato che avesse già parlato con l'amante di Gian Giacomo.

«Ma certo» pensò, «è la prima cosa che avrei dovuto fare, che sciocco sono stato.»

Quella sera stessa incontrò Ambrogio al Caffè Nuovo.

«Presentami Mariangela Rovi, voglio sapere di più su quella storia.»

«Credo che non ci sia molto altro da sapere e oltretutto non so se davvero ti convenga» gli rispose il suo amico, echeggiando un'osservazione che Luigi aveva già sentito dal conte. «Comunque, se proprio ci tieni ti accontenterò.»

Si era aggiunto a loro, come di consueto, Carlo Porta.

«Non capisco, amico mio, questa tua quasi morbosa curiosità per la morte di quel povero disgraziato. Dovrebbe solo rallegrarti il fatto che la tua amata sia nuovamente libera.»

«Sei il solito cinico» commentò Ambrogio.

«Niente affatto, questa storia mi interessa molto, tanto che penso di proporne una versione, certo meno cruenta, alla compagnia del Teatro Patriottico con la quale sono ancora impegnato come attore.»

«E il governo austriaco vi lascia in pace?»

«A patto che non facciamo nulla di politico e di antiaustriaco. Io, per esempio, me la cavo recitando molto in dialetto che tanto loro non capiscono. Perciò la vostra storia mi interessa.»

«Mi è capitato fra le mani un almanacco dallo strano titolo *El Lava piatt del Meneghin ch'è mort*. È del 1792, quando avevi solo diciassette anni, è la tua prima opera?»

«Forse, non ricordo, anche se chiamarla opera è eccessivo.» E subito aggiunse con quel suo particolare ghigno sarcastico: «Comunque, ripeto che la vostra storia m'interessa. Per ragioni artistiche, poetiche e teatrali, s'intende».

Gli altri due finsero di non capire e parlarono d'altro.

Pochi giorni dopo, Luigi era nell'elegante appartamento di palazzo Rovi in Corsia dei Servi. Convenne subito che Mariangela era bellissima, di quella bellezza particolare e pericolosa perché dotata anche di una forte ed evidente carica di sensualità, nello sguardo, pur velato da un'ombra di tristezza, nella bocca, nella postura del corpo perfettamente formato e nei movimenti; perfino nella voce, bassa e leggermente roca.

«Ho acconsentito di ricevervi, messer Airoldi, perché il nostro comune amico Ambrogio ha molto insistito. Evidentemente vi è molto affezionato. Tuttavia, non ho nulla da aggiungere a quanto già sapete.»

«Perdonatemi, signora, vi disturbo perché ho solo bisogno di qualche conferma.» In realtà Luigi si fece ripetere tutto per arrivare al punto che più gl'interessava. «Siete sicura di aver sentito dire a Gian Giacomo morente quelle parole, il nome di Carminati?»

«Mi aspettavo questa domanda» rispose lei irritata. «Non siete il primo a farmela, è come se tutti dubitaste delle mie parole. Ebbene, messer Airoldi, sono certa di aver sentito quel nome come può essere pronunciato da una bocca piena di sangue perché un colpo di sciabola gli aveva reciso la gola. Quindi una pronuncia alterata, ma più ci penso e più la mia memoria me ne dà conferma. E ora, se non vi dispiace, cessate di rinnovare quel ricordo. Vi prego, non costringetemi a rievocare a quelle terribili immagini.»

Era un congedo e Luigi, imbarazzato e quasi pentito di quella visita, si scusò salutando e se ne andò.

Arrivò a casa convinto di non potere più rimandare un incontro con Elena. Intanto era contento di tornare in tipografia, il lavoro gli piaceva e questo gli consentiva di pensare, di riflettere sulla sua situazione. Anzi, sulla situazione della sua sfortunata storia d'amore.

Quel giorno, però, tempo per riflettere ne ebbe poco perché appena tornato, non si era ancora messo all'opera che suo padre con tono allarmato gli diede una notizia che, in realtà, non lo sorprese molto.

«Figliolo, circola ormai apertamente in città una notizia che forse a te potrebbe fare piacere, a me certamente no. Una notizia, anzi un allarme lanciato dagli ufficiali austriaci: a metà maggio Bonaparte ha passato le Alpi al Gran San Bernardo. Dev'essere stata un'impresa durissima perché il passo era ancora innevato, come sempre in questa stagione: si dice che per procedere sulla neve, spesso ghiacciata, abbia fatto coprire le ruote dei carri e dei cannoni con fascine di paglia. Comunque, ce l'ha fatta. Pare che poi abbia avuto qualche problema, un ostacolo rapidamente superato, un certo forte di Bard, costruito in montagna dai Savoia più di un secolo fa per ostacolare eventuali invasioni e tenuto da un reparto di croati dei quali ha avuto facilmente ragione in pochi giorni e ora scende vero la pianura. Sono certo che fra non molto sarà alle porte di Milano.»

«Non è una sorpresa, padre, me lo aspettavo, da tempo si parlava di questa possibilità che ora, dunque, si sta realizzando. È una notizia che mi rallegra se Bonaparte caccia gli austriaci ma non mi piace affatto se semplicemente li sostituisce.»

«Se, come penso, una volta riconquistata la Lombardia, ricostituiranno la Legione lombarda, tu tornerai ad arruolarti?» chiese preoccupato Gianarturo.

Subito Luigi lo rassicurò.

«No, padre, quella storia per me è finita e il mio posto è qui, nella nostra tipografia, accanto a te finalmente editore. Abbiamo molto lavoro da fare.»

In realtà pensava solo a Elena e alla possibilità di riprendere la storia interrotta del loro amore.

La domenica successiva andò in San Babila, e si nascose in un angolo buio in fondo alla basilica, fin dalla prima messa, quasi all'alba, come aveva fatto la prima volta che aveva tentato d'incontrarla, non sapendo quando lei sarebbe arrivata.

Come allora, Elena si presentò alla Messa Granda, qualche minuto prima dell'inizio. Era inginocchiata in una delle prime file di banchi a pregare per prepararsi al rito, quando lui la raggiunse inginocchiandosi in silenzio al suo fianco, come quando si erano incontrati in quella chiesa prima della sua partenza per l'Egitto. Come allora, lei si girò di scatto e lo vide. Era la prima volta da quando era partito. Per lunghi istanti lo fissò con un'espressione di sorpresa e gioia.

Per Luigi fu come se una folgore l'avesse colpito: Elena, l'amore della sua vita, era ancora più bella di come la ricordava. Un sottile velo di turbamento calato sul suo viso, certamente dovuto a quanto le era accaduto negli ultimi mesi fino alla tragica fine di Gian Giacomo, aveva perfino arricchito il suo fascino.

Lei intuì immediatamente il motivo della presenza di Luigi e, poggiandogli una mano sul braccio, lo fermò prima che lui cominciasse a parlare.

«Non ora, ti prego, dopo la messa.»

Lui le rimase accanto, silenziosissimo, per tutta la durata della funzione. Era un freddo credente e un pigro osservante: tuttavia, seguire il rito al fianco della donna che amava quasi lo commosse; gli sembrava come una promessa di unione futura, soprattutto quando il prete, dopo la lettura del Vangelo di san Luca, naturalmente in latino – Luigi si era sempre chiesto cosa capissero i fedeli –, commentandolo nella predica, parlò della sacralità del matrimonio.

Uscirono dalla chiesa insieme. Si fermarono sul sagrato sotto la colonna col leone di San Marco.

«Sono felice che tu sia tornato» gli disse Elena.

«Io sono felice di rivederti, sei sempre più bella» rispose lui e andò subito al punto. «Ho saputo di quello che è successo...» Imbarazzato, non aveva idea di come andare avanti, come definire la vittima: «Quello che è successo a... Gian Giacomo». Preparandosi a questa impegnativa conversazione neppure per un attimo aveva pensato di chiamarlo «tuo marito».

Dopo un lungo silenzio, con molta cautela Elena prese a raccontare. Parlò della freddezza spesso ostile dell'uomo che aveva dovuto sposare. Raccontò che nella loro grande casa dormivano in due camere separate fin dalla prima notte e di quanto, benché quasi lo odiasse, come donna considerasse questo comportamento un'offesa, un'umiliazione. Definì quindi «furiosa» la reazione di suo padre quando lei inevitabilmente gli parlò del comportamento di Gian Giacomo e soprattutto quando poi ne seppe la ragione. Un compagno di caccia del conte Cesare gli aveva riferito, probabilmente per una tardiva forma di gelosia, del rapporto di Beltrame con Mariangela Rovi con la quale aveva avuto una precedente relazione.

«Non ho mai visto mio padre così ferocemente adirato. Come sai, mi ama profondamente, mi dice sempre che sono la luce dei suoi occhi ma considerava questa storia anche una imperdonabile offesa personale, oltre che a me, la persona che gli è più cara. La rabbia e il rancore per Gian Giacomo non lo hanno abbandonato mai: dopo la rivelazione della sua relazione con la Rovi andò a trovarlo una sola volta per dirgli, come poi mi ha riferito, che gliel'avrebbe fatta pagare. Mi fece paura, perché mio padre non è tipo da lanciare minacce, e soprattutto da farlo invano.»

Luigi ebbe quasi un soprassalto: finalmente era tutto così chiaro. Inevitabile collegare quelle ultime parole emesse dalla bocca sanguinante di Beltrame riferite da Mariangela, quel «Carminati... Carminati...», al furibondo desiderio di vendetta apertamente dichiarato dal conte. Naturalmente si guardò bene dal parlarne a Elena e rimasero a lungo in silenzio, finché lui trovò il coraggio per chiederle: «E adesso che ne sarà di noi, potremo ritrovarci?».

Lei rispose con una frase sibillina: «Il tempo è un medico amico, sana le ferite e rimette ogni cosa dove deve stare. Anche se non sempre nel modo migliore».

Mentre si salutavano, Luigi, che moriva dal desiderio di baciarla, pensò che quella risposta fosse degna di una poetessa un po' filosofa, come in fondo, secondo lui, era Elena: una risposta che volle interpretare anche come una poetica promessa di futuri incontri.

Mentre lei si allontanava, lui, rimasto immobile sotto la colonna del Leone, la seguiva con lo sguardo. Era sconvolto da quello che gli aveva raccontato, un'inconsapevole accusa a suo padre dell'assassinio di Gian Giacomo.

«E adesso, cosa faccio?» pensò disperato. «Tengo per me

questa rivelazione e non ne parlo a nessuno o ne riferisco al capitano di giustizia che dovrebbe indagare su quel crimine? Ma in questo modo coinvolgerei il padre della donna che amo, la quale non potrebbe mai perdonarmi di avere riferito una sua confidenza per accusare suo padre d'omicidio, per di più compiuto per vendicare lei. Sarebbe terribile, la perderei ancora una volta e per sempre.»

Rimase immobile dov'era, come paralizzato da questo dubbio angoscioso, finché non prese una decisione che sembrò sollevarlo.

«Vado a parlarne con Ambrogio, l'unico che conosce questa storia, i luoghi e le persone. Certamente può consigliarmi, aiutarmi.»

Si diresse di corsa al Palazzo della Ragione e in pochi minuti fu nell'ufficio del suo amico. Il quale appena lo vide entrare, in preda a un incontenibile entusiasmo, non gli diede il tempo di parlare per aggredirlo con una notizia che entusiasmò anche Luigi, nonostante i suoi angosciosi pensieri.

«Certo già sai che Bonaparte, ora Primo Console, ha passato il Gran San Bernardo nonostante il freddo, la neve e l'ostacolo del forte di Bard. Ebbene, ormai è in pianura, ha già battuto gli austriaci a Casteggio e Montebello.»

«Ci siamo!» esclamò Luigi.

«Certo che ci siamo, perché intanto il generale Giuseppe Lechi, sai quel bresciano che ha cominciato la carriera militare nell'esercito austriaco, ha messo insieme i reparti della Legione lombarda che erano riparati in Francia con quelli rimasti nascosti nell'Oltrepò e nelle valli bergamasche e bresciane e con questa forza improvvisata ha sconfitto gli austriaci a Varallo. Io – maledizione! – non ho fatto in tempo a unirmi a loro ma presto mi rifarò. Sì, caro amico, è fatta. Un altro colpo e gl'imperiali ce li toglieremo dai piedi, e stavolta spero per sempre.»

«E tu, Ambrogio, parteciperai a quel colpo definitivo o starai in ufficio mentre succede tutto questo?» fu la domanda un po' perfida di Luigi.

«Ti prego, non infierire: io sono incastrato in un ruolo di

gestione, e non riesco e liberarmene perché si fidano solo di me, ma vedrai che prima o poi... Non ti ho ancora chiesto perché sei qui: solo per fare battutacce cattive su di me?»

«No, Ambrogio, sai bene quanto io ti stimi ed è proprio per questo che sono qui a chiedere il tuo consiglio e il tuo aiuto.»

Gli occhi sbarrati e lo sguardo interrogativo dell'amico lo convinsero a non tergiversare oltre e cominciò a raccontare.

La prima risposta che ebbe alla fine un poco lo tranquillizzò anche se non risolveva il problema principale.

«Certo, capisco benissimo, non puoi andare ad accusare di omicidio il genitore della donna che ami.»

«E quindi, cosa faccio?»

«In realtà, amico mio, io penso che non conosciamo abbastanza questa storia, sappiamo solo quello ci ha raccontato Mariangela. Per esempio, non abbiamo mai visitato, direi ispezionato il posto dov'è successo tutto, quel maledetto casino di caccia. Dovremmo andare a dargli un'occhiata per avere qualche elemento di più, le idee un po' più chiare.»

Luigi fu subito d'accordo e la visita fu organizzata per il giorno dopo. Andarono di prima mattina alla tenuta con il calesse di Ambrogio che, come frequentatore, era conosciuto dalla sorveglianza e dalla servitù; perciò i due amici non ebbero alcun problema a farsi aprire il cancello e a inoltrarsi lungo lo stradone verso il casino, accompagnati da un guardiacaccia.

Piccolo rispetto ad altre dipendenze di caccia, che spesso erano delle vere e proprie villette di servizio, anche regolarmente abitate, quello dei Rovi era composto solo da tre locali. Da un vestibolo d'ingresso si accedeva a una sala da pranzo che aveva al centro un grande tavolo ovale di noce intarsiato. La parete di fronte alla porta d'entrata era quasi interamente occupata da un alto, largo e profondo camino con due sedute laterali all'interno e due forcelle per lo spiedo. A una parete laterale era fissata una grande rastrelliera in ferro battuto per i fucili ma alla quale erano appoggiati anche altri vecchi arnesi per appassionati della caccia, come archi e balestre. Sulla parete di fronte, una piattaia sulla quale era esposta una collezione di ceramiche. Da una porta si passava in una vasta cucina interamente piastrellata e con quattro fornelli incassati, appoggiate alle pareti una credenza e una madia e al centro un tavolo rettangolare. Da un'altra porta si accedeva a una camera con un grande letto a baldacchino, un armadio e un inginocchiatoio imbottito di velluto rosso. Annessa, una piccola stanza da bagno con una vasca di zinco su quattro piedi di leone e due bacili smaltati di bianco.

Luigi notò che era tutto pulito e perfettamente in ordine, non una macchia, tanto meno di sangue.

«Proprio non si direbbe che qui c'è stato un delitto, evidentemente la servitù è stata impegnata in profonde pulizie» commentò mentre Ambrogio ispezionava, silenzioso e concentrato, ogni angolo; operazione, accurata e puntigliosa, alla quale anche Luigi subito si dedicò. Quando arrivò a esaminare la rastrelliera e tutte le armi che vi erano appoggiate, una per una, notò che a un estremo, dopo una serie di fucili, c'era qualcosa di strano, di anomalo, la guaina di una sciabola di cavalleria. Ma vuota, la lama non c'era. «Guarda qui» disse al suo amico. Ambrogio si avvicinò e per qualche istante guardò quella guaina in cuoio con decorazioni e borchie in argento. Poi la prese dalla rastrelliera e la tenne in mano per osservarla meglio.

«C'è l'aquila bicipite degli Asburgo» disse subito. Poi, dopo un momento di riflessione, raccontò che Ascanio, il defunto marito di Mariangela, che gliene aveva parlato, era figlio di un alto ufficiale ussaro della cavalleria imperiale austriaca. «Quella guaina dev'essere della sua sciabola, ricordo di famiglia.»

«Certo» intervenne Luigi, «ma dov'è l'arma, dov'è la lama? E se fosse quella utilizzata per uccidere Gian Giacomo? Mariangela ha raccontato che ha visto uscire un uomo che impugnava una spada, ma poi a me ha parlato della gola del suo amante recisa da un colpo di sciabola. Insomma, era una spada o una sciabola?»

«Non credo che quella donna conosca la differenza fra le due lame» obiettò Ambrogio.

«Io, invece, penso di sì, se parlava di suo suocero ussaro imperiale e se qui ne conservava accuratamente l'arma. E poi, perché mai un bandito viene a compiere una rapina disarmato e poi si porta via la sciabola?»

«Potrebbe essere andata così: l'uomo, uno sbandato, arriva qui disarmato sperando di razziare qualcosa, viene dall'interno della tenuta che non è cintata, forse dal bosco. La porta del casino è aperta, entra e viene sorpreso da Gian Giacomo che sta aspettando Mariangela e prova a bloccare l'intruso. In preda al panico, l'intruso non vuole farsi prendere e cerca qualcosa per reagire, trova la sciabola, la sguaina e colpisce più volte. Infine, ancora impugnando l'arma esce da quella porta mentre sta arrivando Mariangela che lo vede e spaventata corre dentro...»

«Ricostruzione ingegnosa, caro amico, ma qualcosa non torna: perché l'assassino fuggendo porta con sé l'arma insanguinata invece di lasciarla sul posto? E poi, come fa a trovare subito la sciabola, come fa a sapere dov'è? La vede, la sguaina e assale Gian Giacomo? Mi sembra una reazione troppo ragionata, esagerata, eccessiva. Poteva semplicemente provare a scappare.»

I due rimasero a lungo in silenzio a guardarsi cercando di ricostruire mentalmente la vicenda finché Luigi fece una proposta.

«Dovremo tonare a importunare Mariangela per sentire nuovamente la sua versione, per farla entrare ancora di più nei dettagli. Per lei sarà doloroso ma è necessario.»

Ambrogio assentì.

Luigi, rientrato in tipografia, pur impegnato sui preziosi e delicati caratteri di Bodoni per un lavoro importante, non poteva non rimuginare sui recenti incontri, su quello che avevano detto la Rovi, il conte Cesare ed Elena, cercando eventuali possibili collegamenti. Carminati, ricordò, aveva chiesto conto del comportamento di Gian Giacomo a suo padre: sarà vero che questi sia intervenuto tanto duramente sul figlio, come ha riferito? E poi, quella misteriosa frase di Elena, un po' fatalistica: «Il tempo è un medico amico... rimette ogni cosa dove deve stare». Intuiva vagamente un nesso fra queste due dichiarazioni di padre e figlia, come se l'intervento del marchese avesse riportato all'ordine suo figlio, rimettendo «ogni cosa dove deve stare».

Forse, pensò Luigi, prima di tornare dalla Rovi era meglio sentire ancora Elena. Naturalmente, senza Ambrogio.

Non aspettò la domenica per incontrarla in San Babila durante la messa: chiese a Zoe di incaricare sua cugina Rita Ciardi di fissare un appuntamento con la sua signora. Si incontrarono il giorno dopo, di prima mattina, ancora sotto la colonna col Leone di San Marco. Ancora una volta, come se fosse la prima, l'attesa – Luigi arrivò in largo anticipo, quasi all'alba – fu ansiosa e impaziente e quando lei comparve l'emozione fu fortissima. Per di più lei questa volta aveva curato in modo particolare la sua eleganza, bastavano il bustino ricamato e il prezioso nastro nei capelli a dimostrarlo.

Prima che lui le chiedesse qualcosa fu lei a chiedergli: «Ma perché ti stai tanto impegnando per capire com'è andata questa brutta storia?».

«Perché ti riguarda» fu la risposta immediata «e tutto quello che riguarda te non può non riguardare anche me.» E dopo una pausa di silenzio: «Tanto più che quell'uomo, sia pace all'anima sua, ha distrutto il mio sogno».

«Non è stato lui a distruggere quel tuo sogno che era anche mio, ma la mia debolezza, la mia incapacità di resistere alla volontà di mio padre.»

Colpito da questa confessione, Luigi decise di passare direttamente al motivo dell'incontro con una domanda secca, dal tono quasi inquisitorio.

«Tuo padre mi ha riferito che Rolando Beltrame sarebbe stato durissimo col figlio per il suo comportamento. È andata così? E qual è stata la reazione?»

«Hai l'atteggiamento del capitano di giustizia» rispose lei un po' contrariata, «comunque mi risulta che alla fine Gian Giacomo ha promesso al padre di farla finita con quella meretrice e di fare di tutto per salvare il nostro matrimonio. Aggiungo un altro importante dettaglio che per pudore non ti ho riferito prima. Come gli aveva ordinato il marchese Rolando, venne da me di persona a riferirmi l'impegno che aveva preso con suo padre e mi chiese solo qualche giorno per chiudere con la sua amante.»

«Dunque, tu avresti dovuto aspettare con ansia che tuo marito tornasse da te controvoglia dopo essersi liberato controvoglia di un'altra donna. È assurdo, Elena, ancora un'umiliazione.»

«Lo so, ma io non avevo più la forza per reagire, forza che d'altra parte non ho avuto per contrastare quelle nozze combinate da mio padre. Ho aspettato, rassegnata, che le cose andassero come dovevano andare.»

Luigi rimase a lungo in silenzio finché le disse: «So che non è ancora il momento ma è bene che noi torniamo a vederci, anche solo vederci e parlarci, per capire meglio cos'è successo. E anche cosa potrà accadere».

XI

Il ritorno di Napoleone

«Ricordo benissimo, caro Luigi, e lo ricordi certamente anche tu, quel 15 maggio di quattro anni fa, quando volemmo vedere Bonaparte che entrava a Milano per la prima volta. Era una splendida giornata di sole, una radiosa primavera beneaugurante per lui e per noi. Le cose poi andarono un po' diversamente e infatti oggi è accolto da un vero e proprio nubifragio.»

A fare queste considerazioni storiche e meteorologiche insieme era Carlo Porta. I due amici si erano conosciuti alla Porta Romana per assistere all'ingresso in città di quel giovanissimo generale che molti già consideravano un liberatore di Milano dal giogo austriaco.

«Questa volta invece» rispose Luigi «ad attenderlo non c'è una folla entusiasta e curiosa come allora; siamo in pochi e non solo a causa dell'acquazzone ma anche perché i milanesi non sanno se salutare un liberatore o insultare un conquistatore.»

«Dovete avere fiducia nel Primo Console» intervenne Ambrogio appena sopraggiunto, poiché gli amici del Caffè Nuovo si erano dati una sorta di appuntamento celebrativo. «Arrivò a Milano con la forza delle armi e del suo genio militare e non poteva essere diversamente, milanesi e lombardi non erano tutti dalla sua parte, fu costretto a usare le maniere forti.»

Luigi avrebbe voluto rispondere che non erano quelle le

promesse della Rivoluzione quando qualcuno gridò: «Eccolo, arriva!».

Annunciato dal fragore degli zoccoli sul selciato, un drappello di cavalleggeri francesi stava entrando dalla grande porta. Precedeva una carrozza tirata da sei cavalli nella quale sedeva Napoleone Bonaparte, seguita da un corteo di alcune decine di ufficiali e poi un intero squadrone di ussari.

«L'altra volta erano una banda di straccioni» commentò Porta «e lui era in sella al suo cavallo tanto malconcio da sembrare un vecchio ronzino, ora arriva in carrozza con numerosa scorta e tutti ben vestiti e agghindati con le loro uniformi luccicanti. Entra da padrone, ecco la prova.»

«Non date giudizi affrettati, ricominciamo dalla Repubblica Cisalpina e mandiamo via gli austriaci una volta per tutte» intervenne ancora Ambrogio con energia. «Dopo queste ultime battaglie perdute, per riorganizzarsi si stanno spostando verso ovest, oltre il Ticino, in Piemonte, verso Alessandria. So che appena si sarà sistemato qui a Milano, Bonaparte andrà da quelle parti a dare battaglia. Quella finale, spero.»

Travolti da tanto entusiasmo, gli amici lo guardavano stupefatti.

«Sì, il Primo Console li inseguirà, li affronterà e io sarò con lui, ho intenzione di tornare nella Legione lombarda, dalla quale in realtà non sono mai uscito. E voi, amici, sarete della partita?»

Una risposta adeguata poteva venire solo dal sarcasmo e dal cinismo di Porta.

«Vai pure avanti tu, caro amico, noi aspettiamo di vedere se finalmente vengono mantenute le promesse di libertà, uguaglianza e fraternità.»

Intervenne Luigi cambiando argomento per evitare quella che rischiava di diventare una polemica politica, sempre sgradevole fra amici.

«Io, comunque, in questi giorni ho altro a cui pensare, a cominciare dalla brutta storia dell'assassinio di Beltrame, che non è affatto chiara, anzi appare sempre più ambigua. Storia che, come sapete, mi riguarda perché coinvolge la mia Elena.»

Gli amici annuirono, Porta con un sorrisino un po' sarcastico.

Luigi pensava soprattutto al dubbio sull'arma usata per uccidere Gian Giacomo. Non riusciva a dimenticare che Mariangela aveva parlato prima di spada e poi di sciabola, ferri di cui, come aveva notato Ambrogio, non poteva non conoscere la differenza. Ma soprattutto continuava a rimuginare su quelle ultime parole emesse dalla bocca insanguinata del Beltrame morente, secondo il racconto della Rovi, quel «Carminati... Carminati...» che in sostanza accusava dell'omicidio il padre di Elena, almeno come mandante. Come avrebbe potuto comportarsi se questa accusa fosse diventata pubblica? Mariangela ne aveva parlato con qualcun altro?

Era ormai determinato a tornare da quella donna, importunarla ancora, assillarla se necessario per chiederle di fare chiarezza: non aveva altra scelta.

Non aveva più bisogno di essere accompagnato da Ambrogio. La mattina dopo arrivò al bel palazzo Rovi in Corsia dei Servi senza avere annunciato la sua visita. Era quasi certo che sarebbe stato respinto dalla servitù ma era deciso a insistere il più possibile per essere ricevuto. Stranamente, il grande portone in legno riccamente intarsiato era appena socchiuso e senza alcun custode. Entrò e salita un'ampia scalinata, arrivato all'ingresso dell'appartamento, dopo avere tirato il grosso cordone dorato della campana, dovette aspettare a lungo che si presentasse una cameriera, la quale subito e molto umilmente si scusò per il ritardo.

«Scusatemi, messere, ma sono rimasta l'unica a servizio in casa.» Aveva un'espressione molto triste, un aspetto trasandato e aggiunse qualcosa che, insieme alla imbarazzata confessione, meravigliò molto Luigi: «Seguitemi, la signora vi aspetta».

E senza aggiungere una parola lo accompagnò in salotto dove Mariangela, sprofondata in una enorme poltrona di cuoio, salutò l'ospite solo con un cenno della mano e subito indicandogli il divano di fronte, quasi intimò: «Accomodatevi, vi aspettavo».

«Come la cameriera» pensò Luigi. «Dunque, davvero ero atteso in questa casa. Che strano, per quale motivo?»

Lei sembrò percepire queste sue domande.

«Vi chiederete come mai vi aspettavo. Ritengo sia arrivato il momento di dire la verità. Ho deciso di farlo, non posso più rimandare. Non lo devo solo a voi ma è bene che cominci da voi.»

Luigi, seduto sul divano indicatogli, in silenzio e attentissimo si predispose ad ascoltare «la verità» di Mariangela mentre pensava che lei fosse ancora bellissima, nonostante i segni lasciati dalla lunga e acuta sofferenza: il pallore diffuso sul volto scavato, le occhiaie profonde e le pupille arrossate, una certa prima impensabile trasandatezza nella cura della persona, a cominciare dall'abbigliamento, una semplice veste da casa, e dalla capigliatura in disordine.

Senza preamboli, lei prese subito a raccontare il suo rapporto con Gian Giacomo.

«Il nostro amore cominciò quando io ero vedova da più di un anno e lui era poco più che adolescente: lo conobbi quella volta che suo padre il marchese Rolando, vecchio amico del mio defunto marito, lo accompagnò nella mia tenuta per una battuta di caccia.»

«Ha voluto prenderla da lontano» pensò Luigi già un po' spazientito.

«Fu subito una passione ardente, forte, irrazionale, incontrollabile e incontrollata. E così rimase anche quando la famiglia gl'impose di rispettare il contratto matrimoniale stipulato col conte Carminati quando lui era ancora un bambino. Lo supplicai, lo implorai di ignorare quell'impegno che non aveva preso lui; gli proposi di fuggire con me in Francia, dove ho amici fidati che avrebbero potuto aiutarci, ma lui si rifiutò, non voleva fare del male a suo padre e alla sua famiglia, diceva.»

Mariangela fece una breve pausa forse aspettando una prima reazione di Luigi che però rimase silenzioso e immobile ad ascoltare.

«Allora, disperata, riuscii a strappargli un impegno assurdo, lo riconosco, che avrebbe solo complicato la situazione: gli feci promettere che non avrebbe mai avuto alcun rapporto con Elena, di non fare mai l'amore con lei, insomma di non consumare il matrimonio, mai, neppure un bacio o una carezza; cosicché per me, e non solo per me, sarebbe stato come se quell'unione forzata e detestata non fosse mai esistita.»

«E così è andata, da quello che so» intervenne cautamente Luigi.

«Sì, ma era una situazione che continuò ugualmente a farmi soffrire e a mettere in grandi difficoltà Gian Giacomo, soprattutto quando suo padre venne a conoscenza del nostro accordo segreto, informato dal conte Cesare. Furibondo, Carminati pretendeva che si mettesse fine immediatamente a quello stato di cose, arrivando a minacciare il marchese Rolando di creare uno scandalo che avrebbe travolto tutta la famiglia; di rivolgersi alla Corona perché il mancato rispetto di quel tipo di contratto tra famiglie patrizie è considerato oltraggioso.»

«Quindi» dedusse Luigi «cominciarono le pressioni su Gian Giacomo da parte del padre.»

«Non fu un percorso lungo, il marchese era terrorizzato dalla possibilità dello scandalo e carico di ira e rancore per suo figlio, tanto che gl'impose di troncare immediatamente la relazione con me. Se non avesse obbedito, lo avrebbe diseredato e cacciato da casa: una minaccia terribile e il marchese è uomo da dare seguito a promesse e minacce.»

«E Gian Giacomo non ha retto» chiosò Luigi.

«Ho sempre saputo della sua fragilità di carattere ma speravo che, piuttosto che perdere quello che lui definiva l'amore della sua vita, resistesse, prendesse tempo. Volevo illudermi, perciò quando mi diede appuntamento nel nostro solito "nido d'amore", così chiamavamo il casino di caccia della mia tenuta, avrei dovuto insospettirmi per l'ora inconsueta, di primo mattino, e il giorno, molto vicino all'incontro precedente.»

Luigi era quasi paralizzato, cominciava a intuire, a temere.

«Infatti, appena entrai lui era in piedi in mezzo alla stanza e senza neppure salutarmi e quasi senza guardarmi prese a informarmi in modo perentorio e impietoso che la nostra storia finiva lì perché non sopportava l'dea di rovinare il buon nome della sua famiglia e di essere diseredato ed esiliato. Una dichiarazione brutale anche se infarcita con una serie di ipocriti "mi dispiace", "sono addolorato" eccetera. Mi stava crollando il cielo addosso mentre io iniziavo a sprofondare nell'inferno, la mia vista si annebbiava e mi sentivo come assalita, addentata in ogni parte del corpo e dilaniata da decine di piccoli demoni. Cercai di controllarmi ma la situazione precipitò quando, vedendo la mia espressione disperata e le prime lacrime che scendevano, mentre mi inginocchiavo davanti a lui implorandolo "No, no, ti prego, no", di fronte a questa scena, chissà perché, fece come un sorriso di compassione o a me tale sembrò. Fu come se il cervello mi andasse a fuoco, se prima la vista mi si annebbiava ora vedevo tutto rosso. Conoscevo perfettamente ogni angolo di quella stanza, corsi alla rastrelliera, sapevo dov'era la sciabola, la impugnai sguainandola e mi avventai contro di lui. Poi, non ricordo più niente, un tempo non so quanto lungo in cui io, Mariangela, ero altrove; non so dove ma altrove. Quando tornai in me ero a terra stesa accanto a lui completamente insanguinato perché devo averlo colpito molte volte, anch'io coperta del suo sangue. Mi resi immediatamente conto di cosa avevo fatto e mi colse un pensiero terribile, assurdamente consolatorio: così Gian Giacomo sarebbe stato completamente e per sempre mio.»

«Perché mi raccontate tutto questo? Potrei correre subito dal capitano di giustizia a denunciarvi» le chiese Luigi, sconvolto da questa confessione tanto imprevedibile da sembrare assurda, inventata.

«Ve l'ho raccontato perché è necessario che qualcuno lo sappia e perché, come certo Ambrogio vi ha riferito, quando andai da lui a chiedergli aiuto, terrorizzata dalle possibili conseguenze di quel gesto sconsiderato, feci una cosa della quale non smetto di vergognarmi: gli dissi anche che mi era sembrato che Gian Giacomo morendo avesse fatto il nome di Carminati. Mentivo, senza pudore e senza dignità. Mentivo in preda al panico e all'angoscia. Certamente l'accusa al padre della vostra amata Elena – so bene quanto l'amate ancora – vi ha creato un terribile, drammatico dubbio, del quale ora con questa mia confessione voglio liberarvi. È giusto che lo faccia.»

Per Luigi, che in realtà non era mai stato convinto o non aveva mai voluto credere del tutto a quella storia della denuncia in punto di morte, fu una vera e definitiva liberazione.

Dopo una lunga pausa, con lo sguardo fisso sul pavimento, Mariangela riprese: «Tuttavia, messere, devo chiedervi un ultimo impegno, un sacrificio, una promessa: vi prego nel nome di Dio, al quale dovrò rendere conto di tutto, di non rivelare ad alcuno nulla di quanto vi ho detto, neppure ad Ambrogio, almeno per qualche giorno, almeno una decina di giorni. Potete fare questo per me?».

Luigi annuì, non poteva negare questo favore alla colpevole e, palesemente, disperatamente pentita. Ma sapeva benissimo quanto gli sarebbe costato mantenere un segreto così grave su una vicenda tanto tragica e dolorosa per molti. Soprattutto chiedendosi se fosse lecito tacere, anche se solo per poco, la confessione di un omicidio.

Tuttavia, non poté non interrogarsi anche sulla ragione di quella richiesta: si rispose che forse Mariangela chiedeva il tempo di fuggire per non essere processata e inevitabilmente imprigionata. Forse sperava di mettersi in salvo rifugiandosi da quei suoi amici francesi presso i quali voleva cercare asilo con Gian Giacomo.

Lasciò casa Rovi in balìa di questi tormentosi pensieri, di un sottile e acuto senso di tristezza, quasi di angoscia. Ma con una consolazione: tutto questo gli avrebbe presto consentito di riavvicinarsi a Elena.

Tornò in tipografia continuando a rimuginare sulla confessione di Mariangela, in una condizione d'animo nella quale era difficile lavorare e infatti dopo l'ennesimo errore, un carattere messo per la terza volta nella posizione sbagliata, nel tardo pomeriggio inventò una scusa, disse a Gianarturo che aveva un appuntamento importante con un amico in procinto di partire con Bonaparte e si diresse al Caffè Nuovo. Sapeva che a quell'ora avrebbe potuto incontrarvi i soliti amici, l'unico posto dove forse sarebbe riuscito distrarsi.

Infatti, appena si sedette al tavolo si accorse che la conversazione lo avrebbe coinvolto. Ambrogio stava raccontando con entusiasmo i suoi preparativi per partire come capitano della Legione lombarda, ripristinata fin da quando molti suoi ufficiali si erano rifugiati in Francia, riorganizzata dal colonnello Teulié e poi integrata nell'Armata di riserva comandata dal Primo Console diretta in Piemonte.

«Andiamo a concludere questa seconda e credo ultima campagna d'Italia. Bonaparte ne è convinto.»

Come al solito, a raffreddare tanto entusiasmo guerresco pensò Porta.

«Diamo per scontata la vittoria, e te lo auguro, caro amico. E dopo? Francesi al posto di austriaci. Un po' meglio, certo, ma non tanto: arroganti i primi, prepotenti i secondi.»

Cominciò la consueta polemica su quali valori e quali vantaggi al popolo e alla città portassero gli uni e quali gli altri. Su cosa significasse per il futuro di Milano, della Lombardia e dell'Italia la vittoria degli uni o degli altri.

«Pensatela come volete, ma un estraneo in casa dà sempre fastidio» concluse Porta.

Quel clima di attesa per uno scontro che tutti consideravano decisivo indusse gli amici a promettersi di incontrarsi ogni sera, sia per fare compagnia a quanti come Ambrogio stavano per partire – altri se n'erano aggiunti al loro tavolo – sia per scambiarsi informazioni e indiscrezioni sulla situazione politica e militare.

Il terribile racconto della Rovi, però, non lasciava Luigi che per pochi istanti. Quella stessa notte sognò Elena. Certo, la sognava spesso, ma questa volta lei era in San Babila inginocchiata accanto a Mariangela che la implorava: «Perdonami, perdonami» e tutte e due piangevano. Non ricordava altro di quel sogno che lo lasciò amareggiato e perfino spaventato per tutto il giorno.

Una di quelle sere, del tutto inaspettatamente, Ambrogio

Bevacqua si presentò al Caffè Nuovo col colonnello Pietro Teulié. Al suo ingresso nel locale l'ufficiale fu accolto con esclamazioni di consenso e di meraviglia da molti dei militari presenti, che si alzarono in piedi per riverirlo. Naturalmente i più entusiasti erano i lombardi, a cominciare da quelli che lo conoscevano personalmente perché avevano combattuto con lui fin dalla nascita della Legione lombarda, per loro un periodo indimenticabile.

Arrivato al solito tavolo, Ambrogio prese a fare una rapida presentazione del suo ospite agli amici, ma parlando ad alta voce in modo che anche altri in sala lo sentissero.

«Faceva l'avvocato, professione che non amava e che subito abbandonò quando Napoleone arrivò a Milano, per arruolarsi nella Guardia nazionale comandata da Gian Galeazzo Serbelloni per poi partecipare alla formazione della Legione lombarda.»

Disse quindi delle sue molte battaglie contro l'esercito pontificio, di quando gli fu affidato il comando della divisione territoriale di Ferrara, della tenace e inutile resistenza al ritorno degli austro-russi dopo la partenza di Napoleone per l'Egitto, del ritiro in Francia e della riorganizzazione lì della Legione – «ma con troppi ufficiali e pochi soldati» precisò – e infine, «nuovamente cacciati gli austro-russi», con la rinascita della Repubblica Cisalpina con Milano capitale e del suo esercito, «siamo alla vigilia della battaglia decisiva» disse a voce ancora più alta, stavolta per farsi sentire proprio da tutti i presenti.

Cessata questa sorta di «perorazione per gli amici», come l'avrebbe poi ironicamente definita Porta che, seduto al tavolo con loro, aveva seguito con un sorriso di imbarazzata modestia, Teulié prese a conversare con grande cordialità e persino con una certa cameratesca amenità. Finché fu Luigi a fargli la domanda che tutti avevano pronta ma nessuno aveva il coraggio di fare.

«Avete un cognome francese, siete francese anche voi? Siete arrivato con l'esercito di Napoleone?»

Sapeva benissimo che le cose non stavano così, comunque il colonnello non reagì, nonostante il tono vagamente aggressivo usato da Luigi. Spesso gli veniva chiesto conto dell'origine del suo cognome; rispose perciò con calma anche se palesemente un po' infastidito.

«Sono milanesissimo, cari amici, nato a Milano. Mio padre Filippo, milanese anch'egli, era un funzionario dello Stato, proveniva da una famiglia originaria della Linguadoca: ecco la ragione del mio patronimico gallico. Mia madre Teresa, inoltre, ha un cognome che più milanese non potrebbe essere, Crippa. Ho tre fratelli e tre sorelle: dei primi, Giuseppe combatte con me e Remigio è morto in combattimento pochi mesi fa. Sono molto orgoglioso di lui.» E concluse sorridendo: «Insomma, penso di avere le carte in regola».

«Certamente sì, in piena regola; ve lo dice uno che di cose milanesi se ne intende» intervenne Porta, ammiccando; il colonnello finse di capire il senso della battuta.

«Dunque, come avete detto, siamo tutti in attesa della battaglia decisiva» intervenne ancora Luigi. «Quando prevedete che potrà avvenire, e dove?»

Bevacqua e Teulié si scambiarono un veloce sguardo d'intesa e fu l'ufficiale a rispondere con sicurezza.

«Oramai non è certo un segreto militare: entro pochi giorni, al comando del Primo Console, l'Armata di riserva con la Legione lombarda passeranno il Ticino diretti in Piemonte. Gli austriaci sono già schierati nella piana di Alessandria, in una località che si chiama Spinetta Marengo. Li raggiungeremo per dare battaglia entro la metà di questo mese di giugno. Intanto a Stradella Bonaparte ha incontrato il generale Louis Charles Antoine Desaix, rivoluzionario della prima ora e suo fedelissimo, che lo ha seguito in Egitto dov'è rimasto dopo il suo ritorno in Francia. Anche lui è appena rientrato.»

«Un rinforzo personale o un sostegno morale?» chiese Porta con un tono vagamente ironico che Teulié non colse.

«Ho appena saputo che il Primo Console» spiegò «ora gli ha chiesto di distaccarsi, arrivati in Piemonte, dal grosso dell'armata con due divisioni e di attestarsi fra Rivalta e

Novi Ligure per tagliare un'eventuale ritirata di Melas verso Genova, dove gli austriaci sono ancora forti. E comunque sarà pur sempre una forza di riserva.»

Luigi pensò che dunque tutto era deciso e pronto, perciò presto Ambrogio sarebbe partito, cosa che in effetti avvenne due giorni dopo. Quando avrebbe potuto riferirgli la confessione di Mariangela? Quando avrebbe potuto parlarne con Cesare Carminati e finalmente rivedere Elena?

Il problema lo risolse il giorno dopo lo stesso Ambrogio.

«Prima di partire vado a salutare la mia amica Rovi per accertarmi che si stia riprendendo.»

«Certo allora sarà lei a svelargli il suo terribile segreto» pensò Luigi, sentendosi come liberato di un peso ormai insopportabile.

La partenza dell'armata per il Piemonte era prevista per l'8 giugno. La mattina del giorno prima, Bevacqua era davanti al portone di casa Rovi. Notò subito che era socchiuso. Nessun custode o inserviente all'ingresso.

«Strano, molto strano» pensò con una certa apprensione. Salì la scalinata in marmo rosa per arrivare all'appartamento di Mariangela, chiamandola e chiamando anche la sua cameriera personale, Pinuccia, questo il nome che ricordava. Quando entrò nell'anticamera, attraversandola tutta dovette rassegnarsi con ansia crescente all'evidenza che nella casa di servitù non v'era traccia.

Continuando a chiamare piano, quasi sussurrando, percorse lentamente il corridoio che conduceva alla stanza da letto matrimoniale che Mariangela aveva continuato a usare dopo la morte del marito e che spesso aveva accolto Gian Giacomo. Superato il vasto guardaroba e avvicinandosi alla camera, vide che la porta, diversamente dalle altre che aveva oltrepassato, era chiusa. Chiamò ancora, bussò, nessuna risposta. Spinse leggermente, non era chiusa dall'interno. Aprì ed entrò.

L'aria nella camera era stranamente densa e calda. Per prima cosa vide tre grossi bracieri in bronzo pieni di cenere e carbone, ormai spenti, ai piedi del grande letto. Sul giaciglio era distesa Mariangela, appena girata su un fianco, come addormentata. Stringeva al petto una sciabola.

Istantaneamente Ambrogio capì, mentre cominciava a respirare con fatica solo grazie alla porta aperta. Bruciando carbone tutta la notte, quei tre bracieri avevano avvelenato l'aria sempre più rarefatta, consumato tutto l'ossigeno, come era noto che talvolta avvenisse, per distrazione e ignoranza, nelle case di campagna o in quelle più umili di città, senza camini o aerazione. Si moriva nel sonno e senza soffrire.

Si precipitò a spalancare una finestra per mettere la testa fuori e aspirare un paio di volte profondamente, e poi subito tornò a vedere Mariangela. Era pallidissima, la bocca spalancata, e perché quella sciabola ben stretta al petto? Era quella con cui era stato ucciso Gian Giacomo? E come mai l'aveva lei? Cominciò a capire. Si guardò intorno e notò sullo scrittoio un foglio, anzi due fogli, tenuti fermi da un grosso calamaio di cristallo e argento con la lunga penna ancora intinta, coperti, quei fogli, da una scrittura fitta fitta. Cominciò a leggere: era la piena, dettagliata, sconvolgente e struggente confessione di Mariangela. Dopo avere descritto «l'amore senza limiti per Gian Giacomo» e chiesto a Dio «un impossibile perdono», aggiungeva un *post scriptum*: «Di tutto questo è già a conoscenza messer Luigi Airoldi».

Accanto a quei fogli, un plico sigillato in ceralacca timbrata con le iniziali «M.R.» tra due fronde di quercia. Sulla faccia del plico un indirizzo: «All'illustrissimo signor Conte Cesare Carminati de' Brembilla».

Ambrogio lesse e rilesse quei fogli con uno strano stato d'animo di angoscia e rabbia insieme. Poi, tenendo tra le mani quella busta e osservandola con attenzione come se riuscisse a leggerne il contenuto, immaginò che non potesse che contenere la stessa confessione che aveva appena letto.

Quindi si fermò a riflettere a lungo guardando il corpo della sua amica. Finché le prese la mano, gliela baciò e uscì in fretta da quella casa.

Di buon passo, con quel plico nella sacca, si diresse dal capitano di giustizia: non gli avrebbe detto della confessione di Mariangela ma che si era tolta la vita, sopraffatta dal dolore per la morte del suo amante, ucciso da un criminale che aveva fatto irruzione nel casino di caccia della tenuta dei Rovi.

Poi rabbioso e rancoroso sarebbe andato da Luigi per rimproverargli l'imperdonabile torto di non avergli riferito la confessione della povera omicida e suicida.

Andò a cercare l'amico nella tipografia, e quando lo vide gli chiese di uscire subito in strada perché aveva da parlargli. Gianarturo per discrezione finse di non accorgersi di nulla, suo figlio, invece, capì subito il motivo di una visita improvvisa e tanto brusca e si chiese come facesse Ambrogio a sapere della confessione di Mariangela.

I due amici uscirono in strada e, raccontando ciascuno la propria esperienza, in breve si spiegarono. E adesso Luigi capiva perché, in quel triste incontro di qualche giorno prima, quella donna disperata gli aveva chiesto di mantenere per poco il segreto della sua confessione. Aveva sospettato la sua volontà di farla finita, tuttavia, la sua morte così tragica lo turbò ugualmente. Ambrogio, da parte sua, pur comprendendo, anzi apprezzando la lealtà del suo amico nel mantenere il segreto della confessione, non riuscì a perdonarlo del tutto, pensando che per lui avrebbe potuto, anzi dovuto fare un'eccezione.

Comunque, al termine della impegnativa e tristissima conversazione i due amici si salutarono abbracciandosi.

«Torna vivo, sano e vincitore» augurò Luigi ad Ambrogio in partenza con l'armata, il quale gli promise ridendo di cuore di fare del suo meglio.

Infine, prima di raggiungere il suo reparto della Legione lombarda, Ambrogio andò a casa Carminati. Aveva un plico da recapitare.

XII
Marengo

Luigi volle assistere alla partenza di Napoleone per quello che molti consideravano lo scontro decisivo con gli austriaci. Decisivo almeno per i destini di Milano e della Lombardia. Una folla, una piccola folla perché non molti erano interessati all'ennesima parata, si era perciò raccolta a Porta Ticinese, distribuita in gran parte sull'alzaia del Naviglio Grande. Luigi preferì sistemarsi per tempo davanti alla porta per vedere da vicino lo spettacolo e soprattutto nella speranza di riuscire a salutare il suo amico Ambrogio.

In realtà, dopo il chiarimento con Ambrogio, ora non desiderava altro che incontrare Elena. Ma aveva paura, non riusciva a decidersi, a prendere l'iniziativa. Sapeva che avrebbe dovuto raccontarle di Mariangela, della sua colpa, anzi delle sue colpe e del suo pentimento, della confessione e del suicidio. Tutto molto difficile da riferire alla donna che amava, la quale in questa tragica vicenda si era trovata inconsapevolmente coinvolta avendone anche molto sofferto. Sarebbe stato, pensava, un modo complicato e doloroso per tentare di riallacciare una storia d'amore che non era nata sotto i migliori auspici.

L'armata arrivò provenendo dal Castello sul cui retro, nella grande piazza d'Armi si era raccolta, e cominciò a sfilare sotto la porta. Ad aprire la parata erano, fieri ed elegantissimi, gli ussari, in quanto corpo scelto della cavalleria leggera. Dopo di loro, com'era consuetudine, sarebbe arrivato il generale Bonaparte con la sua scorta, quindi il resto dell'armata. Buona parte della quale, in realtà, era già da giorni in marcia verso occidente. L'ordine era arrivare al ponte di barche sul Ticino e aspettare ad attraversarlo quando tutti i reparti si fossero lì congiunti.

Finalmente, ecco Napoleone: sul suo baio preferito dalla lunga criniera nera. Avanzava ben eretto sulla sella, guardando un po' avanti, un po' verso la folla – da cui si levava qualche grido, pochi per la verità, di «viva Bonaparte» – e un po' dall'altra parte, il volto atteggiato a un'espressione serena e a tratti sorridente. A volte perfino salutando a voce. Quando fu all'altezza di Luigi, lo guardò, si piegò appena verso di lui come per vederlo meglio, e gli disse: «Bene, vedo che il tuo occhio è tornato a posto». E mentre si allontanava, quasi gridando: «Soldato, se sei guarito perché non sei con noi?».

Immediatamente dietro, seguivano cavalleggeri della Legione lombarda.

Luigi era costernato ed eccitatissimo. Dunque, il Generale pur avendolo visto una sola volta in Egitto, con l'occhio bendato nell'armeria dove era stato relegato, l'aveva riconosciuto. Com'era stato possibile? Magari perché l'aveva notato anche altre volte, senza benda, e perciò lo ricordava? Ma forse semplicemente perché quell'uomo era davvero diverso, straordinario, con una memoria e uno spirito d'osservazione fuori del comune, prodigiosi. Ecco perché, pensò, vinceva tutte le battaglie.

Distratto da questo indimenticabile secondo incontro con quello che ormai stava diventando l'uomo più potente di Francia e forse d'Europa, ancora emozionatissimo si accorse appena in tempo che stava sfilando la legione. Scorse subito Ambrogio, fra i primi cavalleggeri; agitò vistosamente le braccia per farsi notare e l'amico lo vide facilmente e ricambiò il saluto drizzandosi sulle staffe e muovendo una mano con un gran sorriso.

«Ti aspettiamo presto al Caffè Nuovo!» gli gridò Luigi, che cominciava a invidiarlo, ora un po' pentito della sua decisione di abbandonare definitivamente la legione. Come molti, era ormai convinto della grande importanza della battaglia che si annunciava.

Il ritorno a casa fu mesto e pensoso, per la partenza del suo buon amico per un'avventura certamente pericolosa e perché non riusciva a decidere come fare per riavere Elena. Con questo stato d'animo volle dedicarsi al lavoro perfino con più impegno del solito.

Pochi giorni dopo, una mattina, accadde qualcosa di sorprendente. Luigi era in tipografia immerso in un lavoro al quale teneva personalmente molto: una elegante ristampa in caratteri Bodoni, di sua iniziativa, dell'ultima edizione di *Dei delitti e delle pene* di Cesare Beccaria, un volumetto che intendeva distribuire personalmente ad amici e conoscenti «per l'altissimo valore civile di quest'opera». Così rispose a suo padre che gli chiese perché mai perdesse tempo e denaro in quel lavoro che nessuno gli aveva chiesto.

«Un'opera» aggiunse «che non è stata ben compresa e che ad appena sei anni dalla morte dell'autore già è quasi dimenticata.»

Esagerava, Luigi: l'opera del Beccaria era tutt'altro che dimenticata e anzi ancora molto se ne discuteva, soprattutto in ambienti politici e giudiziari, ma voleva solo giustificare quella sua iniziativa.

Gianarturo aveva appena lasciato il figlio al suo impegno politico-editoriale, quando accadde qualcosa di molto strano: del tutto inaspettato si presentò in tipografia Filippo, il maggiordomo del conte Carminati:

«Una buona giornata a voi, messer Airoldi, vi porto il saluto e gli omaggi del mio signore.»

Luigi era stupefatto. Quella visita, oltre che inaspettata era in qualche modo allarmante: era forse accaduto qualcosa a Elena?

Intuendo la preoccupazione del giovane, Filippo lo tranquillizzò.

«State sereno, messere: vi porto l'invito del conte che desidera incontrarvi al più presto.»

A questo punto, anche molto incuriosito e ansioso, Luigi rilanciò: «Al più presto? Anche subito, immediatamente...».

«Bene, andiamo.» E i due uscirono in silenzio dalla tipografia dirigendosi verso Porta Comasina.

Camminarono di buon passo e senza dire una parola. Arrivati al palazzo, Filippo si limitò a informare l'ospite che, come la volta precedente, era atteso nello studio e ve lo accompagnò fino alla porta lasciandolo entrare da solo.

Il conte era seduto al grande tavolo-scrittoio, avvicinandosi Luigi lo salutò molto rispettosamente. Carminati gli rispose con un gesto del capo indicandogli con la mano di sedersi di fonte a lui e subito esordì, senza alcun preambolo: «Ho chiesto di vedervi, messer Airoldi, perché ho da dirvi qualcosa di molto importante per me, per voi e naturalmente anche per Elena».

La non breve pausa che seguì, espediente dell'abile padrone di casa per creare attesa, portò alle stelle l'emozione di Luigi, un misto di ansia e curiosità, facendogli saltare il cuore in gola e impedendogli qualsiasi risposta o reazione.

«Per prima cosa, messere, sappiate che so tutto.»

Luigi cominciava a capire ma, con apprensione, si chiedeva cosa davvero sapesse il conte.

«Per farla breve: so che è stata Mariangela a uccidere Gian Giacomo Beltrame in un momento di follia; so che in seguito ha maldestramente tentato di accusare me come mandante o autore dell'assassinio; so che poi, devastata dal dolore e dalla colpa, si è tolta la vita e so anche, infine, che per morire in pace con la sua coscienza ha voluto fare chiarezza su tutto. Perciò mi ha fatto avere una lunga lettera di dolorosa confessione. A portarmela è stato il vostro amico, ufficiale della Legione lombarda Ambrogio Bevacqua, poco prima di partire con l'armata.»

«Questo, quell'imbroglione non me lo ha detto» pensò Luigi «e ha accusato me di non essere stato leale e sincero con lui. Che faccia tosta!»

«Naturalmente so che anche voi già conoscevate la verità, che la Rovi stessa vi ha rivelato. Certo, potevate informarmene, ma immagino che siate stato da lei vincolato al segreto. Capisco. Comunque vi ho chiamato soprattutto per altro. Per parlare di Elena.»

«Eccoci al punto. Speriamo bene» pensò Luigi.

«È evidente che ormai non posso che ammettere di avere commesso gravi errori come padre, forse imperdonabili. Il primo fu di impegnare per contratto il futuro di mia figlia ancora bambina, promettendola al primogenito, un altro bambino, di una famiglia che non stimavo ma che era ricca e potente. Quando lei ha incontrato quello che considerava – e credo ancora consideri – il suo primo vero amore, le ho impedito, per egoismo e con una crudeltà della quale ora mi pento, di realizzare il suo sogno.»

Il conte si fermò guardando nel vuoto, come se stesse meditando su qualcosa di importante e diverso.

«Ma non è stato solo egoismo; per la mia generazione, per uomini del mio rango, per i miei tempi è del tutto normale scegliere, decidere il matrimonio di una figlia, i cui sentimenti nulla contano, in base agli interessi e al prestigio della nostra famiglia. È ingiusto? Non so. Ho sperimentato, però, che può provocare sofferenze e tragedie che non potevo immaginare, che non mettevo in conto.»

«Sì, ma Elena...» interruppe quasi sussurrando Luigi.

«È vero, la mia bambina ha assecondato la mia volontà, non per paura o viltà, ve lo assicuro, ma perché molto mi ama e perché lo aveva promesso a sua madre in punto di morte. Le conseguenze, purtroppo lo sappiamo, sono state disastrose, hanno portato sofferenze per molti, per tutti noi. E infine morte, hanno portato anche morte. Ed è inutile ora dire che non potevo sapere che tipo fosse quel dannato Beltrame – spero che stia bruciando all'inferno –, quanti problemi portasse con sé; è inutile perché l'errore primario è stato imporlo a quell'angelo di mia figlia.»

Luigi era sbigottito, ammutolito dallo stupore. Ma non sapeva che, dopo un'altra più lunga pausa, come se cercasse il coraggio di andare avanti, Cesare Carminati lo avrebbe ancora di più stupito.

«Non sopporto di vederla soffrire, tanto più ora che la ragione delle sue sofferenze non c'è più. Perciò penso che rivedervi, parlarvi, spiegarvi potrebbe farle bene. Non so... forse anche solo definire i suoi sentimenti e chiarire le sue idee... Per ora posso dirvi solo che presto avrete notizie sulle mie decisioni.»

Detto questo, con un rapido saluto si congedò. Dopo pochissimo arrivò Filippo per accompagnare l'ospite all'uscita.

Tornare in tipografia, concentrarsi sul lavoro per Luigi era impossibile. Non riusciva neppure a capire cosa il conte intendesse, con quelle sue ultime parole. Gli sembrava di non ricordarle o di averle solo immaginate. Vagò a lungo per le strade di Milano, come assorto nei suoi confusi pensieri, finché al tramonto tornò a casa. Durante la cena in famiglia non disse una parola, neppure quando si rese conto che probabilmente aveva uno sguardo assente perché tutti lo guardavano con espressione interrogativa. Ma nessuno osò chiedergli alcunché.

Il giorno seguente, dopo una notte insonne, si mise al lavoro malvolentieri: doveva rivedere dei testi appena stampati ma non riusciva a concentrarsi. Fortunatamente, molto presto, di primo mattino il conte dimostrò di essere di parola perché si presentò in tipografia Filippo con uno strano, inconsueto sorriso sornione appena accennato sulle labbra. Luigi non era solo in tipografia, oltre ad alcuni collaboratori c'era anche Gianarturo. Perciò il maggiordomo lo invitò fuori con un cenno del capo.

«Messer Airoldi» disse appena furono in strada, «il conte vi manda i suoi saluti e mi ha incaricato di informarvi che la contessina Elena vi aspetta oggi stesso, un'ora dopo il tocco, al Caffè Mazza, nel Coperto dei Figini in piazza Duomo.»

Filippo si congedò lasciando Luigi in preda a eccitazione e meraviglia insieme, col cuore che gli batteva così forte da fargli temere che potesse venirgli fuori dal petto.

Tornato in tipografia, cominciò a calcolare quanto tempo mancasse a quello che forse era il più importante appuntamento della sua vita. Subito dopo si chiese quali fossero le reali intenzioni di Carminati: qual era lo scopo di quell'incontro? Era un inganno, una trappola? Respinse però immediatamente ogni dubbio perché ora l'unica cosa che contava era che presto avrebbe rivisto Elena, la sua Elena.

Conosceva bene il luogo dell'appuntamento, il Caffè Mazza, nel Coperto dei Figini, il bel portico sul lato settentrionale di piazza Duomo. Era un locale molto elegante e raffinato, frequentato soprattutto da nobildonne, signore del notabilato e dell'alta borghesia e naturalmente dai loro mariti, amici, corteggiatori e amanti, tutti pezzi grossi della politica e dell'amministrazione, alti ufficiali prima austriaci e ora francesi e della Legione lombarda. Scegliendo quel luogo così esclusivo, il conte voleva forse metterlo in imbarazzo, rimarcare la distanza di rango fra lui ed Elena? Anche se fosse stato così, per Luigi non aveva alcuna importanza, quello che contava era il tempo che mancava all'incontro con Elena.

Non resistendo più all'ansia, si avviò con larghissimo anticipo. Imboccò la corsia di Porta Orientale e da qui la Corsia dei Servi che lo avrebbe portato direttamente in piazza Duomo. Per lasciar passare il tempo percorse su e giù la strada più elegante di Milano. Non era ancora cominciata l'ora del passeggio, era troppo presto ma vi erano angoli e tratti che si facevano osservare volentieri, altri caffè non raffinati come il Mazza o l'Hotel de Ville, il più prestigioso e costoso albergo della città.

Si presentò all'appuntamento ben prima dell'ora stabilita ma appena entrò nel locale subito notò Elena, in fondo alla sala, seduta, davanti a un tavolino di cristallo e peltro, su un divano tappezzato di velluto rosso. Indossava una semplicissima veste di seta bianca accollata, come semplice era l'acconciatura, nessun gioiello. Appena lo vide, mentre lui si avvicinava, gli sorrise e a Luigi questo sembrò una promessa ma non sapeva bene di cosa. Con un gesto lei lo invitò a sedersi sulla sedia davanti al tavolino. In difficoltà per l'imbarazzo e l'emozione, si salutarono in modo formale e banale.

«Salve, come va?» Così Elena aprì il dialogo.

«Bene, e tu?» rispose Luigi con un piccolo inchino mentre si sedeva e in quel momento capì che, organizzando quell'incontro, il conte Carminati tentava di rimediare al suo terribile errore riavvicinando sua figlia al suo unico vero amore.

«Che stupido» disse ad alta voce dandosi come un buffetto sulla fronte, «avrei dovuto capirlo subito.»

«Cosa?» chiese Elena, sorpresa.

Eccitato ed entusiasta lui le raccontò l'incontro che aveva avuto con suo padre, riferendo dettagliatamente tutto quanto il conte aveva detto, anzi «ammesso». Lei ascoltava con grande concentrazione ed emozione, a tratti commossa. Cominciò così un lungo pomeriggio di racconti, evocazioni, confessioni, emozioni, molte domande e poche risposte. Finché conclusero prendendosi le mani e guardandosi negli occhi: «Possiamo tentare?» chiese Luigi.

«Io credo di sì, spero di sì» rispose Elena, «ma dobbiamo ancora parlarci, spiegarci, abbiamo ancora cose da dirci.»

Tanto bastò per indurlo a pensare di essere ormai a un passo dalla felicità. Si salutarono sorridendo quasi sereni e lui le baciò la mano con un trasporto molto poco formale.

Tornò in tipografia travolto da un uragano di emozioni.

Senza neppure salutarlo, Gianarturo, che stava uscendo per andare a ritirare un carico di inchiostri, sulla porta gli diede velocemente una notizia.

«La staffetta che ogni giorno viene inviata a Milano dalla legione ha informato il Governo provvisorio e la Municipalità che l'armata è ormai a Spinetta Marengo, dove gli austriaci del feldmaresciallo Melas l'aspettavano. Dunque, la battaglia è imminente. Ancora sangue e ancora morti, che riposino in pace» e si allontanò in fretta. A fare da staffetta era di solito un giovanissimo, perfino adolescente, capace di montare a lungo un cavallo in grado di correre fino a Milano. Si fermava al Castello, a Porta Giovia dove informava a voce alcuni altri giovani che, a loro volta, di corsa portavano il messaggio nelle diverse zone della città.

L'entusiasmo, nonostante il tono allarmato con cui Gianarturo aveva dato la notizia, e l'ansiosa aspettativa provocati in Luigi da questa attesa novità non placarono la bufera che l'incontro con Elena aveva scatenato nel suo cuore.

Era rimasto solo in tipografia, quando inaspettatamente lo raggiunse Beatrice.

«Sorellina, a cosa devo il piacere di questa visita?» Ormai quasi diciottenne, Bea era sempre più bella, colta e intelligente. E naturalmente anche sempre più corteggiata, pensava Luigi come tutti in casa con una certa compiaciuta apprensione. «Cos'è quell'aria seria e quasi preoccupata, cosa ti angustia, mia cara?» le chiese sorridente il fratello notando sul suo volto, generalmente radioso, un'espressione inconsueta. «Problemi con un nuovo fidanzato?»

«Molti corteggiatori ma nessun fidanzato, né nuovo né vecchio» reagì lei fingendosi seccata, «semmai problemi con un amico. Un amico più tuo che mio.»

«Oddio, di chi si tratta? Niente di grave, spero.»

«Si tratta di Ugo Foscolo e niente di grave; o di molto grave. Almeno per quanto mi risulta finché è stato qui.»

La risposta, ambigua, inquietò Luigi, che di emozioni per quel giorno ne aveva già avute abbastanza e sapeva di certe attitudini del poeta.

«Ti ha corteggiata? È stato… inopportuno? So che è andato a Genova per dare una mano alla resistenza della Repubblica. Ma prima? È stato un po' troppo… galante?»

«Calmati, fratello protettivo, niente di tutto questo: già prima di andare a Genova era venuto spesso a parlare con nostro padre della possibile stampa di sue opere future; veniva solo per quello e nient'altro.» E dopo una pausa, ma col tono di chi vuol darsi delle arie: «Anche se non ti nascondo di aver subìto il suo fascino di bel poeta, diciamo così, disperato. E forse lo ha anche capito, perché ha fatto di tutto per manifestarmi il suo disinteresse. Questo ti tranquillizza?».

«Meglio così. Ma allora, i problemi?» insistette Luigi ormai irritato.

«Sono solo suoi e al massimo anche di chi gli vuole bene.»

«Di che tipo? Insomma, parla, Bea.»

«Naturalmente c'è di mezzo un amore dei suoi, difficile e tormentato. Ci ha raccontato tutto Porta, che è venuto da noi pochi giorni fa per proporci un suo lavoro per il Teatro Patriottico, nel quale ora è molto impegnato. Ha raccontato che a Genova, dove Foscolo era andato con l'esercito di Bonaparte al comando di Masséna per cacciare gli austro-russi – come vedi sono più informata di te – il suo animo tanto sensibile è stato vittima di un nuovo dolore» si decise a raccontare la sorella con un sarcasmo che non sfuggì e anzi dispiacque a Luigi. «Ha avuto una delle sue fiammeggianti storie d'amore, stavolta per la bella Luigia Ferrari Pallavicini, moglie del marchese genovese Domenico Pallavicini e grande amazzone che però, purtroppo, dopo una bruttissima caduta dal suo cavallo prediletto durante una galoppata sulla spiaggia, ha avuto il volto orribilmente deturpato e da allora evita qualsiasi incontro, in particolare col suo giovane poeta amante. Al quale, da una lettera che lui definisce "augurale consolatoria" con cui auspica che la contessa ritrovi al più presto la sua bellezza, è nata l'dea di una serie di componimenti, di odi dedicate soprattutto alle donne, idea di cui per la eventuale stampa vuole parlare con nostro padre e con te.»

«Bene, molto volentieri.»

«Sì, bene, però intanto, in battaglia a Genova è stato ferito a un ginocchio.»

«Ferito? Grave? Qualche mese fa era già stato ferito a Cento, dalle parti di Reggio Emilia, durante uno scontro con i rivoltosi antirepubblicani.»

«No, non credo, niente di grave, anche se pare che per ora non possa muoversi. Ma Porta ci ha raccontato anche altro, e di più serio, credo: Foscolo ha problemi di soldi. È senza un quattrino e pieno di debiti.»

«Ahimè ho capito: debiti di gioco, immagino» dedusse sconsolato Luigi, che conosceva bene il suo amico.

«Proprio così, Carlo ha raccontato qualcosa che evidentemente tu già sai, e che perciò non è un pettegolezzo o un'indiscrezione, e cioè che trascorreva sere interminabili e anche nottate nelle salette riservate ai giocatori del Caffè Nuovo o dell'Hotel de Ville e perfino, talvolta, in certi accoglienti palchi della Scala.»

«Purtroppo è proprio così.»

«E ci ha anche riportato una voce, certamente maligna, secondo la quale sarebbe andato Genova, invece di arruolarsi qui a Milano, come avrebbe potuto, per sfuggire ai creditori. Pare infatti che ci sia la consuetudine fra gentiluomini di azzerare i debiti di gioco di chi va in guerra. Ma questa è solo una cattiveria, una maldicenza.»

In realtà, anche per un'altra ragione Foscolo stava precipitosamente tornando a Milano per arruolarsi: non voleva mancare alla battaglia che tutti dicevano sarebbe stata decisiva.

Luigi, comunque, pensò che Bea gli avesse riferito di questo problema finanziario di Ugo forse nella speranza che si potesse fare qualcosa per lui. Ma cosa? In particolare, in quel momento: l'attesa di notizie dell'imminente battaglia oramai considerata finale era spasmodica. Sarebbero rimasti i francesi o sarebbero tornati gli austriaci? I repubblicani libertari o i monarchici reazionari? Due prospettive la cui differenza era radicale, estrema. A questo pensava Luigi, per di più nell'attesa di un nuovo appuntamento da Elena. Due differenti attese ugualmente cariche di ansie e di speranze.

Anche questa volta, era il primo mattino del 13 giugno, fu Filippo a portargli la notizia che più gli stava a cuore, non a voce ma con un biglietto: su carta intestata dei Carminati de' Brembilla in una busta chiusa con ceralacca marchiata con l'arma del conte. Questa confezione poteva far pensare a un lungo e importante messaggio, possibilità che preoccupò Luigi. Il quale – appena il maggiordomo, dopo avergli consegnato il plico, si congedò con un sorriso di simpatia – si affrettò ad aprire la busta, lacerandola, per leggere il messaggio. Tutt'altro che lungo, solo una riga: «In San Babila, prima del vespro». Non era neppure firmato «Elena» – e chi se non lei? Luigi pensò che la scelta di quella chiesa, dov'erano avvenuti momenti e incontri importanti per la loro storia, non poteva essere casuale.

Quanto mancava al tramonto? Quanto prima dell'ora indicata avrebbe potuto andare in quella chiesa? Era il periodo dell'anno in cui il sole calava più tardi, troppo tardi, pensò. Per tirare fino al vespro senza impazzire, Luigi vedeva una sola possibilità, la solita: buttarsi a capofitto nel lavoro e non pensare ad altro. Non fu facile. L'ansia prevaleva facendogli commettere molti, troppi errori di composizione, ma in qualche modo arrivò il tardo pomeriggio, l'attesa era diventata insopportabile e finalmente Luigi si avviò quasi di corsa verso la corsia di Porta Orientale.

Entrò in San Babila quando al vespro mancava almeno un'ora e dopo essersi seduto si trovò a fare qualcosa che non faceva da quando era bambino: pregare. Supplicava la Vergine Maria, alla quale erano molto devote la mamma e la nonna che gli avevano insegnato a rivolgersi a Lei, di avere finalmente per sé e per sempre la sua Elena.

Anche lei arrivò in anticipo sull'ora dell'appuntamento e a Luigi questo sembrò un segno di impazienza, quindi di buon auspicio. Entrò in chiesa dalla porta laterale di destra senza che le sue leggerissime scarpette in pelle di capretto e velluto rosso facessero alcun rumore sul pavimento marmoreo. Neanche il sobrio abito di seta azzurra con guarnizioni bianche frusciava tra i banchi. Ma lui, inspiegabilmente, si accorse del suo arrivo, lo percepì e si alzò per andarle incontro. Elena lo fermò con un gesto della mano e senza guardarlo andò a sedersi su una delle sedie imbottite in seconda fila destinate alla sua famiglia. Luigi la raggiunse, allarmato dal suo comportamento, e le si sedette accanto. Tentò di prenderle la mano ma lei la ritrasse e cominciò a parlare quasi sottovoce, senza guardarlo, fissando l'altare:

«È giusto che tu sappia tutto.»

«Tutto? Tutto cosa?» si chiese lui. Questa imprevista e ambigua confessione – ma era una confessione? – lo spaventò, anche se non sapeva bene cosa temere, cosa aspettarsi. Perciò continuò a tacere finché Elena ruppe il silenzio: «Sono incinta».

XIII

Confessione

Occhi sbarrati e bocca aperta per un tempo lunghissimo, Luigi la guardava senza capire e neppure ricordare cosa gli avesse procurato quello stato di straniamento. Gli sembrava che il cuore si fosse fermato e che nelle sue vene non circolasse più il sangue. Quando finalmente lei, sempre con lo sguardo rivolto all'altare, gli sussurrò «devo spiegarti, devo raccontarti», si sovvenne di quelle due parole che lo avevano quasi tramortito, «sono incinta», rimaste per lui incomprensibili.

La prima cosa che gli venne in mente, che quasi sperò, fu che potesse essere sua la responsabilità di quella gravidanza. Ma subito si rese conto dell'assurdità di quel pensiero, se non altro calcolando il tempo trascorso dall'unica volta che aveva fatto l'amore con Elena: troppo, comunque abbastanza perché lei avesse già ampiamente concluso la gravidanza. Si sentì ridicolo ad avere anche solo preso in considerazione – o sperato? – quella possibilità, se ne vergognò. E allora?

Lei sembrò intuire i pensieri che si rincorrevano e si accavallavano nella testa di Luigi, come se ne sentisse il rumore. Distolse lo sguardo dall'altare, lo rivolse per poco verso di lui, infine lo abbassò e cominciò a raccontare.

Il suo breve fidanzamento con Gian Giacomo, per dare seguito alla promessa del matrimonio imposto dalle due famiglie poco dopo la loro nascita e formalizzato quando lei aveva appena lasciato Luigi, era stata un'esperienza incomprensibilmente gelida, dolorosa e frustrante. Non che si aspettasse da lui amore o addirittura passione, non c'erano le premesse, ma almeno qualche gesto di amicizia, di attenzione, di sollecitudine; insomma, come minimo di buona educazione. E invece niente di tutto questo. Fino al giorno delle nozze, quando, la sera stessa della fatidica prima notte, così importante per una coppia normale, lui le spiegò con distaccata freddezza che fra loro non ci sarebbe stata mai neppure una finzione d'amore; che il loro matrimonio, insomma, non sarebbe mai stato consumato. E le spiegò anche perché, raccontandole, descrivendole con una calma spudorata il suo rapporto con Mariangela Rovi, il giuramento che le aveva fatto. Rapporto, quindi, che non avrebbe mai e in alcun modo neppure compromesso.

«Naturalmente per me fu un colpo durissimo» ammise Elena, «un'umiliazione, che mi fece piangere per giorni, per la rabbia e certo non per la delusione. Avevo immaginato qualcosa del genere. In un certo senso, anzi, fu quasi una liberazione, conoscendo la verità, potendo dare perfino un volto al problema.»

A quel punto del racconto la pausa fu opportuna. Ma Luigi non trovò nulla da dirle, e attese in silenzio che lei proseguisse, che gli spiegasse.

«Dopo averci pensato a lungo» riprese «non potei non parlarne con mio padre. E feci bene, perché anche lui già sospettava e anzi gli erano arrivate delle voci a proposito della Rovi, personaggio fin troppo conosciuto a Milano.»

Elena definì la reazione del conte Cesare «silenziosamente e dolorosamente furibonda», come di chi subisce un'umiliazione immeritata e della quale non sa come vendicarsi.

«Capivo che soffriva soprattutto per me, si sentiva in colpa per avermi costretta a subire quella situazione. Mi faceva molta tenerezza, e anch'io, a mia volta, soffrivo per lui. Mai come in quei momenti fu evidente quanto ci volessimo bene. Tuttavia, lo implorai di non affrontare Gian Giacomo, cosa che ero certa avrebbe fatto anche con le peggiori conseguenze. Malvolentieri – e per il momento, aggiunse – mi accontentò soprattutto, credo, per evitare lo scandalo. Io speravo che la cosa col tempo si risolvesse da sola, non sapevo come. Fatto sta che quando seppi della morte di Gian Giacomo ebbi subito, confesso, la quasi certezza che fosse opera della volontà, se non della mano di mio padre.»

Elena e Gian Giacomo avevano continuato a vivere nella bella e grande casa sul Naviglio interno verso Porta Orientale, dimora ora triste ma un tempo, quando la madre di lei era in vita, sede di feste gioiose e raffinati banchetti. Il conte Cesare l'aveva donata loro come parte della cospicua dote matrimoniale. Dormivano in stanze separate e distanti, non consumavano insieme i pasti, ciascuno dei due accudito dai propri servitori. Lui era spesso assente e lei sapeva perché; per farsene una ragione e trovare un po' di quiete intensificò la sua attività creativa; non aveva mai smesso di scrivere poesie, ma ora, nella situazione in cui si trovava era l'unico modo per placare il cuore e la mente.

Faceva anche delle lunghe passeggiate lungo l'alzaia del Naviglio, talvolta a cavallo. Montava una bellissima giumenta bianca alla quale era molto affezionata, raggiungeva il naviglio della Martesana e si spingeva fino a Trezzo sull'Adda, alla cui periferia settentrionale, in una grande villa, viveva zia Alda, sorella della defunta mamma, che molto volentieri la ospitava anche per giorni. Non faceva domande ma Elena pensava che in realtà sapesse tutto, non contava molto sull'impegno di suo padre a mantenere il segreto, quel segreto.

«Passarono i mesi» continuò a raccontare «e questa strana e assurda vita matrimoniale, se così la possiamo definire, che almeno comportava la mia completa libertà, finì per sembrarmi accettabile. Fino alla sera in cui, tornata da una lunga cavalcata nel bosco al di là del Castello e della piazza d'Armi fino alla certosa di Garegnano, mi ero appena cambiata d'abito per la cena, quando lui entrò nella mia camera senza bussare e mi informò in modo piuttosto brusco che quella notte sarebbe venuto nel mio letto "per consumare il nostro matrimonio", così mi disse, brutalmente. E se ne andò. Non ero spaventata o offesa ma solo meravigliata e incredula e, in un certo senso, perfino curiosa. Non capivo il senso di quell'annuncio. Ci pensai per tutta la cena che lasciai quasi intatta, mi chiesi se avrei potuto rifiutarmi, respingerlo, ma poi ricordai che legalmente quell'uomo era mio marito e rivendicava un suo diritto che io, per legge, avevo il dovere di soddisfare.»

Luigi ascoltava esterrefatto questo assurdo racconto che cominciava a scandalizzarlo più che irritarlo o ingelosirlo.

«Mi preparai per la notte e mi misi a letto ad aspettarlo. Si presentò indossando un'ampia vestaglia di broccato blu e prima d'infilarsi fra le lenzuola volle, bontà sua, spiegarmi la ragione di questa stranissima novità.»

Gian Giacomo le raccontò che il conte Cesare, tradendo la promessa che le aveva fatto, un giorno si era presentato da suo padre il marchese Rolando chiedendo conto in modo aggressivo e minaccioso del comportamento di suo figlio. Beltrame trasecolò, sapeva della relazione di suo figlio con la Rovi ma pensava che, al massimo, avrebbe potuto tenerla come sua amante senza compromettere il matrimonio, consuetudine abbastanza diffusa, non solo a Milano, nell'aristocrazia ma anche nel notabilato e nell'alta borghesia. Ma il furibondo Carminati non ascoltava ragioni e minacciava di scatenare uno scandalo, rovinando la reputazione di una delle più stimate famiglie lombarde. Benché si sentisse offeso dal tono aggressivo del conte, Rolando mantenne la calma e molto dignitosamente, sapendo di essere dalla parte del torto, gli promise che avrebbe risolto il problema.

Il giorno dopo, infatti, in seguito a una notte insonne convocò suo figlio «con la massima urgenza». Quando Gian Giacomo si presentò, gli riferì della «sgraditissima» visita del conte, gli disse che lo considerava un debosciato irresponsabile e che se non avesse «immediatamente» troncato il rapporto «con quella Rovi» e adottato con Elena un «comportamento adeguato e onorevole», facendo il suo dovere di marito, lo avrebbe diseredato completamente. Il suo modo di vivere, infatti, rischiava di gettare la famiglia nel fango dello scandalo e questo il marchese Rolando Beltrame di Gavirate non poteva accettarlo.

Gian Giacomo non ebbe il tempo e neppure la possibilità di replicare. La disobbedienza avrebbe comportato disonore per la sua famiglia e forse perfino l'interdetto dell'imperatore, condizione che egli stesso non voleva, e soprattutto senza soldi. Meglio morire, pensò. Perciò quella stessa sera si precipitò nella camera di una esterrefatta Elena per comunicarle l'intenzione di finalmente adempiere al suo dovere matrimoniale.

«Ti posso solo dire» aggiunse dopo un breve silenzio, immaginando i pensieri tormentosi di Luigi «che certo quello non era amore.»

Fino ad allora silenzioso e quasi paralizzato, reagì solo con un cupo sussurro: «E fu così che rimanesti incinta».

Lei assentì. Poi tacquero a lungo, guardandosi per brevi momenti, quasi di sottecchi.

«La donna che amo, dunque, aspetta il figlio di un uomo che detestava, che l'ha fatta soffrire e che è morto per mano della sua amante, la quale infine si è uccisa» riepilogava mentalmente Luigi, come alla ricerca di un inesistente senso di quella storia. Un senso, un ordine che non riusciva a trovare.

Finché sentì che stava per piangere. Anche questo, come pregare, non gli accadeva da quando era bambino. Le prime lacrime erano sul punto di spuntare, se ne vergognava e non voleva che Elena se ne accorgesse. Le dette un ultimo sguardo, smarrito, si alzò e senza dire una parola uscì dalla chiesa.

Col cuore e la testa in subbuglio corse a casa. «Lavoro, lavoro, a capofitto nel lavoro» disse fra sé quasi ad alta voce. «Non ho altre possibilità per evitare d'impazzire.» Ma gli venne subito in mente che altre possibilità le avrebbe avute se a suo tempo avesse voluto, a cominciare dal restare nella legione.

Ora sarebbe stato a Marengo per combattere contro gli

austro-russi – non per la vittoria di Napoleone e della Francia, ripeteva a se stesso, ma per i valori della Rivoluzione – in quella che, come molti credevano, sarebbe stata la battaglia decisiva. Se si fosse trovato nella piana di Alessandria con la legione fronteggiando il nemico e preparandosi allo scontro, ora sarebbe stato concentrato su tutt'altro, non avrebbe avuto tempo per soffrire d'amore. Non sapeva che in realtà i lombardi erano stati distribuiti tra i francesi, la loro forza diluita nell'armata di riserva scesa con Napoleone per questa seconda campagna d'Italia. La ragione era evidente e non piaceva affatto ai volontari della legione: meriti e gloria dovevano ricadere interamente ed esclusivamente sui francesi.

Ma Luigi ignorava anche che ormai allo scontro decisivo mancavano poche ore. Il Primo Console stava disponendo i suoi ventiseimila uomini e trenta cannoni su una lunga linea a est del Bormida, nel territorio della Fraschetta.

«Eravamo certi» gli raccontò più tardi Ambrogio «che gli austriaci, più numerosi e meglio equipaggiati, con i loro trentaduemila uomini e più di cento cannoni, avrebbero impiegato qualche giorno a sistemarsi in modo da resistere al nostro attacco. Infatti, sapevano che Bonaparte aveva intenzione di prendere l'iniziativa a sorpresa, sua tecnica preferita, e quindi dovevano disporsi per respingere l'assalto improvviso.»

Luigi, dunque, si gettò a capofitto nel lavoro ma non riusciva a liberarsi dalla confessione di Elena e dall'immagine ripugnante di un suo rapporto sessuale – non osava neppure pensarlo d'amore – con Gian Giacomo.

Quella sera fu una strana cena, con tutta la famiglia, come consuetudine. Lui silenzioso e cupo, la testa bassa palesemente piena di brutti pensieri, tutti gli altri lo guardavano preoccupati e incuriositi.

Gianarturo tentava di parlare di lavoro, di dare delle buone notizie riferendo dell'entusiasmo con cui erano accolti dai clienti, dagli autori, i testi ora stampati in Bodoni. Mamma Bianca, non riuscendo a farsi venire in mente altri argomenti, gli chiese come trovava la zuppa di foiolo e legumi: «Non è la stagione giusta» si giustificò «ma l'ho preparata perché so che ti piace», riuscendo a strappargli un mezzo sorriso storto. Bea si limitava a guardarlo con un'espressione contagiata dalla sua tristezza.

Nonna Alessandra era l'unica che sembrava non dare peso all'umore del nipote. Il quale più tardi capì il perché: lei andò infatti inaspettatamente a trovarlo in camera sua quando tutti ormai dormivano.

«Ragazzo mio, so tutto, non ti angustiare» esordì senza preamboli, con Luigi che non ebbe il tempo di chiedere il motivo della visita, inconsueta perché non aveva affatto l'aria della solita buonanotte con l'invito alla preghiera regolarmente eluso.

«La nostra Zoe ha saputo dalla cugina Rita che Elena è incinta. A una cameriera personale certe cose non possono sfuggire e comunque la Carminati glielo ha detto. In lacrime, ha aggiunto Rita. Zoe mi ha informato da giorni di questa gravidanza. Non te ne ho parlato perché sapevo che con Elena vi sareste incontrati e l'avresti saputo da lei.» Luigi continuava a tacere e la nonna a guardarlo, sorridente come se volesse tranquillizzarlo. E infatti fu lei a rompere il silenzio dicendogli: «Stai sereno, figlio mio». Lo chiamava spesso così quando la conversazione tra loro era impegnativa. «A tutto c'è rimedio.»

«Quale rimedio, nonna: devo scegliere se sposarla incinta per poi farmi carico del figlio di un altro, di un uomo che ho odiato, oppure lasciarla, abbandonarla a un futuro di madre vedova. Certo, suo padre la terrà in casa e forse sarà anche felice di avere un nipote o una nipote di cui occuparsi. Ma così lei sarà condannata alla solitudine.» E dopo una breve pausa, scuotendo il capo: «E anch'io».

Nonna Alessandra, intanto, si era seduta ai piedi del letto del nipote. Unì le mani appoggiandosele in grembo, con l'atteggiamento tipico che assumeva quando iniziava a raccontare una delle sue storie.

«Vedi, mio caro, come sai io sono cresciuta in campagna,

figlia del fattore di una delle più grandi cascine della zona di Vimercate. Poco dopo Meda, davanti a una casupola semicoperta dall'edera, viveva una donna dall'età indefinita. Un giorno la vidi anch'io: seduta all'ombra – quei primi giorni di giugno erano già molto caldi –, fumava una pipa col fornello ricavato da una pannocchia di granturco, capita tuttora di incontrare nelle campagne padane anziane contadine fumatrici di pipa. Quella donna, che tutti chiamavano mammana, senza chiedere alcun compenso aiutava le più povere a liberarsi di gravidanze indesiderate: spesso erano donne che di figli ne avevano già molti e che temevano di non riuscire più a dar loro da mangiare. Mi sembrò assurdo, inaccettabile che si potesse fare qualcosa per evitare un parto e sapevo che era fortemente condannata dalla Chiesa che lo considerava un gravissimo peccato mortale. Seppi poi che non solo nelle campagne ma anche a Milano c'erano alcune "fattucchiere" che facevano la stessa cosa, queste però a pagamento. È una cosa brutta, si servono di ferri da calza, cucchiai, impacchi di prezzemolo e altre essenze ed erbe velenose. Insomma, una cosa brutta ma lo fanno.»

«Perché mi racconti questa storia, nonna?» le chiese il nipote, allarmato.

«Solo per dirti, figlio mio, che è possibile liberarsi di una gravidanza indesiderata, se lo si vuole veramente. Non è facile, è una scelta condannata dalla Chiesa, un peccato mortale che ferisce e per una donna può fare molto male al cuore e non solo, ma si può fare.»

Disorientato e perfino un po' scandalizzato, dopo un lungo silenzio, Luigi diede un po' bruscamente la buonanotte alla nonna con un bacio veloce. Sapeva che, per quella notte, dormire o anche solo appisolarsi era impossibile.

Dunque, ora sapeva che aveva la possibilità di mettere fine alla gravidanza di Elena e sposarla senza il carico di un figlio estraneo e indesiderato: questo il risultato della visita di nonna Alessandra, questo il senso del suo racconto. L'altra possibilità, che non voleva neppure prendere in considerazione, era rinunciare a Elena per sempre.

Incredibilmente, con questi pensieri riuscì a addormentarsi. Ma fece sogni bruttissimi, terrificanti tanto da essere ricordati al mattino, cosa per lui rara: incubi di vecchie streghe e diavolesse che maneggiavano strani attrezzi nelle pance di donne che ridevano a squarciagola, di bambini lanciati in aria e, il più terribile, di vecchie che, grondando sangue, rincorrevano Elena.

L'indomani era al lavoro in tipografia con questi pensieri e queste immagini che continuavano a tormentarlo finché, dopo mezzogiorno, arrivò a Porta Giovia la consueta staffetta. Sia il cavallo sia il giovanissimo cavaliere apparivano allo stremo della resistenza. La notizia era che stavolta a essere preso di sorpresa era stato Napoleone: alle prime luci dell'alba del giorno precedente, 14 giugno, gli austriaci comandati da Michael von Melas avevano attaccato l'armata francese. Stavolta il Primo Console, chiuso col suo stato maggiore in una grande villa sulla sommità di una collina facilmente difendibile fra Valenza e Alessandria, aveva sbagliato i suoi calcoli forse per eccesso di ottimismo e di sicurezza: contava sulla nota lentezza dell'esercito asburgico nel disporsi e organizzarsi per la battaglia. Perciò aveva ritardato il suo consueto, e quindi prevedibile, attacco a sorpresa. E invece, a lanciarlo questa volta fu l'esperto Melas.

Il ragazzo di staffetta informò infine, con tono allarmato, che quando era partito da Marengo, nonostante la strenua e disperata resistenza dei francesi, la situazione sembrava chiaramente annunciare una vittoria austriaca.

Rapidamente si diffuse in tutta la città e nel circondario la notizia che Napoleone era stato sconfitto, provocando reazioni contrapposte: entusiasmo per i sostenitori dell'Austria il cui definitivo ritorno davano per certo; incredulità e disperazione per i «rivoluzionari» e patrioti amici dei francesi (pur sempre con qualche riserva, però). Gianarturo, per esempio, era pronto a distruggere qualsiasi testo di contenuto o di autore anche solo presumibilmente filorepubblicano si trovasse nella sua tipografia; non lo fece solo perché sapeva che suo figlio si sarebbe opposto con tutte le forze.

«Dunque, tutto, ma proprio tutto è perso?» si chiese Luigi. «L'amore, la libertà, la patria?» Ripensò alla strana visita di nonna Alessandra la notte prima: era un invito a spingere Elena a interrompere la sua gravidanza oppure semplicemente l'indicazione di una possibilità perché fosse lui a scegliere, a decidere?

Poi, improvvisamente, si fece una domanda che stranamente non si era posto prima: e se lei non volesse mettere fine alla gravidanza? Se le facesse orrore – come a lui, peraltro – l'idea di mettersi nelle mani di quelle orribili fattucchiere? Doveva dirimere questa ormai angosciosa questione e non c'era altro modo che parlarne con lei. Doveva farlo al più presto, perché l'esito della battaglia capitale che si stava combattendo a Marengo poteva cambiare, ma ancora non riusciva a capire come, il modo di vedere le cose.

Ormai gli era chiaro che in quelle condizioni mentali ed emotive non poteva concentrarsi sul lavoro, quel giorno molto impegnativo. Si trattava del completamento di una preziosa ristampa in caratteri Bodoni, sempre più richiesti, e con la più raffinata carta di Fabriano, del *Decameron* di Giovanni Boccaccio per la biblioteca privata del colonnello Teulié, che l'aveva ordinata ancora prima del breve ritorno degli austriaci. Ora l'ufficiale, e soprattutto amico, era a Marengo a combattere con l'armata, e meritava che a quel lavoro a cui tanto teneva si dedicasse la massima attenzione e la massima cura. Comunque, Luigi decise di fermarsi, andò al tavolo di suo padre e inventò una scusa qualunque per allontanarsi. Gianarturo capì che suo figlio aveva bisogno di riflettere e intuì anche su cosa.

Ma, prima di uscire in strada, passò da casa, cercò Zoe e la trovò in cucina intenta a sgusciare una montagna di piselli.

«Fai sapere a tua cugina Rita che ho urgente necessità di parlare con la contessina Carminati.» Per lui Elena non era mai stata la marchesa Beltrame. Zoe assentì in silenzio, stupita per il tono insolitamente brusco con cui nessuno, in quella casa, si era mai rivolto a lei.

Appena in strada, Luigi prese la corsia di Porta Orientale dirigendosi verso il centro della città. Intendeva, attraversando tutta Milano, arrivare al Castello, a Porta Giovia, dove forse sarebbe arrivata da Marengo la staffetta con informazioni sulla battaglia, probabilmente definitive, e sulla sconfitta di Napoleone. Comunque, la strada da fare era lunga, avrebbe potuto impiegare quasi due ore per arrivare. Meglio così, avrebbe avuto tempo per pensare, per prepararsi all'incontro con Elena perché non aveva affatto le idee chiare su cosa proporle o chiederle.

Arrivò al Castello che era ormai buio, la staffetta non era ancora arrivata, segno che la battaglia era andata per le lunghe. Continuando a pensare, si sedette su un vecchio muretto diroccato, appena all'interno della porta, accanto alla casermetta della guardia. Finché, stanco di tanto rimuginare, si convinse che non poteva fare altro che aspettare di incontrare Elena e cercare di chiarire tutto con lei. Questa decisione finalmente placò la sua ansiosa ricerca, si sedette per terra appoggiando la schiena al muretto e si appisolò.

Fu svegliato, sdraiato al suolo, da una voce lontana che gridava forte qualcosa. Ancora non albeggiava, ma si meravigliò di avere dormito delle ore in quella scomodissima posizione, forse perché era finalmente riuscito a liberare la mente. Quelle grida si avvicinavano sempre di più, erano di un uomo, ancora distante ma ormai visibile, che montava un cavallo lanciato al galoppo sfrenato. «Vittoria! Vittoria! Vittoria!» strillava a squarciagola e in continuazione.

Dalla casermetta uscirono di corsa, allarmati, dei militari del corpo di guardia. Il cavaliere riuscì a malapena a fermare la cavalcatura a un passo da loro e da Luigi che li aveva affiancati. «Vittoria! Vittoria!» continuava a ripetere mentre con un salto acrobatico scendeva dal cavallo non ancora del tutto fermo. Appena a terra, per prima cosa chiese «acqua per me e per l'animale» e poi raccontò che a mezzogiorno la battaglia ormai sembrava persa quando Napoleone, dal suo quartier generale sul campo a Torre Garofoli, dalle parti di Tortona, mandò un ufficiale sul più veloce cavallo disponibile, a chiamare il generale Desaix. Prima della battaglia lo aveva distaccato con un corpo d'armata fra Rivalta e Novi Ligure, per tagliare un'eventuale ritirata austriaca verso Genova.

La richiesta d'aiuto arrivò in ritardo perché l'ufficiale incaricato, che non conosceva quelle zone, faticò molto a trovare le due divisioni dislocate nel basso Piemonte. Comunque, quando ricevette l'ordine, Desaix partì immediatamente e puntò a marce forzate verso Marengo, dove arrivò nel pomeriggio accolto con esultanza e sollievo.

La staffetta raccontò che tra i francesi correva la voce, chissà quanto corrispondente al vero, che al suo arrivo sul campo di battaglia, con tali parole Desaix avrebbe salutato Napoleone: «Questa è una battaglia completamente perduta ma sono appena le due e abbiamo tutto il tempo di vincerne un'altra». In effetti le sorti dello scontro furono completamente rovesciate con l'arrivo degli insperati rinforzi: erano passate le nove di sera, era ormai buio quando fu evidente la completa vittoria francese.

Il cavaliere di staffetta che aveva portato a Milano la notizia di una ormai insperata vittoria francese, non poteva sapere, però, che nelle ultime fasi della battaglia lo stesso generale Desaix era stato ucciso da un colpo di moschetto al cuore. Forse si era esposto troppo per l'entusiasmo e l'eccesso di sicurezza dovuti alla certezza della vittoria e per di più per merito suo.

Dopo la battaglia, il suo corpo fu riconosciuto perché, per un personalissimo vezzo da ideologia rivoluzionaria, amava andare a combattere in borghese e non nella sontuosa uniforme da generale della fanteria leggera. Quando Napoleone ebbe la notizia, commosso, giurò che al suo amico, che definiva «il vincitore di Marengo», la Francia avrebbe riservato onori che nessun soldato aveva mai ricevuto.

Era ormai l'alba quando Luigi fece ritorno a casa, trovando la famiglia già in piedi e non perché fosse stata in ansia per lui che aveva trascorso tutta la notte fuori, ormai era un uomo, ma per le notizie della vittoria di Marengo. Le cui conseguenze su Milano, la Lombardia, la gente, il lavoro e gli affari non erano prevedibili; anche se delle idee, dei metodi e dei modi dei francesi si sapeva già abbastanza e non a tutti piacevano. Rabbuiato, Gianarturo brontolava: «E adesso, quei prepotenti e arroganti ci lasceranno lavorare o dovremo escludere i clienti che a loro non piacciono?».

Luigi si guardò bene dall'obiettare, anche perché, pur compiaciuto della vittoria francese, che se non altro evitava il ritorno degli austriaci, non voleva ricominciare a polemizzare con suo padre. Ma soprattutto perché era di nuovo concentrato sul tentativo di prepararsi all'incontro con Elena, della cui possibilità, in realtà, non sapeva ancora nulla.

Ne seppe qualcosa solo dopo un'altra notte inquieta e un'intera giornata di lavoro in tipografia, quando, a sera, mentre rientrava in camera sua, la fida Zoe lo avvicinò per informarlo, quasi sussurrando, che Elena lo aspettava l'indomani in mattinata a palazzo Carminati; il conte non ci sarebbe stato, era in visita al feudo di San Giovanni in Croce. «Ancora sonno perso e ore di ansia» pensò.

Il sole era già alto quando Luigi, dopo un'altra nottataccia, si presentò al monumentale portone della magione paterna dove Elena, ora vedova, era tornata a vivere. Filippo, chiamato dall'uomo di guardia, si presentò immediatamente, stavolta perfino più cordiale, come se il visitatore, ben noto, gli fosse particolarmente gradito. Lo accompagnò nello stesso salone dove la prima volta, con Gianarturo, li aveva ricevuti il conte.

Quasi in centro erano state sistemate due poltrone, una di fronte all'altra. Appena Filippo si fu congedato, entrò Elena. Salutò Luigi con un sorriso e un cenno del capo e andò a sedersi sulla poltrona con le spalle all'ingresso, invitandolo a sedersi sull'altra. Sembrava sinceramente contenta di vederlo – questo già un po' lo tranquillizzò – e con un formale «come stai?» diede inizio a uno scambio di convenevoli finché gli chiese: «Perché hai voluto vedermi ancora?». Fece una breve pausa. «Dopo quello che ti ho detto l'ultima volta?»

Luigi si era preparato.

«Mia cara» così esordì, «per prima cosa ho voluto vederti per chiederti di perdonarmi, se puoi, per il modo in cui ho reagito a quella tua... imprevedibile notizia, mi sono allontanato senza neppure salutarti ma la sorpresa mi aveva travolto, ero ammutolito, non ero pronto e sono fuggito. Sono stato un vile.»

«Capisco, ma sii sereno, non ho nulla da perdonarti, credimi» rispose lei sorridendo ancora.

«Tuttavia, da quel momento ho molto pensato a noi, mi sono fatto delle domande. La prima è stata se ti amo ancora e subito mi sono risposto che sì, ti amo ancora e moltissimo, forse perfino più di prima. Poi la domanda più importante: se anche tu, mia Elena, mi ami ancora; ma a questa solo tu puoi rispondere e la tua risposta, quale che sia, potrebbe essere decisiva, risolutiva, direi finale.» Tacque solo per un istante guardandola negli occhi. «Perché, se tu mi ami ancora, io vorrei sposarti.»

Queste ultime parole, benché quasi sussurrate, risuonarono, anzi rimbombarono fragorose in quel salone vasto e vuoto come un'esplosione seguita da un lungo silenzio. Luigi, ora a capo chino, mento sul petto, si tormentava le mani e quasi mormorò come fra sé e sé: «Ecco, l'ho detto» col tono di chi si era finalmente liberato, avendo vinto una grande battaglia interiore.

Elena, gli occhi sbarrati, era rimasta a bocca aperta e riuscì a chiuderla solo per pronunciare un incongruo: «Ma come...».

Seguì un lungo silenzio, i due tacquero guardandosi. Fu lei a riprendere a parlare, a bassa voce, lentamente, chiedendogli come potesse farle una simile richiesta sapendo che era incinta e dell'uomo che odiava, che tanto lo aveva fatto soffrire perché gliel'aveva portata via. «Perché se stai pensando di indurmi, per sposarti, a mettere fine alla mia gravidanza come fanno certe peccatrici e donnacce o disperate poverissime donne del popolo, se pensi di spingermi a commettere il più orribile, imperdonabile peccato che una donna possa commettere, destinandomi così alla dannazione, se è a questo che stai pensando sappi che non lo farò mai. Con tutto il cuore, mio caro, vorrei sposarti, non ho mai desiderato altro che trascorrere la vita con te ma non al prezzo della mia anima, condannata all'inferno.»

Luigi era travolto da sentimenti contrastanti: prima di tutto la gioia immensa di sapere, finalmente, che Elena accettava di sposarlo, anzi lo desiderava, come aveva detto, con tutto il cuore. E poi, perché questo inaspettato riferimento all'aborto? Lui non ne aveva parlato, però un accenno ben argomentato e non casuale a quella possibilità, a quella soluzione era stato fatto da nonna Alessandra. Perché? Un invito, un suggerimento? Lui ci aveva pensato a lungo e continuava a pensarci anche ora, mentre a parlarne era Elena, che non fece cadere l'argomento.

«Me ne hanno parlato donne non molto esperte, anzi solo informate sull'argomento, perché nessuna di loro, a cominciare dalla mia Rita che mi ha vista nascere, è passata attraverso quella terribile esperienza; ne avevano solo sentito parlare a loro volta. E anche dai loro racconti è maturato il mio fermo rifiuto. Avrei potuto parlarne col mio confessore ma me ne sono guardata bene, temevo la sua prevedibile reazione.»

Si fermò, come a riflettere e dopo un breve silenzio proseguì.

«Comunque, c'è dell'altro, qualcosa di molto più importante e che non mi aspettavo. C'è che io già amo la creatura che porto in grembo. Forse è questo il cosiddetto istinto materno che scatta dal momento in cui hai coscienza, piena consapevolezza fisica della tua maternità. Da quando senti o credi di sentire nel tuo ventre i primi movimenti.»

A quel punto Luigi gettò lo sguardo sulla pancia di Elena: non gli sembrava che si stesse ingrossando ma forse era l'effetto dell'ampio vestito dalla vita alta, appena sotto il seno, questa volta secondo l'ultima moda. La gravidanza non era ancora evidente.

«Io già lo amo, anzi la amo, perché sono certa che sia una femmina, già amo intensamente questa mia creatura perché è come una parte di me» disse accarezzandosi il ventre «e non mi importa del suo concepimento senza amore, basta quello che già ci metto e ci metterò io. Voglio con tutte le mie forze che nasca e con l'aiuto della Vergine Maria porterò questa gravidanza fino in fondo.»

In quel momento, di fronte a tanto commovente entusiasmo e tanto amore, Luigi capì che in realtà non aveva mai, neppure per un attimo, preso seriamente in considerazione la possibilità dell'aborto. Sentì che trovava giusto e, anzi, ora desiderava, che Elena portasse la gravidanza fino in fondo, fino al parto. Ma improvvisamente capì anche molto di più, capì la natura del suo sentimento, capì perché era sopravvissuto a quanto era accaduto sia a lui sia alla donna della sua vita, che tale era ancora. E cercò le parole adatte per dirglielo.

«Io voglio sposare te, amore mio, così come sei, con quello che hai passato, che hai sopportato, che ti è accaduto. La creatura che porti in grembo, come tu stessa hai detto, è una parte di te e quindi anch'io non posso che amarla e, se vorrai sposarmi, sarà nostro figlio, anzi nostra figlia perché tu sai che è una femmina e questo me la farà amare ancora di più.»

Elena ormai piangeva e dopo un lungo silenzio, singhiozzando disse a Luigi: «Naturalmente dovrai parlarne con mio padre, chiedere la mia mano, e anch'io dovrò parlargli, informarlo della gravidanza della quale non sa, e non sarà facile».

Continuarono a parlare, a raccontarsi, avendo cura di omettere quanto avrebbe potuto far male all'altro o all'altra. Era quasi pomeriggio quando si salutarono. Lui prima le baciò una mano e poi, fattosi coraggioso e intraprendente, posò con grande delicatezza, finalmente per la prima volta dopo tanto tempo, le sue labbra su quelle della donna amata, che non lo respinse e anzi subito ricambiò il gesto. Con passione.

XIV
Dopo Marengo

Con la testa e il cuore in subbuglio, Luigi tornava a casa. Voleva informare subito la sua famiglia della bellissima novità: presto avrebbe sposato Elena. Sapeva che non tutti avrebbero accolto la notizia con entusiasmo, a cominciare da Gianarturo, e non era affatto convinto dell'opportunità di informarli anche che la futura sposa era già incinta del precedente infedele, defunto, assassinato marito.

Un improvviso clamore di folla lo distolse subito da quei felici e difficili pensieri mentre decine, centinaia di entusiasti, prevalentemente giovani, accorrevano da tutte le direzioni.

«Porta Ticinese, arriva da Porta Ticinese!», «Torna da dove è partito per Marengo!», «Vittorioso! Vittorioso!»

Dunque, quella gente andava ad accogliere Napoleone trionfatore di Marengo. Luigi era naturalmente felice per quella vittoria, sempre meglio i giacobini dei reazionari. Soprattutto era contento per Ambrogio che sperava di rivedere al più presto sano e salvo, come sperava di rivedere Ugo, sebbene già si parlasse di migliaia di morti da una parte e dall'altra. Anche per questo trovava eccessivo, fuori luogo tanto chiassoso entusiasmo. Comunque, decise di andare anche lui a Porta Ticinese, sperava di riuscire a vedere l'amico.

Una folla immensa e osannante occupava ormai tutta la zona dove, a ridosso delle mura spagnole, da sudovest il

Naviglio Grande s'immetteva nel porto commerciale della Darsena da cui partiva verso sud un altro naviglio, il Pavese.

Luigi non poté non tornare con la mente a quel 15 maggio di appena quattro anni prima, ma gli sembrava fosse passata un'eternità, tutto era cambiato nel frattempo. Quel giorno, aspettando l'ingresso dei francesi, aveva conosciuto Carlo Porta. «Un bell'incontro» pensò, «chissà se c'è anche oggi in questa folla.»

Diversamente da allora, l'armata non sfilava regolarmente inquadrata e disciplinata sebbene malconcia; stavolta era una massa disordinata ma felice, entusiasta e chiassosa. Molti soldati erano feriti: zoppicavano, avevano un braccio al collo o la testa fasciata, i più gravi portati su carrette o su lettighe trainate da muli, molti comunque sorridenti. Sul campo di battaglia, a Marengo, necrofori per l'occasione, francesi e austriaci, stavano ancora raccogliendo le migliaia di morti. Ciascuno i suoi, anche se spesso si faceva fatica a distinguerli a causa dell'opera devastatrice compita sui corpi dalle decine di cannoni delle due parti.

Napoleone, scortato da uno squadrone dei suoi ussari, cavalcava in testa, raggiante e orgoglioso, affiancato e seguito dai suoi generali e alti ufficiali, tra i quali a Luigi parve di riconoscere Teulié. Già si parlava del suo eroico comportamento in battaglia. Il Primo Console sorrideva a tutti e li salutava. Arrivato all'incirca dove si era appostato Luigi, in un vasto piazzale presso il quale i due navigli si immettono nella Darsena, chiamò i suoi generali più vicini e, con tono imperioso ed entusiasta, disse loro qualcosa indicando il centro di quello slargo, facendo ampi gesti con le braccia.

Si sarebbe saputo poi che ipotizzava, anzi ordinava, la realizzazione di una monumentale porta dall'aspetto come di un grande tempio greco, alte colonne con capitelli ionici per sostenere un ampio frontale – in quello stile neoclassico tanto amato anche da Napoleone – per celebrare la vittoria, proprio là dove era uscito da Milano per andare in battaglia e dove ora rientrava da vincitore. Fu lo stesso Bonaparte a raccontare quell'episodio all'architetto Luigi Cagnola quando lo incaricò personalmente di realizzare – «al più presto» ordinò – quel monumento che voleva si chiamasse Porta Marengo, in ricordo della battaglia vittoriosa. Una grande porta in più per entrare a Milano, in corrispondenza alla medievale Porta Ticinese ma esterna e, soprattutto, dedicata a Napoleone e alla sconfitta che aveva inflitto all'Austria, che egli considerava definitiva e storica.

Luigi trovava divertente ed eccitante quella rumorosa e gioiosa sfilata di un esercito vincitore, anche se non poteva non chiedersi quante vite era costata quella gioia. Stava quasi per tornare a casa quando si sentì chiamare da una voce che gli sembrò nota e subito tra quella folla chiassosa vide corrergli incontro, sorridente e felice, il suo amico Ambrogio Bevacqua, uniforme di colonnello della Guardia nazionale in disordine e sporca, ma illeso. Senza neppure salutarsi, si abbracciarono.

«Sono felice di ritrovarti.»

«Amico carissimo, che bello rivederti sano e salvo! Notizie di Foscolo? Dicono che sia tornato a Milano per partecipare alla battaglia.»

«Certo, c'era anche lui. È rimasto indietro con gli uomini di guardia ai molti prigionieri austriaci. Si è battuto come un leone. E pensare che a Genova era appena stato ferito a un ginocchio, seppure lievemente, e, come sai, qualche mese fa anche nella battaglia di Cento, in Emilia, contro gl'insorgenti antirepubblicani.»

«Già, e ha voluto arruolarsi ugualmente.»

«Aveva più di una ragione per farlo. Mentre marciavamo verso Marengo mi ha raccontato che si era arruolato sperando di morire in battaglia. Era disperato per la fine della sua storia con Teresa Pikler, sai, la moglie di Monti.»

«Il quale si è finalmente ribellato?»

«Ma no, i due poeti talvolta litigano ma non per la bella Pikler, si accapigliano per ragioni letterarie, poetiche, appunto.»

«Strano rapporto.»

«Molto strano. E poi sappiamo che per di più il nostro

amico era pieno di debiti da gioco, che ora spero gli vengano cancellati. Adesso devo lasciarti, devo tornare al mio reparto, ma dobbiamo vederci al più presto perché ho molto da raccontarti: sono nello stato maggiore del reggimento comandato da Teulié che presto, per il suo valore, sarà promosso generale di brigata ed è una cosa buona anche per me, ne sono certo.»

«Bravo Ambrogio, anch'io ho molto, moltissimo da raccontarti.»

Si abbracciarono ancora e Ambrogio tornò di corsa nel corteo. Entrambi sapevano che si sarebbero rivisti molto presto.

Le immagini di quel ritorno trionfale, l'emozione di avere ritrovato un amico sano e salvo, convinsero Luigi a non indugiare oltre – e perché, poi? Decise infatti che quella sera stessa avrebbe informato la famiglia della sua decisione di sposare Elena. Andò in tipografia a lavorare in attesa della cena e a quel punto ricordò di non avere pranzato, travolto in poche ore da ondate di emozioni diverse. Aveva tempo per riflettere sul modo in cui avrebbe potuto dare la notizia alla sua famiglia.

Arrivò per ultimo a sedersi al grande tavolo. Gianarturo gli lanciò un'occhiataccia: la regola voleva che fosse il capofamiglia a sedersi per ultimo a capotavola, a far aspettare gli altri, ma Luigi non si accorse di nulla. Tutti invece notarono la strana espressione sul suo volto, un misto di ansia e gioia insieme. Solo nonna Alessandra, con quel suo tipico mezzo sorriso, poteva lasciar intendere di avere intuito o addirittura di sapere qualcosa. Quando Gianarturo mise in bocca la prima cucchiaiata di minestra di ceci, era il segnale che si poteva parlare.

«Miei cari, ho una importantissima notizia da darvi.»

Una sapiente e calcolata pausa lasciò tutti col cucchiaio sospeso a mezzaria.

«Presto, molto presto, sposerò Elena Carminati.»

Nonna Alessandra annuì sorridendo apertamente – dunque sapeva? – e così Beatrice che a stento trattenne un gridolino di gioia. Mamma Bianca guardò il figlio sgranando gli occhi da cui subito, come Luigi aveva facilmente previsto, cominciarono a sgorgare lacrime.

Gianarturo mandò giù a fatica il primo boccone e posò lentamente il cucchiaio sulla tovaglia di «cotone americano», come sua moglie amava ricordare spesso. Tutti in silenzio aspettavano, temevano la sua reazione, il suo verdetto.

«Sei un uomo, figliolo: stai mandando avanti con me una tipografia editrice importante, sei stato in guerra in un paese lontano e sei stato ferito. Nessuno, dunque, può impedirti o obbligarti a fare qualsiasi cosa. La vita è la tua. Ti do la mia benedizione e sia fatta la volontà di Dio.»

Lo disse pacatamente, quasi scandendo le parole una per una e guardando suo figlio con un atteggiamento solenne ma non severo del volto. Bianca ebbe un singulto e si lasciò andare a un pianto ormai senza ritegno, con mugolii di gioia. Le più indisciplinate, naturalmente, furono la nonna e Bea, che, dopo un lungo «oooh» di eccitata meraviglia e approvazione, insieme arrivarono a battere le mani.

Quanto a Luigi, per un attimo fu come bloccato dalla sorpresa. Sapeva che suo padre aveva sperato altro per lui: non una nobile che lo aveva lasciato per sposare un altro, rimasta vedova per una vicenda poco chiara ma, per suo figlio, una bella, ben educata e saggia borghese di ricca e influente famiglia, per consolidare la loro posizione di editori e non più solo tipografi.

Questo pensiero, come un rammarico, gli attraversò la mente ma solo per un attimo perché subito, quasi di scatto, Luigi si alzò e andò da suo padre, si chinò, gli prese la mano destra ancora ferma sulla tovaglia e gliela baciò. Poi gli sussurrò: «Grazie padre, per la vostra benedizione».

«Be', adesso mangiamo» ordinò Gianarturo per arginare l'onda di commozione che si stava abbattendo sulla famiglia, compresa Zoe che per partecipare a un momento così solenne si era fermata a un passo dal tavolo. La proposta fu accolta da tutti con un lungo silenzio, ciascuno assorto nei propri pensieri e ricordi.

Luigi si era guardato bene dall'informare la famiglia

della gravidanza di Elena. Ci aveva pensato a lungo e ne aveva parlato anche con lei. Sapeva per certo che, se l'avesse fatto, avrebbe compromesso tutto. Probabilmente nessuno dei suoi cari avrebbe accettato la cosa: impensabile sposare una donna incinta di un altro uomo. Sarebbe stato costretto ad andare avanti senza ottenerne il consenso, rompendo drammaticamente con loro. Di fronte a questa possibilità, anche sapendo che Elena avrebbe preferito che tutto fosse chiaro per tutti, senza segreti, si rassegnò alla scelta di tacere.

«Immagino che vorrai chiedere al conte Cesare la mano di sua figlia, anche se non sarebbe necessario, giacché è stata sposata ed è vedova» ricordò il capofamiglia, riappropriandosi del suo ruolo tradizionale.

«Comunque lo farò al più presto» rispose Luigi, che aveva trovato quell'annotazione finale inutilmente sgradevole. In realtà aveva solo bisogno di sapere da Elena se avesse già parlato con suo padre il quale, d'altra parte, certamente se lo aspettava.

Due giorni dopo, infatti, mentre era al lavoro in tipografia gli si presentò Filippo, ormai un amico, con un messaggio della contessina Carminati – nessuno l'aveva mai chiamata marchesa Beltrame. Poche righe: «Ho parlato con mio padre. Gli ho detto tutto. Se vuoi ancora sposarmi si aspetta che tu vada a chiedergli la mia mano. Tua Elena».

Il modo in cui lei si era firmata, quel «tua Elena» lo riempì di gioia: dunque già si considerava sua, non poteva lasciar passare altro tempo. Quasi di scatto, si rivolse perciò a Filippo rimasto ad aspettare una risposta.

«Riferite al signor conte che gli chiedo di essere ricevuto domani mattina.»

«Posso già anticiparvi una risposta positiva, sono autorizzato a farlo. Vi aspetta nella mattinata di domani» rispose il maggiordomo con un amichevole sorriso quasi di compiacimento, e salutando si congedò.

Il mattino dopo, molto presto, Luigi era a palazzo Carminati. A riceverlo, con un bacio, fu Elena, raggiante.

«Gli ho detto tutto, sa tutto, aveva già capito che sono incinta.»

Conoscendola, Luigi lo dava per scontato. Quando arrivò, il conte Cesare lo salutò con una cordialità quasi affettuosa. I due uomini ora sembravano fatti per intendersi: parlarono a lungo di tutto, con la franchezza e la reciproca disponibilità di due vecchi amici.

«È evidente, figliolo» disse infine Carminati, «che se accettate tutto quanto mia figlia porta con sé, ed è un gran peso, l'amate moltissimo, più di quanto ho mai pensato si possa amare; perciò, non so se riuscirò a perdonarmi per il male che vi ho fatto. E, soprattutto, che ho fatto a lei.»

Luigi non rispose, quindi la conversazione passò ad argomenti più pratici. I due convennero che il matrimonio si sarebbe dovuto celebrare al più presto – prima che la gravidanza fosse palese – e in forma quanto più austera e riservata.

«Mia figlia, che è molto romantica» aggiunse il conte con un sorriso, «propone la chiesa di Santa Maria Incoronata, quella doppia, con la doppia facciata, a Porta Comasina. Le è molto cara perché, dice, è lì che vi siete incontrati da soli la prima volta e poi le altre, e poi perché rappresenta l'unione fra i due coniugi che l'hanno realizzata, uno per l'altra e viceversa: Bianca Maria Visconti e Francesco Sforza, che molto si amavano. È così?»

Luigi annuì, sorridendo compiaciuto.

«È così. Ricordo ancora benissimo quel giorno del nostro primo incontro, quasi un mio agguato. Veramente Elena è molto romantica.»

La conversazione durò ancora molto. Si arrivò perfino a ipotizzare la possibilità, che a Cesare piaceva, ma che Luigi subito e decisamente escluse perfino con una risata, che con le nozze lo sposo potesse acquisire un qualche titolo nobiliare di quelli che incoronavano la testa di Elena.

Finita la lunga conversazione, i due si strinsero energicamente la mano. Quindi il conte accompagnò il futuro genero a salutare la futura sposa nel suo salotto: non avevano niente da dirsi, sapevano già tutto e lui con molta cautela e discrezione le baciò la mano.

Tornato a casa, Luigi prima raccontò tutto al padre, che non fece altro che annuire, poi a cena riferì brevemente alla famiglia intera. Tutti si mostrarono molto compiaciuti e sollevati – finalmente questa lunga storia si stava concludendo – e Bianca chiese, anzi, ordinò al marito di andare in cantina a prendere una bottiglia «di quello buono» per festeggiare. Naturalmente, Gianarturo obbedì.

Fu una serata felice, solo la mamma non nascondeva un velo di tristezza pensando a quando suo figlio avrebbe lasciato per sempre la loro casa.

«State serena, madre» tentò di rassicurarla Luigi, «Milano è grande ma non andremo ad abitare lontano.»

Mentre si ritiravano per la notte nelle rispettive camere, Beatrice prese un braccio al fratello sussurrandogli: «Devo parlarti, andiamo dalla nonna che sa già tutto».

«Tutto cosa?»

Trovarono Alessandra seduta sulla grande poltrona di midollino a ricamare, come tutte le sere perché il sonno le arrivava molto tardi. Evidentemente li aspettava, perché vedendoli entrare sorrise. Prima Bea poi Luigi la baciarono sulla guancia.

«Avanti, so perché siete qui» disse sorniona.

«Di cosa si tratta?» chiese lui sempre più incuriosito.

«Si tratta di questo» partì decisa e senza preamboli la sorella. «Io e il tuo amico Ambrogio ci amiamo e vogliamo sposarci.»

Lui spalancò la bocca e strabuzzò gli occhi. La nonna, così confermando che già sapeva, trattenne a stento una risatina.

«Ma cosa dici, Bea?» ebbe la forza di dire il fratello appena si riprese.

Lei raccontò che conosceva Bevacqua da quando era appena adolescente e lui, amico di Luigi, frequentava la loro casa.

«Forse mi sono innamorata di lui la prima volta che l'ho visto con te.»

Poi lei faceva in modo di vederlo tutte le volte che lui veniva a casa loro o in tipografia. Ci furono anche alcuni incontri che volevano sembrare casuali, per strada o quando lei era con la mamma a fare acquisti.

«Ma come, una volta mi dicesti che ti piaceva Foscolo.»

«Millantavo, scherzavo, per nascondere il mio interesse per Ambrogio. Presto mi è stato chiaro che anche io piacevo a lui. Francamente ero molto tentata di prendere l'iniziativa ma non avevo la minima idea di come avrei potuto. E comunque ero troppo timida e riservata per farlo.»

«Tu timida? Riservata?» ironizzò Luigi, ridendo.

Lei finse di non avere colto la provocazione e continuò a raccontare che quando suo fratello era in Egitto, Bevacqua andava spesso a casa Airoldi col pretesto di voler dare informazioni sulla spedizione. Bea era ormai diciassettenne e fu lui a prendere l'iniziativa. Come al solito solo nonna Alessandra si accorse subito di qualcosa, forse più tardi mamma Bianca.

«Che razza di amico! Poteva venire a parlarmene, era il minimo che dovesse fare» obiettò Luigi fingendosi seccato mentre in realtà la novità, il suo miglior amico e la sua amata sorellina insieme, cominciava a piacergli.

«Gli ho chiesto io di non farlo perché volevo parlartene di persona, volevo che lo sapessi da me.»

«Adesso però bisogna parlarne a nostro padre. E poi, proprio stasera... stiamo improvvisamente caricando i nostri genitori di troppe novità.»

«Sì, ma tutte belle novità» intervenne nonna Alessandra, che assisteva compiaciuta.

«Anzi» precisò Luigi, «dovrà essere Ambrogio a farlo per chiedere la sua mano. È così che si fa.»

«Sì, ma prima verrà a parlarne con te» assicurò Bea.

E infatti il giorno dopo il colonnello Bevacqua si presentò in tipografia, circospetto e divertito insieme.

«Devo parlarti.»

«Andiamo a fare due passi.»

Superato un primo brevissimo momento di imbarazzo, i due amici si dissero tutto quanto avevano da dirsi l'uno dell'altro. Una lunga conversazione quasi fraterna, senza eccessivi pudori e riservatezze per parlare di due future nozze.

«Informerò nostro padre che vuoi parlargli e di cosa: per aprirti la strada.»

Poi tutto andò come doveva andare. Gianarturo si disse «felice» di concedere ad Ambrogio la mano di Beatrice.

«Quel tuo amico mi è sempre piaciuto molto» confessò a Luigi, il quale in realtà si meravigliò che suo padre accogliesse in famiglia con tanto entusiasmo quello che in fondo era pur sempre un ufficiale di Napoleone. Poi ricordò anche che era ormai il braccio destro del sempre più potente Teulié e che il suo accorto genitore era molto sensibile ai rapporti di potere.

«Mi fa piacere che Ambrogio ti piaccia, ma l'importante è che piaccia anche a Beatrice» quasi lo corresse il figlio rivoluzionario.

Bianca, da parte sua, non era felice all'idea che i suoi due figli uscissero entrambi di casa per sposarsi: uno quanto prima e l'altra, per lei ancora una bambina, più tardi ma comunque troppo presto.

Poi tutto si svolse secondo le regole, nonostante la particolarità, se non l'anomalia, rappresentata dalle frettolose nozze Airoldi-Carminati. I due capifamiglia, Gianarturo e Cesare, si incontrarono nella dimora del conte per i necessari accordi economici e amministrativi. Non ci furono problemi, solo qualche perplessità di Airoldi alla prospettiva, data per scontata da Carminati, che i due sposi andassero a vivere nella sontuosa casa, parte della cospicua dote matrimoniale di Elena, che per qualche mese aveva accolto anche Gian Giacomo. Ma il valore di quella grande dimora nobiliare fu sufficiente a rimuovere ogni dubbio. E comunque avvenne qualcosa che fino a pochi mesi prima nessuno avrebbe ritenuto possibile: i due presto consuoceri arrivarono perfino a piacersi. Quanto era avvenuto nel frattempo aveva molto cambiato entrambi.

Elena, come aveva anticipato il conte, aveva espresso la ferma volontà che le nozze fossero celebrate in Santa Maria Incoronata, tempio tradizionalmente considerato rappresentativo dell'amore coniugale. In particolare, aveva scelto l'altare di destra, il più antico, quello che Francesco Sforza dedicò alla moglie Bianca Maria Visconti. Celebrante voleva che fosse il suo confessore e prima ancora di sua madre Elide, il vecchio e saggio don Saverio, che molto l'aveva sostenuta spiritualmente e moralmente nei momenti più difficili della sua tormentata vicenda.

La semplicità e l'austerità, volute e inevitabili date le circostanze, resero quel matrimonio particolarmente suggestivo. La navata scelta per la cerimonia era decorata solo di peonie bianche e rosa. Elena indossava un bellissimo e semplicissimo abito rosa pallido di seta comasca. Di bianco portava solo una spessa cintura stretta appena sotto il seno. Niente strascico, solo un accenno, il vestito dietro che si allungava appena. Sul capo, un'acconciatura con un ampio chignon che le copriva tutta la nuca, una ghirlanda di roselline e tra le mani un mazzolino di margherite. Nessun gioiello.

Luigi indossava un abito molto innovativo, un modello originario dell'Inghilterra, una lunga elegante redingote azzurra con una fitta e doppia abbottonatura d'argento fino al collo stretto da un'alta cravatta bianca di seta: era un regalo di Ambrogio Bevacqua, entusiasta testimone dello sposo insieme al divertito Carlo Porta. Degli amici, Ugo Foscolo, naturalmente invitato, era introvabile; si sapeva solo che era travolto da una nuova follia amorosa, stavolta per Antonietta Fagnani de' marchesi di Gerenzano, moglie ventiduenne di Marco Arese Lucini conte di Barlassina. Il bel palazzo Arese, che l'innamorato frequentava con assiduità ossessiva – «non gli manca che portarsi un letto e stabilirsi qui» commentò una volta il molto tollerante conte – era all'inizio del corso di Porta Orientale, esattamente di fronte al Caffè Nuovo dove i due amanti recapitavano le loro reciproche comunicazioni. Una situazione anche logisticamente molto favorevole.

Come era stato deciso, il conte Cesare portò la sposa all'altare – nonostante avesse già lasciato la casa paterna col precedente disgraziato matrimonio – dove l'aspettava Luigi. I Carminati erano arrivati alla chiesa con la preziosa e antica carrozza di famiglia, unico lusso che per l'occasione avevano voluto consentirsi anche in ricordo di mamma Elide. Durante la lenta marcia dall'ingresso all'altare, due amiche di Elena, una al fortepiano e l'altra alla viola da gamba, suonavano un solenne inno religioso. Con una scelta quasi rivoluzionaria, che il padre non contestò, Elena volle come propri testimoni il maggiordomo Filippo e la cuoca Rita, che tanta parte avevano avuto nella storia d'amore che si stava consacrando: erano i più emozionati e imbarazzati.

I presenti invitati erano pochissimi, appena una trentina fra amici e parenti, «ma stretti e fidatissimi» aveva imposto il conte Cesare. Bianca, naturalmente, piangeva senza ritegno; anche Alessandra, Beatrice e Zoe erano commosse ma sorridenti. I due padri per tutta la durata del rito stettero immobili, silenziosi e rigidi «come due mummie» commentò poi la solita Bea.

Per gli sposi, la prima notte di quel loro matrimonio tanto contrastato e poi dolorosamente e faticosamente conquistato, nella loro nuova fastosa residenza – nuova solo per Luigi –, non fu come l'avevano sognata, tanto erano emozionati e felici. Comunque, fu una indimenticabile notte carica d'amore.

I primi mesi di convivenza trascorsero dedicati alla gravidanza della sposa, che a casa Airoldi fu annunciata, fingendo fosse appena iniziata, poco più di un mese dopo le nozze. Luigi era molto impegnato con la sua attività di editore, che andava sempre meglio. Elena scriveva e ormai non solo poesie: si era dedicata a un diario, che avrebbe voluto restasse segreto, per raccontare quella sua complicata e sofferta storia, ma soprattutto per capirla, per venirne a capo lei stessa.

Aveva anche scoperto il piacere di fare la padrona di casa come può farlo una ricca aristocratica, di dedicarsi alla gestione di una magione tanto grande e impegnativa. Per assolvere a questo compito, però, aveva l'aiuto più valido che potesse sperare: Filippo, che il conte aveva molto generosamente assegnato a sua figlia. Sapeva quanto lei gli fosse affezionata, ma il più felice di questa decisione era certamente il maggiordomo che l'aveva vista nascere.

La posizione lasciata da Filippo a palazzo Carminati fu coperta – «molto inadeguatamente», commentò subito Elena – dal primo cameriere Anselmo, considerato il migliore dei candidati, anche perché era stato valletto di Francesco Melzi d'Eril, che molto bene ne aveva parlato al conte. Il futuro vicepresidente della Repubblica Italiana era da tempo ottimo amico di Carminati, nonostante la grande distanza politica.

Un'amicizia nata in una strana circostanza. In molte famiglie nobili e altoborghesi vigeva la consuetudine, o meglio si sentiva la necessità di avviare i figli maschi fin dall'adolescenza a un'attività sessuale considerata sana e adeguata al loro rango sociale. A questo scopo, c'erano delle «dame», generalmente ma non necessariamente di buona famiglia e che spesso si fingevano nobili, le quali volentieri e amorevolmente si prestavano a questa funzione educativa; a volte per autentica vocazione e a volte, ma raramente, per essere retribuite dai solerti genitori. I quali, in questo modo volevano – o speravano – anche evitare pericolosi e disonorevoli rapporti con le prostitute.

Ancora quindicenne, dunque, Cesare fu affidato alla sedicente «contessa» Milena la quale, però, svolgeva, in giornate e ore diverse, la stessa attività didattica per il quattordicenne Francesco. Un giorno accadde che, per un errore organizzativo, i due ragazzi s'incontrarono sotto la casa della «contessa» Milena: uno usciva, l'altro entrava. Superato un momento d'imbarazzo, una bella risata, una stretta di mano, una serie di pacche sulle spalle con battutacce, sancì la nascita di un'amicizia che sarebbe durata a lungo nonostante, come abbiamo detto, le divergenze politiche crescenti col tempo.

Perciò, quando Cesare assegnò Filippo a Elena, per trovare un valido sostituto si rivolse a un amico fidato, Francesco. E fu presto soddisfatto della scelta: Anselmo era giovane, robusto, instancabile, veloce, efficiente e intelligente. In casa Carminati aveva un solo problema: non piaceva, oltre che a Elena, alla influentissima cuoca della casa, Rita Ciardi, di fatto quasi una governante. Anselmo non le era mai andato a genio, lo considerava presuntuoso, supponente e perfino poco affidabile, anche se non si spiegava la ragione di questa negativa percezione epidermica. L'antipatia, comunque, era apertamente ricambiata.

Beatrice e Ambrogio si sposarono in San Babila qualche mese dopo Elena e Luigi. Bianca e Gianarturo avrebbero voluto aspettare di più a lasciare andare via la cocca di casa.

Fu una cerimonia diversa, questa: gioiosa e ricca, come se gli sposi e gli Airoldi avessero voluto compensare l'austerità delle precedenti nozze di famiglia. La basilica era praticamente coperta da un manto di rose bianche, l'abito di Bea era sontuoso, in broccato di seta bianca con una coda lunghissima portata da una decina di bambine della parrocchia e figlie di amici della famiglia. Sul capo, la sposa portava un prezioso diadema, dono di papà Gianarturo che per la sua Bea non aveva badato a spese – ora se lo poteva permettere. Ambrogio indossava la splendente uniforme da cerimonia di colonnello della Legione lombarda. Gli sposi erano bellissimi e felici, e Bianca e Alessandra non poterono far mancare lacrime e commozione anche per le nozze della dolce Beatrice. La basilica era affollata di militari lombardi e francesi, di notabili e di qualche nobile – oltre, naturalmente, il consuocero conte Cesare Carminati.

Dopo Marengo, il ruolo del colonnello Bevacqua e il suo prestigio nell'Armata d'Italia erano molto cresciuti: su raccomandazione di Teulié, immediatamente promosso generale, era stato nominato aiutante di campo di Eugenio di Beauharnais, ventenne figlio di primo letto della moglie di Napoleone, Giuseppina, vedova del visconte Alessandro di Beauharnais, un nobile convertito alla Rivoluzione fin dalla prima ora ma poi, come molti altri, finito sulla ghigliottina durante il Terrore.

Il Primo Console molto apprezzava quel suo figliastro e aveva per lui grandi progetti. Ambrogio doveva occuparsi soprattutto dei rapporti di quel promettente giovane con le autorità, l'aristocrazia e il notabilato milanese e italiano. Insomma, doveva prepararlo ad avere un ruolo importante nella Repubblica Cisalpina. Anche per questo, in onore di un genero tanto influente, prestigioso e con un promettente futuro, Gianarturo aveva voluto dare molto risalto e molta enfasi al matrimonio di sua figlia: «Sempre utile avere in famiglia chi è tanto vicino al potere» ripeteva a Bianca.

I testimoni di Bevacqua furono Luigi, che così ricambiava, e il generale Teulié. Quelli di Beatrice, Elena e nonna Alessandra. Un mese dopo Eugenio di Beauharnais offrì un ricchissimo pranzo per le nozze del suo aiutante di campo.

All'uscita dalla chiesa, accolti da applausi e grida di auguri e felicitazioni, gli sposi, come da tradizione militare, dovettero passare sotto un arco di spade fatto dagli ufficiali della legione.

Andarono ad abitare nella bella casa di famiglia ereditata da Ambrogio, in Corsia dei Servi.

XV
Manzoni

Elide nacque a metà gennaio, mentre su Milano cadeva una fitta nevicata. Fu un parto facile, il travaglio durò poco e la struttura forte di Elena sopportò agevolmente le doglie. I più agitati erano Luigi e il conte Cesare, che, dimentichi del fatto che la nascitura era figlia di un altro uomo, si facevano coraggio l'un l'altro nella stanza accanto alla camera da letto dove due levatrici e tre cameriere aiutavano la piccola a venire al mondo. Che sarebbe stata una bambina, Elena lo sapeva con certezza fin dall'inizio della gravidanza; pertanto, che si sarebbe chiamata come la sua amatissima madre era altrettanto scontato.

Elide era, naturalmente, bellissima e sana. Elena, subito dopo il parto, la mostrò con orgoglio a suo marito che la prese in braccio con la massima cautela, la baciò sulla fronte e sussurrò: «Figlia mia...». Sua moglie non riuscì a trattenere la commozione.

Da allora, naturalmente quella bambina fu il centro delle attenzioni e dell'amore dei Carminati e degli Airoldi. Mai, come da quando era diventato padre, e tale si sentiva a tutti gli effetti, Luigi usciva di casa tanto malvolentieri per andare in tipografia. Non gli piaceva lasciare «le sue donne», così le chiamava, nonostante il lavoro aumentasse di giorno in giorno anche grazie al contributo di nuove conoscenze e nuovi clienti portati da Ambrogio, sempre più apprezzato da Beauharnais e quindi sempre più influente, e dal conte Cesare.

Fu proprio Bevacqua che un giorno accompagnò nella tipografia del suo amico un giovane sconosciuto, di bell'aspetto, poco più che adolescente ma dal portamento del nobiluomo.

«Questo signore si è rivolto a me perché sa che conosco voi Airoldi e ha voluto che ve lo presentassi. Credo che abbia qualcosa da chiedervi» disse Ambrogio a Gianarturo che, incuriosito, tese la mano al giovane visitatore. Altrettanto fece Luigi.

«Buongiorno, benvenuto, con chi ho l'onore...?»

«Buongiorno messeri, sono Alessandro Manzoni. Scusate se non ho potuto informarvi per tempo del mio arrivo» si presentò il giovane con un certo imbarazzo. «Si tratta di questo: mia madre è Giulia Beccaria, figlia di Cesare Beccaria; probabilmente sapete di chi parlo, se non altro data la vostra attività.»

Gianarturo finse indifferenza ma Luigi sgranò gli occhi e, sperando che quel giovane non si accorgesse della sua meraviglia, non si trattenne dal dire, scavalcando il padre: «Certo, un grande giurista che stimo molto».

Manzoni arrossì.

«Dunque, sapete che è morto ormai quasi sette anni fa. Ebbene, mia madre, rovistando per l'ennesima volta nel suo archivio, ha trovato un foglio che in passato le era sfuggito. Aveva in alto una specie di titolo, "Stampatori raccomandati" o qualcosa del genere, e subito sotto "Verificare materiale stampato": un invito o un proposito. Seguiva un elenco di sei o sette tipografie milanesi e un paio di Monza, tutti nomi cancellati salvo uno, il primo probabilmente perché la lista era stata scritta in ordine alfabetico: Airoldi.»

Luigi e Gianarturo erano ammutoliti dalla curiosità e dalla meraviglia. Il sorriso compiaciuto di Ambrogio dimostrava che già conosceva quella storia.

«Dunque, ne ha dedotto mia madre e io concordo» proseguì il giovane Manzoni, «che per chissà quale suo progetto il nonno fosse alla ricerca di un bravo stampatore, e che di tutti quelli che aveva valutato solo voi gli siate apparsi adeguati. Un progetto evidentemente mai realizzato se non risulta, come intuisco, che si sia rivolto a voi. È così, è mai venuto da voi Cesare Beccaria a proporvi un lavoro?»

«Ebbene sì, ma il progetto fu realizzato e non da noi» riuscì a rispondere Gianarturo. «La mia attività di tipografo era appena cominciata, io ero poco più di un ragazzo quando il giovane marchese Cesare Beccaria si presentò nella mia allora piccola officina per propormi la stampa di un trattatello che aveva già fatto stampare in forma anonima perché temeva fosse politicamente pericoloso. Ma poi si era deciso di pubblicarlo e mi disse che per la stampa aveva scelto di rivolgersi a me perché aveva saputo che ero giovane come lui ma soprattutto perché gli piacevano le prove del mio lavoro che aveva visto. Gli risposi che avrei voluto prima leggere l'opera. Anche per questo, forse, non devo essergli sembrato entusiasta della sua offerta perché da quel giorno non lo vidi più.» Disse queste ultime parole con un'espressione di rammarico, quasi una smorfia. «D'altra parte» aggiunse, «gli ci volle tempo per la pubblicazione in italiano del trattato, perché so che prima fu tradotto in francese dall'abate André Morellet – gli enciclopedisti erano entusiasti di quelle idee – e poi finalmente pubblicato in italiano da uno stampatore di Livorno, un certo Marco Cortellini. Titolo *Dei delitti e delle pene*. Io ormai ero tagliato fuori.»

«Avete perso una grande occasione, padre» quasi lo rimproverò Luigi, d'impulso.

«Pazienza, non è stata l'unica.»

«A me dispiace, messer Airoldi» intervenne Manzoni, «ma so che ora siete un editore molto apprezzato e quindi la stima di mio nonno per voi era evidentemente giustificata. Questa mia visita aveva solo lo scopo di accertare che non da voi ci fossero altri testi di Cesare Beccaria rimasti sconosciuti. Ora che vi ho conosciuto capisco meglio l'apprezzamento per voi e spero di poter un giorno avvalermi della qualità della vostra opera.»

«È stato un piacere conoscervi, signore» rispose d'impulso Luigi, «e saremo onorati se un giorno vorrete servirvi del nostro lavoro. Immagino che siate già impegnato in qualcosa d'interessante. Forse, come vostro nonno, in un trattato giuridico?»

«No, non sono abbastanza competente in quella nobile materia e poi a me interessano la poesia e la narrativa, la prosa. Adesso sono intento alla composizione di sonetti, anche grazie all'ammirazione che nutro per Vincenzo Monti e Ugo Foscolo, che so anche vostri affezionati amici e clienti. Per esempio, sto completando un *Sonetto per la vita di Dante*. È dedicato allo scrittore e filosofo Francesco Lomonaco, autore di *Vite degli eccellenti italiani*, uno che con efficacia e temerarietà arriva a teorizzare l'unità d'Italia. Insomma, per ora sono dedito più a un lavoro di preparazione.»

«Comunque potete contare su di noi.»

«Grazie. Mi impegnerò sempre di più nella poesia, ma non solo, e certo mi ricorderò di voi. Tra l'altro, sto molto riflettendo sull'ipotesi di un grande romanzo storico. È un genere che a me piace molto nel quale però, chissà perché, noi italiani non ci siamo mai granché impegnati, mentre francesi e inglesi lo frequentano molto e con successo. Dovremmo farlo anche noi perché è un genere che parla della natura e del carattere di un popolo, delle sue radici. Lomonaco, per esempio, invoca l'unità degli italiani: ma chi sono gli italiani? Chi siamo? Siamo solo persone che parlano e scrivono la stessa lingua? E poi, quasi la stessa lingua. Oppure abbiamo un carattere, virtù e vizi comuni? Ecco, il romanzo storico dovrebbe servire a chiarirci le idee su questo.»

Gianarturo e Luigi seguivano in silenzio, non si aspettavano quella che stava diventando quasi una lezione di letteratura. Lo stesso Ambrogio, che conosceva il giovane Alessandro, e forse anche le sue idee, era molto attento.

«Ma anche la poesia dovrebbe essere sempre più ispirata alla realtà, prenderla a suo fondamento, non può essere solo un esercizio estetico. Ho come l'impressione che la vittoria di Bonaparte a Marengo abbia aperto una fase nuova nella storia dei nostri popoli. Vedremo. Per ora solo buoni propositi, per fare qualcosa di veramente nuovo bisogna prepararsi bene e lavorare a lungo.»

Queste ultime parole di Manzoni, che parlava del suo lavoro e delle sue intenzioni, furono pronunciate con irruenza focosa e carica di entusiasmo. Gli Airoldi non se lo aspettavano da quel giovane che appariva timido e riservato, se ne meravigliarono e ne sorrisero. Anche il giovane Alessandro si accorse di essersi lasciato andare, perciò la conversazione finì così, si salutarono con sincere manifestazioni di reciproca simpatia e le consuete promesse di futuri incontri.

Con la vittoria di Marengo, in effetti, qualcosa era cambiato: Milano sembrava definitivamente nelle mani di Napoleone, pacificata e desiderosa di stabilità. Ripresero quindi a pieno ritmo tutte le attività: produttive, politiche, artistiche, culturali e ludiche, compresi gli incontri degli amici del Caffè Nuovo, sebbene due di loro, Luigi e Ambrogio, ora avessero anche impegni famigliari. Infatti, la piccola Elide cresceva sana e forte mentre Elena era nuovamente incinta, felice di dare un figlio – stavolta sentiva, sapeva che sarebbe stato maschio – all'uomo che aveva sempre amato, suo marito, il quale alla notizia della nuova gravidanza perse completamente la testa.

Poche settimane dopo le nozze di Ambrogio e Beatrice, «i soliti amici», come ormai si chiamavano, si incontrarono al loro caffè, raccolti intorno al loro consueto tavolo. Stavolta c'era anche Foscolo ma non c'era Monti. L'amicizia fra i due era in crisi; forse, pensarono quelli che li conoscevano, per contrapposizioni letterarie o poetiche o ideologiche: il «radicale» Foscolo contro il «moderato» Monti. C'era anche il generale Teulié, reduce da una serie di successi militari nell'inseguimento degli austriaci in ritirata, lui pure considerato ormai uno dei «soliti amici».

Teulié portava anche una novità: si chiamava Henri Beyle. Era un simpatico ufficiale francese appena diciottenne, arrivato l'anno prima al seguito di Napoleone per la seconda campagna d'Italia transitando con l'*Armée* dal passo del

Gran San Bernardo e col battesimo del fuoco della battaglia del forte di Bard.

Ora aiutante di campo del generale Michaud, Henri era un giovane intelligente e sensibile, molto attento e curioso. Con l'aiuto di un prete divenuto suo amico aveva già imparato qualche parola d'italiano; quanto bastava per soddisfare la curiosità dei suoi nuovi amici ma anche per stimolare la sua, di visitatore già innamorato dell'Italia, della sua arte e della sua musica. Raccontò subito, per esempio, che prima di arrivare a Milano, durante una sosta a Novara aveva assistito al *Matrimonio segreto* di Domenico Cimarosa e ne era rimasto ammaliato.

«Innamorato anche delle donne italiane» aggiunse per alleggerire la conversazione, dopo una ben studiata pausa, rivelando poi la sua cocente passione per una certa Angela Borrone Pietragrua: passione frustrata perché l'ingenuo Henri non sapeva quanto sarebbe stato agevole conquistarla. Per Henri era, dirà poi lui stesso, una «irraggiungibile sublime sibilla». Era la figlia di commercianti di stoffe divenuti rapidamente ricchissimi come fornitori dell'esercito bonapartista. «Ragione per la quale la signora ben volentieri frequenta qualsiasi ufficiale francese» sussurrò Porta in un orecchio ad Ambrogio, che a stento trattenne una risata.

«Be', allora ti consiglio di frequentare molto il nostro Ugo, può aiutarti quale esperto in questo genere di situazioni» intervenne Luigi con una certa dose di amichevole malignità, indicando con un cenno del capo Foscolo il quale, invece, con un muto borbottio fece intendere di non avere gradito affatto la battutaccia. A quel tavolo, comunque, nessuno poteva sapere, e il giovane francese si guardò bene dal parlarne, che la sua vena erotica non aveva ancora trovato sbocchi, se non uno esclusivamente mercantile in una casa di piacere milanese di quelle nella zona di Brera, dove, peraltro, aveva contratto una noiosa infezione.

Il buon umore, comunque, tenne alto il tono della conversazione, grazie anche alla abituale «correzione» a base di grappa del sempre apprezzato caffè alla *pànera*. Al momento dei saluti, Teulié diede la notizia che gli stava più a cuore.

«A Marengo, dopo la battaglia, mi offrii volontario con altri ufficiali ad affiancare medici e infermieri per ispezionare tutti i gl'insanguinati luoghi degli scontri: campi brulli e terreni coltivati, cascine, pianure e colline, le rive e le acque del Bormida cosparsi di migliaia di corpi di caduti. Volevamo controllare se vi fossero dei feriti, dei sopravvissuti, forse dei moribondi per evitare di seppellire dei vivi. E in effetti alcuni che davano ancora segni di vita li trovammo e li salvammo e chissà se li abbiamo trovati e salvati proprio tutti.»

Gli amici lo ascoltavano in silenzio.

«Ebbene, compiendo questa pietosa e triste operazione, mi chiedevo quanti di questi soldati morti lasciassero a casa dei figli senza padre, spesso più di uno per ciascuno. Fu lì, mentre rovistavo fra tutti quei corpi maciullati, che mi convinsi della necessità di un ricovero, di un collegio per orfani di guerra, almeno per i nostri orfani, da realizzare a Milano. Mi impegnerò per questo, so anche già dove farlo.»

Le parole del generale furono accolte da esclamazioni di consenso e di ammirazione.

«A questo punto, però» intervenne Ambrogio, «mi sento autorizzato ad anticipare un'altra notizia importante, credo di poterlo fare. Eugenio di Beauharnais mi ha informato che il Primo Console ha ordinato che il 16 ottobre, anniversario della battaglia, venga posta alla sua presenza la prima pietra per la costruzione della nuova Porta Marengo dell'architetto Cagnola.» Quindi, dopo un breve silenzio: «Inoltre, e questa, amici miei, a me pare la novità più importante, ha proposto al Direttorio della nostra restaurata Repubblica e il Gran Consiglio ha già dato voto favorevole, di nominare l'amico Teulié ministro della Guerra e della Marina».

L'informazione fu accolta con grida di entusiasmo e applausi.

«È un'ottima decisione» aggiunse Ambrogio, «perché c'è

un gran lavoro da fare per riorganizzare i reparti e la flotta e dare entusiasmo alla truppa che non sempre sembra abbastanza motivata. E poi corrono anche voci secondo le quali una diffusa corruzione avrebbe inquinato l'amministrazione: se è così, bisogna subito fare pulizia. Ma soprattutto il futuro ministro Teulié tiene molto a introdurre la coscrizione obbligatoria: un dovere patriottico che finalmente risolverebbe i problemi dell'arruolamento.»

Il generale, che non aveva voluto dare personalmente la notizia, si schermiva con espressioni di modestia e di negazione.

Quando la riunione dei «soliti amici» si sciolse, Luigi e Ugo si avviarono a fare un tratto di strada insieme, per un po' in silenzio, finché a romperlo fu il primo.

«Noto che la sera non ti trattieni più al piano di sopra, dove si gioca, un'abitudine che ti ha dato anche qualche problema, mi pare.»

«Quella, amico mio, che chiami abitudine è un brutto vizio, bruttissimo, purtroppo molto diffuso nella mia Venezia, un morbo che tanti guai mi ha procurato. Finché mi sono imposto di curarmi, di dargli un taglio, di smetterla con le carte e con i dadi. È difficile ma devo farcela. Anche perché so che mio fratello Giovanni, tre anni meno di me, è messo peggio, sono molto preoccupato per lui, è indebitatissimo e sono costretto a dargli una mano, ma non so per quanto ancora potrò.»

«Mi dispiace per tuo fratello, caro amico, e se posso fare qualcosa, se posso esserti utile...»

«Ti ringrazio, ma temo che la soluzione sia solo una, farla finita con quel maledetto vizio. E invece si ricomincia sempre, pensando che sia finalmente la volta buona per rifarsi, ma non lo è mai. La verità è che del gioco ci attraggono le emozioni, la tensione, la lotta impari contro lo stato d'ansia continuo, che si vinca o si perda, l'euforia e l'angoscia: emozioni che sempre torniamo a cercare come una sostanza... come l'oppio.»

Luigi non capiva. Tornando nella sua bella e grande casa,

dove lo aspettavano Elena e la piccola Elide, pensava al malessere di cui Foscolo gli aveva parlato. Ne era dispiaciuto e gli sembrava di capire che la dipendenza dal gioco, che il suo amico aveva definito un morbo, potesse essere, in realtà, una forma distorta, perfino perversa, di ricerca della felicità o almeno di lotta all'infelicità. Una ricerca e una lotta che negli ultimi tempi, soprattutto in certi ambienti e più ancora tra i giovani, spesso venivano risolte col suicidio.

Luigi sapeva che per il suo cinico padre il suicidio non era che «una moda» inventata dal dilagante romanticismo tedesco, quella cultura, quella corrente letteraria e poetica tutto sentimenti, emozioni forti e turbamenti che si stava rapidamente diffondendo in Europa soppiantando l'illuminismo, tutto razionalità e diritti.

Airoldi, in particolare, era tra quelli convinti che questa «moda» fosse cominciata con *I dolori del giovane Werther,* opera che il tedesco Johann Wolfgang Goethe aveva scritto quasi trent'anni prima, nel 1774, ma che in Italia era giunta molto più tardi. Per Gianarturo, quell'opera e quelle che poi sono arrivate sulla sua scia erano «inni alla sofferenza, al tormento, alla passione dolorosa e infine al suicidio», quindi «un rifiuto della felicità come debolezza». Un «sintomo della decadenza dell'uomo europeo» concludeva.

Luigi, invece, non era convinto che la gente decidesse di uccidersi per moda, o per una suggestione letteraria, i giovani soprattutto. Anche se conosceva l'influenza che l'arte, e la poesia in particolare, può esercitare sulla psiche e gli era chiaro, per esempio, che l'opera di Goethe non poteva non avere influenzato Foscolo nella stesura di quel suo romanzo epistolare del quale aveva parlato a Gianarturo, *Ultime lettere di Jacopo Ortis.*

Verso la fine di quel convulso 1801, uno dei primi giorni di novembre, Ambrogio invitò, con un suo biglietto personale, «i soliti amici» a un incontro al Caffè Nuovo. Una chiamata inconsueta, quasi una convocazione, che sembrava annunciare qualcosa di eccezionale, visti anche i tempi che correvano.

Perciò a quella riunione andarono tutti, inclusi Foscolo e Monti che per l'occasione vollero accantonare i loro poco chiari dissapori, e anche qualche nuovo aggregato dell'ultima ora.

«Cari amici, tempi veramente nuovi per la nostra Repubblica» esordì Ambrogio con tono solenne, cadenzando bene con le giuste pause in modo da stimolare l'attenzione. «D'accordo con il nostro Direttorio e con il Gran Consiglio, il Primo Console ha deciso di convocare per la metà di gennaio a Lione una speciale, importantissima adunanza, una consulta della Repubblica Cisalpina per darle un più importante e solenne assetto e un nuovo ruolo nella generale situazione europea. Diventerà la Repubblica Italiana con capitale Milano.»

Un applauso fragoroso e immediato si levò anche dai tavoli vicini, perché Bevacqua aveva quasi intenzionalmente urlato queste ultime parole.

«Dunque, amici, con i Comizi di Lione, come molti chiamano quest'evento, finalmente sta nascendo uno Stato, una Repubblica che si chiamerà e sarà italiana, come molti di noi hanno a lungo sperato. Centinaia sono i notabili già allertati per partecipare: a cominciare da figure come Francesco Melzi d'Eril, Pietro Moscati, Luigi Porro Lambertenghi, il generale Giuseppe Lechi, l'arcivescovo di Milano Filippo Maria Visconti di Massino e tanti, tanti altri. E posso confermare che, da quanto già si sa, in quell'occasione il nostro generale Teulié entrerà nel governo con l'incarico di ministro della Guerra.»

A tutti apparve evidente che a dare queste informazioni ad Ambrogio era stato Eugenio di Beauharnais e in particolare quest'ultima anticipazione, arrivata mentre gli applausi ancora scrosciavano, fu accolta da grida di entusiasmo mentre Teulié, dal canto suo, anche stavolta si schermiva con atteggiamenti di modestia.

«E i francesi? Naturalmente ci saranno anche i francesi a Lione, vero?» chiese Porta con la solita aria sorniona e scettica.

«Pochi. Verrà certamente Bonaparte con sua moglie Giuseppina di Beauharnais e suo figlio Eugenio come osservatore. Per accompagnare quest'ultimo dovrò esserci anch'io. Poi ci sarà, stimatissimo dal Primo Console, il generale Gioacchino Murat, che ha appena sposato Carolina Bonaparte, sorella minore di Napoleone e per il quale è perciò prevedibile qualche ruolo importante in Italia. E naturalmente non potrà non esserci quel Charles-Maurice de Talleyrand-Périgord, abilissimo e spregiudicato consigliere del Primo Console, passato disinvoltamente dall'Ancien Régime al giacobinismo fino, ora, al consolato di Bonaparte, al quale è legatissimo. Pare, anzi, che sia proprio lui l'autore di questo progetto e l'ideatore dei Comizi di Lione.»

Da quel momento da tutti i tavoli partì un continuo e rumoroso chiacchiericcio di commenti ad alta voce a queste novità importantissime.

Luigi era seduto accanto al suo amico Carlo, al quale si rivolse quasi sussurrandogli all'orecchio: «Già, i francesi. Sempre più ingombranti: la nascita, il parto della Repubblica Italiana avviene in Francia, alla presenza del Primo Console della *République* e della sua signora, su un testo, immagino, bello e pronto, già scritto in francese da quella volpe di Talleyrand che di noi nulla sa. Insomma, quanto è davvero italiana questa Repubblica?».

Porta rispose, con uno dei suoi soliti sorrisi sornioni e un po' maligni: «Cosa vuoi che ti dica, caro amico; lasciamo che la storia faccia il suo corso».

L'entusiasmo per le novità protrasse più del solito la serata al Caffè Nuovo. Luigi e Ambrogio uscirono insieme dal locale avviandosi verso le rispettive case, commentando l'accaduto.

«Da Beauharnais ho avuto anche altre interessanti informazioni» disse in conclusione Bevacqua: «Bonaparte ha molti e ambiziosi progetti per Milano. Come sai la Porta Marengo è già in costruzione e non è che l'inizio delle grandiose trasformazioni urbanistiche che sta facendo progettare.»

«Ho sentito parlare» intervenne Luigi «di un anfiteatro,

un'opera che Milano aspetta da tempo. Sorgerebbe, si dice, sul lato di nordest della piazza d'Armi, in quell'area liberata dalla demolizione delle vecchie fortificazioni spagnole adiacenti al Castello, demolizione ordinata l'anno scorso, e non a caso, proprio dal Primo Console.»

«Per quello si sta esaminando un progetto di un grande architetto, Giovanni Antonio Antolini, famoso in tutta Italia e in Francia. È un progetto molto ambizioso ma anche molto costoso. Probabilmente sarà scartato per lasciare il posto a quello del marchese Luigi Cagnola, più modesto ma anche più fedele a quello stile neoclassico che a Bonaparte tanto piace. Sarà uno stadio dove potranno svolgersi competizioni e manifestazioni di ogni tipo, perfino simulazioni di battaglie navali, perché potrà essere chiuso e allagato. Vedremo.»

«Tutte qui le grandi trasformazioni?» obiettò Luigi, un po' deluso.

«No, c'è molto altro, a cominciare dal completamento della copertura della facciata del Duomo, atteso da secoli: il Primo Console lo chiede con urgenza perché considera inaccettabile che un monumento di tale valore resti incompleto. Ma l'opera urbanistica più importante voluta da Bonaparte, una vera trasformazione di parte della città, è stata affidata ancora ad Antolini. È un progetto ambizioso e anche questo molto costoso: la realizzazione di un grande centro politico e culturale della città e della Repubblica. Intorno alla parte superstite del Castello, ora sede del governo repubblicano, verrebbe eretto un grande colonnato dorico che si troverebbe al centro di un'immensa piazza circolare delimitata da una doppia serie di porticati e da una corona di edifici pubblici come sale congressi, musei, gallerie e perfino le terme. Tutto questo poi dovrebbe essere circondato da un canale collegato alla Cerchia dei Navigli sormontato da ponti per consentire l'accesso a quello che diventerebbe il nuovo cuore politico della città. Tutto in stile rigorosamente neoclassico.»

Luigi ascoltava attento e ammirato: «Veramente grandioso».

«Forse troppo. L'intenzione, diciamo così, politica è quella di dare un colpo di grazia al barocco e a quello che rappresenta: è lo stile, comunque già largamente superato, della Controriforma e dello strapotere della Chiesa – infatti Roma ne è piena –, delle monarchie assolute e della conservazione più bieca. Ma, oltre alle questioni estetiche e politiche, ce ne sono di più concrete: il progetto, pure molto apprezzato da Bonaparte, sta incontrando forti resistenze dall'amministrazione perché è costosissimo. Non resta che stare a vedere chi avrà la meglio, se il Primo Console o la finanza pubblica.»

«Sarebbe un'altra bocciatura per il povero Antolini» osservò Luigi, «dopo quella dell'anfiteatro affidato poi al Cagnola.»

«Infatti, e pare che Napoleone voglia incaricare sempre Cagnola anche di un altro grandioso progetto: la costruzione di un arco trionfale all'inizio della grande strada del Sempione. Non è chiaro, però, per celebrare cosa, forse un evento che non è ancora accaduto ma che Bonaparte ha già in testa. Ma, francamente, mi pare che per questo ci sarà da aspettare. D'altra parte, sappiamo tutti che ama molto questo paese, la sua arte e i suoi artisti» – «tanto è vero che lo sta depredando» pensò Luigi –, «perciò sta prendendo contatti con i più rinomati pittori italiani, a cominciare dal nostro Andrea Appiani. Anzi, c'è una storia indicativa del suo interesse per i nostri artisti. Era arrivato da poco a Milano e aveva appena decretato la fine della Repubblica di Venezia, quando venne a sapere che per questo il grande scultore veneto Antonio Canova, celebrato in tutta Europa, era rimasto privo del vitalizio assegnatogli dal Senato della Serenissima. Ebbene, Bonaparte ammirava tanto quell'artista che gli scrisse personalmente per esprimergli la sua ammirazione e per informarlo che quel vitalizio era ripristinato a spese sue – in realtà della Repubblica Francese, ma va bene lo stesso.»

Anche in questo caso Luigi avrebbe avuto da ridire, ma preferì lasciar proseguire il cognato.

«Comunque» aggiunse Ambrogio, «ormai è evidente che Napoleone ha grandi progetti, in particolare per Milano. Sta valutando, per esempio, perfino di creare una grande pinacoteca nel palazzo di Brera e un importante conservatorio musicale – e se ci sta pensando, lo farà. In realtà quell'uomo ha le idee chiare sul ruolo di questa città nella vicenda bonapartista che egli, molto immodestamente, già considera storica: vuole darle il rango e l'aspetto di grande capitale di una Repubblica che forse immagina ben più grande di questa nostra attuale e alleata della Francia.»

«Alleata o assoggettata alla Francia?»

Ambrogio non raccolse la provocazione.

«Questo, caro amico, lo deciderà la storia e dipenderà dalla nostra capacità di renderci liberi e autonomi.»

XVI
Il salotto

Tornato a casa, Luigi fu accolto da Filippo con il consueto rispettoso sorriso.

«La signora contessa e la signora Bevacqua sono in salotto.»

Era prevedibile che le due cognate, così diverse ma con interessi e sensibilità tanto simili, diventassero intime amiche. Si incontravano quasi tutti i giorni a casa Airoldi-Carminati, parlavano molto delle rispettive vite famigliari e coniugali: Elena soprattutto, di come cresceva la sua adorata Elide e della nuova gravidanza; informazioni e impressioni a cui era attentissima Beatrice, perché il suo corpo le aveva appena comunicato la possibilità di essere anche lei incinta. In attesa della certezza non l'aveva ancora detto al marito ma solo a mamma Bianca. Intanto non perdeva una parola di quanto le raccontava la cognata, come se, per prepararsi a diventare madre, volesse mandare tutto a memoria.

Ma c'era altro e di completamente diverso ad avvicinarle: essendo entrambe assai attivamente interessate alla poesia e alla letteratura, dedicavano a queste passioni gran parte del tempo che passavano insieme, a conversare. Tanto piaceva loro questa consuetudine e tanto erano interessate ad arricchirla che avevano preso l'abitudine di invitare agli incontri alcune amiche, alle quali ne avevano parlato e che molto si erano mostrate interessate.

Entrando in salotto per salutare, Luigi sentì sua sorella che diceva: «Questi incontri, nati per caso, stanno diventando sempre più interessanti. Forse le nostre amiche si aspettano qualcosa di più, non possiamo essere sempre noi due a condurre gl'incontri. Potremmo cominciare a invitare qualche personaggio di quelli che conosciamo, anche con l'aiuto di mio padre e di mio fratello che per loro spesso lavorano».

Rivolse un gesto di saluto a Luigi, che intanto si era avvicinato e ascoltava con meraviglia e ammirazione.

«Ma potrei parlarne anche a mio marito, ad Ambrogio» proseguì Beatrice, «che ha una bella rete di conoscenze e non solo militari e politiche. Potremmo coinvolgere persone interessanti come, chessò... Carlo Porta, Ugo Foscolo, che oltretutto è un giovane non particolarmente bello ma molto fascinoso» aggiunse con un sorrisino ammiccante, «e poi Vincenzo Monti, ammesso che i due siano tornati a parlarsi, ma anche qualche artista, qualche pittore, per esempio credo di poter arrivare ad Andrea Appiani, che sembra che piaccia tanto a Bonaparte. Che te ne pare?»

Bea aveva esposto questa sua idea con una foga crescente, Elena ne fu subito entusiasta e cominciò a pensare chi, da parte sua, avrebbe potuto invitare, magari ricorrendo alle conoscenze di suo padre. Certo, non sarebbero state figure bonapartiste e filorepubblicane, ma ugualmente interessanti.

Luigi era colmo di ammirazione: aveva sempre saputo quanto la sua «sorellina» e sua moglie fossero entrambe dotate di una intelligenza fuori del comune e molto vivace ma questo loro progetto, di fatto creare una sorta di piccolo salotto letterario, lo lasciava senza parole. Un progetto, un'idea che doveva immediatamente impegnarsi ad assecondare, perciò, senza dire una parola ma limitandosi a salutare con la mano, si ritirò nel suo studio e cominciò a scrivere biglietti d'invito.

Il primo ospite delle due brillanti cognate fu naturalmente Carlo Porta, che subito accettò l'invito inviatogli da Luigi. E come avrebbe potuto rifiutarlo? Dopo avere respinto l'invito a far parte della vecchia Accademia letteraria milanese detta dei Trasformati, che giudicava troppo conservatrice, se non perfino filoaustriaca, aveva iniziato con successo la professione di attore dialettale al Teatro Patriottico, nella bella sede accanto alla Scala. Nel frattempo, per campare era riuscito a ottenere il posto, che definiva «noiosissimo ma ben remunerato», di sottocassiere dell'Amministrazione del Debito pubblico.

Fu lo stesso Luigi ad accompagnare il suo amico Carlo nel salotto dove era atteso da una decina di giovani donne. Lo presentò in forma stringatissima, non era a suo agio nel parlare in pubblico, tanto più se quel pubblico era tutto femminile: «Gentili amiche, vi presento Carlo Porta, poeta e attore».

Tutto qui, e si allontanò rapidamente per non imporre la sua presenza non richiesta.

Dalle cognate promotrici dell'iniziativa Porta fu accolto con gioia. Le altre ospiti dell'evento, per l'occasione più numerose ma anche più eleganti del solito, erano particolarmente attente e un po' imbarazzate. Si cominciò con una conversazione, animata soprattutto da Beatrice, durante la quale Porta espose la sua teoria sulla forza e l'espressività del dialetto. Quindi, e questa fu la parte dell'incontro che più piacque e interessò la piccola platea, a scopo non solo dimostrativo si esibì prima con qualcosa del suo repertorio teatrale, poi con sue poesie, accolte dal suo bel pubblico con risate, quelle più salaci, e con commozione, quelle più sentimentali. Infine, in un'atmosfera ormai molto più disinvolta e a tratti perfino amichevole, l'incontro si concluse con una bella conversazione libera.

Se quel primo incontro doveva essere un esperimento, era riuscito benissimo, si dissero Elena e Beatrice, perciò determinate ad andare avanti, impegnando sempre di più Luigi come procacciatore di ospiti interessanti, che sarebbero stati certamente disponibili a intrattenere una simpatica e attenta comitiva di giovani donne. Infatti, qualche giorno dopo fu la volta di Ugo Foscolo che, contrariamente a quanto Elena, Beatrice e lo stesso Luigi avevano previsto, alla fine interessò ed entusiasmò molto meno di Porta.

«Certo, è un uomo non bello ma molto interessante e fascinoso» spiegò Bea a Luigi, «solo che il suo modo di presentarsi, vagamente cupo e grigio, di raccontare le sue vicende sempre tristi, le sue poesie e la sua prosa dove non c'è mai gaiezza e gioia di vivere ma troppo spesso morte e suicidi, alla fine rendono il personaggio pesante, tanto che ci si dimentica del suo fascino.»

Questo ritratto impietoso che, ammetteva Luigi, conteneva del vero, gli diede l'impressione che il suo amico Foscolo avesse troppo calcato la mano con i toni della tristezza e del pessimismo per risultare ancora più affascinante a quel pubblico femminile.

«Be', se è così, ha ottenuto l'effetto contrario» concluse impietosa Beatrice.

La quale, però, presto ebbe altro a cui pensare.

Una sera di metà novembre, ormai sicura e felicissima della sua gravidanza, aveva deciso di rivelarla ad Ambrogio. Che aveva anche lui qualcosa da rivelare e lo fece, eccitato e contento, appena rientrò in casa prima che lei potesse dargli la sua bella notizia.

«Bea, dovrò stare lontano per un po' di tempo.»

Le mancò il fiato, la gioia con la quale aspettava di dire al marito che stava per diventare padre le rimase in gola quasi soffocandola. Riuscì solo a chiedergli: «Perché?».

Lui neppure si accorse che sua moglie era impallidita e cominciò a parlarle della grande adunanza, della Consulta convocata da Bonaparte che si sarebbe svolta a Lione dall'11 al 26 gennaio prossimi: i Comizi di Lione, per convertire la Repubblica Cisalpina in Repubblica Italiana, una grande assemblea con più di cinquecento delegati, alla presenza di Napoleone e sua moglie Giuseppina.

«Un evento così importante» spiegò «ha bisogno di una lunga e complessa preparazione, perciò, per la fine di questo mese dobbiamo attraversare le Alpi e andare a Lione. Il ministro Talleyrand, che ha ideato e promosso questa adunanza, ci aspetta per una prima riunione preparatoria il 28 dicembre. Io dovrò accompagnare Eugenio di Beauharnais, il quale, diversamente da sua madre, non parteciperà all'adunanza ma sarà presente in qualità di osservatore: evidentemente Bonaparte ha in mente per lui un ruolo importante nella futura Repubblica Italiana.»

Beatrice ascoltava in silenzio, pensosa. Si era preparata a dare al marito la splendida notizia della gravidanza e ora la situazione cambiava completamente, ma non voleva apparire contrariata e preoccupata.

«Perciò, amore mio, prepariamoci, fra qualche giorno dovrò partire per questa nuova grande avventura dalla quale finalmente nascerà uno Stato che si definisce italiano» concluse Ambrogio con entusiasmo.

«E adesso che faccio?» si chiedeva lei. «Se gli dico che sono incinta, lui dapprima sarà felice ma poi si chiederà angosciato se partire o non partire per Lione, e vorrà partire comunque, a malincuore; gli rovino l'orgoglio, la soddisfazione e la gioia per questo nuovo incarico a cui è evidentemente tanto interessato. Se non glielo dico, non sappiamo quanto effettivamente durerà questa adunanza: finirà davvero il 26 gennaio? E dovesse protrarsi a lungo per cause impreviste? E poi il ritorno, l'attraversamento delle Alpi in pieno inverno è molto pericoloso. Insomma, potrei perfino partorire quando lui non è ancora tornato. Che faccio?»

Ma Beatrice non era donna da farsi spaventare da contrarietà a cui, peraltro, non era preparata e neppure da stare troppo a rimuginare prima di prendere una decisione, per quanto difficile. Decise che la cosa più importante era la soddisfazione e il successo di suo marito, non gli avrebbe detto della gravidanza, lo avrebbe fatto partire sereno e contento. Perciò rispose all'annuncio di Ambrogio abbracciandolo forte e baciandolo a lungo.

«Bene, sono felice per te. Ora dobbiamo pensare solo a preparare la tua partenza.»

La notizia dei Comizi di Lione era ormai di dominio pubblico e suscitava molto interesse ed entusiasmo non solo fra i repubblicani. Quando «i soliti amici» s'incontrarono al Caffè Nuovo per salutare Ambrogio prima della sua partenza, fu lui a spiegare quello che lo stesso Beauharnais gli aveva rivelato.

«Ormai è chiaro che l'atteggiamento di Napoleone verso Milano è cambiato: sempre più freddo con i suoi fanatici ammiratori della prima ora, filofrancesi e filogiacobini, più o meno opportunisti, sempre più orientato verso l'aristocrazia illuminata e i conservatori moderati.» Un cambiamento effetto anche dei suggerimenti e delle pressioni di personaggi importanti come Francesco Melzi d'Eril, Pietro Moscati e Luigi Porro Lambertenghi, che arrivavano a spingere perché la futura Repubblica Italiana comprendesse tutta la penisola, ormai, in un modo o in un altro, interamente controllata dal Primo Console.

«Il quale, però» aggiunse come a malincuore dopo una breve riflessione «non cede a questa suggestione perché teme che uno Stato tanto grande e potenzialmente forte possa riuscire a emanciparsi dal controllo francese.»

«Ed è quello che vorremmo tutti» commentò Luigi mentre gli altri assentivano.

Quell'incontro di saluto fu lungo, gioioso, con molti brindisi e carico di speranze.

«Mi sarebbe piaciuto» confessò Ambrogio al suo amico «che tu potessi venire con me a Lione per assistere a tutte le riunioni, in modo da poter redigere gli atti dei Comizi per poi stamparli. Ma purtroppo la partecipazione è consentita solo ai delegati ufficiali. È un peccato, sarebbe stato bello stare insieme e importante documentare per tutti quei lavori.»

Luigi assentì in silenzio e con un'espressione di rammarico perché pensava che la pubblicazione di quel testo avrebbe potuto essere un importante successo per l'editore Airoldi, lanciarlo nel mercato delle pubblicazioni istituzionali. Ma pensò anche che non gli sarebbe piaciuto affatto allontanarsi da Elena proprio mentre la sua seconda gravidanza volgeva ormai al termine.

Toccò anche al non più giovane – aveva quarantasette anni – Vincenzo Monti passare nel «salotto delle due cognate», come i loro amici ormai chiamavano non tanto il locale quanto l'evento che vedeva riunite dame sempre più interessate a quell'occasione d'incontri e agli spunti culturali che offrivano.

Tuttavia, il maturo e molto apprezzato poeta neoclassico – questo ormai il suo stile – non godeva di buona fama dal punto di vista etico e della coerenza politica. Molti criticavano la sua metamorfosi da reazionario cantore a Roma del potere papale a quasi giacobino ammiratore di Bonaparte a Milano. Una conversione violentemente criticata anche da Foscolo prima che diventasse suo amico, difensore ed estimatore oltre che, come abbiamo visto, amante della moglie, la disinvolta Teresa Pikler.

«Un opportunismo, quello di Monti» commentò, anche con una punta di malignità, Porta parlandone con Luigi «che comunque gli ha procurato una buona sistemazione, una prestigiosa cattedra di Eloquenza all'università di Pavia e altri incarichi sempre elargiti dal potere.»

Con questi precedenti, dunque, il poeta romagnolo non fu accolto con entusiasmo nel «salotto delle due cognate», soprattutto dalla rigorosa Beatrice. Ma l'uomo sapeva come presentarsi, era un abile affabulatore oltre che elegante verseggiatore, come dimostrò leggendo la tragedia *Caio Gracco*, che aveva da poco completato e non ancora pubblicato, dando così alle ascoltatrici l'impressione dell'onore di un'anteprima.

Quando poi rivelò, come se si trattasse di un segreto, che da tempo studiava per una traduzione dal greco antico in italiano dell'*Iliade*, la notizia fu accolta con esclamazioni di ammirata meraviglia.

Alla fine, nonostante i pregiudizi, anche per lui fu un successo: un generale gradimento da parte della platea, che in particolare fece piacere a Luigi, il quale, pur contrastato da sua sorella – ma non da Elena che non osava opporsi a suo marito – aveva molto insistito per la prestazione di Monti, sperando così di riuscire, prima o poi, ad averlo come cliente: non dimenticava mai di essere un editore.

A fine novembre, la delegazione italiana diretta a Lione si avviava a passare le Alpi. Essendo più di cinquecento, si muovevano a gruppi di una cinquantina di delegati per volta, partendo dal Castello. Il gruppo di Ambrogio fu l'ultimo a lasciare la città, i primi giorni di dicembre, in tempo per l'appuntamento con Talleyrand il 28 dicembre.

Luigi avrebbe voluto essere fra quelli che andavano a salutare i delegati in partenza, voleva abbracciare il suo amico ma non gli fu possibile. Il rammarico, tuttavia, durò poco perché proprio il giorno prima era cominciato il travaglio di Elena e durante la notte nacque Cesare Arturo. Sì, perché il suo secondo figlio fu un maschio e indecisi, mamma e papà, sul nome col quale battezzarlo, fra quello del padre di lui e quello del padre di lei, li unirono in qualche modo.

In quel clima di attesa di novità importanti, gli incontri al Caffè Nuovo si fecero più frequenti, quasi quotidiani, e qualche volta si cambiò sede. La prima riunione dopo la partenza della delegazione cisalpina per Lione, per esempio, fu al Caffè Giardini, vicino alla Scala. Gli argomenti erano diventati prevalentemente politici. Si facevano ipotesi sui lavori preparatori dei Comizi, illazioni sui comportamenti dei singoli delegati, previsioni e auspici sulle conclusioni possibili, su quello che avrebbe potuto essere la Repubblica Italiana.

«Avete notato che da qualche giorno Foscolo non si vede?» chiese quella sera Luigi. «So che in queste settimane è impegnato con Andrea Appiani che ne sta facendo un ritratto come gli piace fare con altri personaggi milanesi. Il nostro amico è troppo vanitoso per resistere a tale proposta.»

«Ma no, sarà impegnato con una delle sue… dame» ironizzò, rasentando la volgarità, Porta che proprio non riuscì a risparmiarsi quell'ennesima battutaccia, della quale però presto si pentì, per effetto della notizia portata poco dopo da Monti.

«Niente di tutto questo, la ragione è molto più seria: Foscolo non verrà. Mi ha informato con un biglietto che suo fratello minore, il tenente Giovanni, ventenne, è morto suicida a Venezia l'8 dicembre scorso.»

Gli amici accolsero la notizia con un moto di dolorosa meraviglia e, dopo un breve e commosso raccoglimento, per fermare l'ondata di emozione Monti prese a raccontare la vicenda che aveva provocato quel lutto come gliel'aveva riferita lo stesso Foscolo.

L'ottobre precedente suo fratello, tenente della Guardia nazionale in servizio a Bologna, era venuto formalmente incriminato di appropriazione indebita: aveva sottratto una grossa somma alla cassa di guerra per coprire una pesante perdita al gioco.

«Vizio o morbo che evidentemente affligge tutta la famiglia Foscolo» chiosò Monti con una punta di cinismo. «Si è tolto la vita trafiggendosi con un pugnale e pare che lo abbia fatto alla presenza della sua povera madre Diamantina.»

Ugo, angosciato – aveva un altro fratello da mantenere, Costantino Angelo, detto Giulio, il più giovane –, della tragedia aveva messo a parte il suo amico, scrivendogli anche per chiedergli un prestito.

Ho un fratello che aspetta da me pane e educazione, e ne avevo un altro da cui ormai non posso aspettare che debiti, disastri e disonore.

«Ecco cosa succede a familiarizzare troppo con l'idea del suicidio, tanto di moda di questi tempi; non ci si uccide per debiti, piuttosto si fugge a nascondersi nelle Indie» commentò Porta.

«Spero che almeno questa sua grave perdita sia per il nostro Ugo una lezione e lo convinca che deve smettere con quel viziaccio» si augurò turbato Luigi. Anche per questo gli amici andarono sempre meno spesso al Caffè Nuovo al Leone, le cui salette da giocatori al piano superiore per un ossesso delle carte e dei dadi erano, già solo per la loro esistenza e per la facilità di accesso, una irresistibile tentazione. Perciò cambiarono, ma nei nuovi locali scelti Foscolo non si faceva vedere quasi mai.

«Per un paio di ragioni» provò a spiegare Monti che aveva capito bene il suo amico, «perché al Nuovo si gioca e in quelli dove andiamo adesso rispettano il divieto delle autorità, e poi perché il Leone è a pochi metri da casa Arese. Mi pare che sia abbastanza per voler continuare a frequentare quel locale.»

Dove però, appena un mese dopo il suicidio di Giovanni, accadde qualcosa di prevedibile. Il 2 gennaio 1802, mentre gli ultimi gruppi di delegati della Cisalpina partivano per Lione, la polizia fece irruzione nelle salette superiori del Caffè e, dopo avere bloccato le uscite, identificò tutti i presenti. Fra i quali Ugo Foscolo, che fu l'unico a protestare rumorosamente aggravando la sua posizione, tanto che venne immediatamente sospeso dal grado di capitano aggiunto e, quel che per lui era peggio, dal «soldo». Gli arrivò anche una durissima ammonizione del ministro della Guerra per «tentato sovvertimento dell'ordine pubblico». La repressione del gioco d'azzardo clandestino, diventato un pericoloso virus, era durissima. A nulla valsero i suoi un po' ridicoli tentativi, in particolare con gli amici, di negare le sue responsabilità.

«Sì, è vero quella sera ero lì ma non giocavo. Sì, è vero altre volte ho giocato ma quella sera no», insistendo sulla versione vittimistica di un intervento della polizia mirato a colpire lui, una vendetta ordita da un suo ex collega e ora suo nemico, redattore con lui del «Monitore Italiano», Piero Custodi. L'argomento era debolissimo ma gli interventi sul Comitato di Governo di influenti amici, a cominciare dal molto ben introdotto Vincenzo Monti e da Luigi Airoldi, ormai stampatore e editore per diversi ministeri, riuscirono a far cancellare i provvedimenti a suo carico: «Per la distinta qualità dei suoi talenti, la sua moralità e il carattere dei suoi principi politici» fu l'imbarazzante spiegazione del Comitato di Governo. Insomma, non lo puniamo perché è un bravo poeta ed è dei nostri, questo il senso della motivazione.

«Adesso, però, Foscolo vi deve molto» si affrettò a far notare Porta ai due amici che si erano spesi in sua difesa.

Questa vicenda naturalmente incuriosì e appassionò molto le frequentatrici del piccolo circolo creato dalle due cognate, che non risparmiarono pettegolezzi e illazioni anche salaci: troppo divertente la combinazione gioco e sesso, tutto in forma illecita, su un personaggio tanto inquieto.

Ma il gruppo in realtà si era allargato e ora accoglieva anche qualche aspirante poetessa e scrittrice dilettante. Molte milanesi più o meno giovani, nobili e borghesi, si erano appassionate di scrittura in versi o in prosa, come peraltro le stesse Elena e Beatrice. La frequentazione di quell'ambiente assecondava le loro pulsioni artistiche, il desiderio di comunicarle ed esibirle, recitando e leggendo le loro opere in quel pur ristretto circolo.

Col tempo, peraltro, in conseguenza dei cambiamenti previsti per la struttura e il governo della Cisalpina e delle evidenti ambizioni di Napoleone e della Francia, in quel salotto si era arrivati a parlare anche di politica, cosa inconsueta per le dame milanesi. Spesso, anzi preferibilmente senza invitare relatori maschi perché, diceva Beatrice, «quando parlano di queste cose diventano sopponenti e presuntuosi».

Sappiamo invece che, invitati a quel bel concilio di dame non per parlare di politica ma delle loro opere e magari per dirle a memoria o per leggerle, erano già stati ospitati degli uomini: da Foscolo a Monti a Porta e perfino Gianarturo Airoldi per descrivere il mestiere di stampatore e editore.

Un giorno, però, accadde qualcosa di strano, imprevisto e inconsueto. Si presentò un giovane francese non ancora ventenne che, imbarazzatissimo, parlava a malapena qualche parola d'italiano. Nel tentativo di metterlo a suo agio, la disinvolta e sorridente Beatrice andò a dargli il benvenuto. Lui si presentò con una certa timidezza, disse di chiamarsi Henri Beyle, di essere nato a Grenoble e di venire da Parigi come funzionario dell'amministrazione militare. Dal generale Teulié era già stato presentato agli amici del Caffè Nuovo. Spiegò che aveva molto sentito parlare «di quel bel consesso di raffinate dame» – rivelando così subito la sua galanteria – ed essere venuto a fare la loro conoscenza.

Non era vero. Era lì alla ricerca di una donna della quale si era perdutamente e improvvisante innamorato, un vero colpo di fulmine, e che non aveva ancora avuto il coraggio di avvicinare. Ma aveva saputo dal suo capufficio, che gliel'aveva presentata, che anche Angela Pietragrua, amante della poesia, frequentava quel circolo di dame.

In quel salotto poltrone, poltroncine e seggiole erano disposte in modo volutamente disordinato, apparentemente casuale, alcune accanto a un tavolino altre a uno scrittoio, e poi divani e divanetti: «Per creare un ambiente disinvolto e non da aula scolastica o conferenza» spiegò Elena che si era occupata dell'arredamento.

Quando Bea, ormai prossima al parto, anche se ancora non era evidente, invitò Beyle a sedersi, lui, imbarazzato e maldestro, andò a sistemarsi in fondo alla sala, come se volesse nascondersi. Quella riunione era tutta dedicata ai Comizi di Lione, a cercare di prevedere cosa ne sarebbe risultato per il futuro della Cisalpina e di Milano. Sarebbe stata Elena Carminati a condurre la conversazione. Che non era ancora cominciata quanto entrò in sala, salutando con un breve inchino e una gran sorriso, una dama bella, alta, con una voluminosa acconciatura bionda, piuttosto appariscente nel suo vestito rosso neoclassico all'ultima moda con una stretta cintura bianca appena sotto il seno e chiusa dietro con un enorme fiocco. Andò a sedersi, camminando mollemente, su una poltrona al centro della sala e quando Beyle la notò – impossibile non notarla – ebbe un evidente soprassalto, un improvviso sussulto emotivo e da quel momento non smise di guardarla.

Questa reazione non poteva sfuggire a Elena e a Beatrice che a stento trattennero un sorrisino come di compatimento. La conversazione non era ancora cominciata e c'era il tempo per commentare lo spettacolo. La Carminati si accostò con discrezione all'orecchio dell'Airoldi sussurrandole: «Poverino, dev'essere follemente innamorato».

«Hai ragione a definirlo poverino» rispose impietosa Bea, «e in effetti solo la follia può far perdere la testa per quella donna.»

«Se il problema di quel giovane è solo avere un... contatto con lei, è bene spiegargli al più presto che non c'è problema.»

«Sì, se me lo avesse chiesto quando si è presentato gli avrei detto che quella donna è tutt'altro che irraggiungibile, come pare che lui pensi. Ma lasciamo che le cose seguano il loro corso. Insomma, che si arrangi.»

Un ultimo scambio di sorrisi ed Elena diede inizio alla conversazione: «Chi di voi, amiche, ha notizie recenti sui preparativi in corso a Lione?».

XVII
Lione

Beatrice sentiva che il parto si avvicinava «e Ambrogio se ne sta a Lione a fare politica» scherzava – ma non troppo. Non era inquieta, tanta era la fiducia, anzi la certezza che suo marito sarebbe tornato per tempo. E poi comunque il suo carattere positivo le consentiva di stare tranquilla, sapendo di poter contare sulla sua forza e sul potente apparato protettivo della sua famiglia, come anche Luigi ed Elena continuavano a ripeterle.

Molto tranquillo era anche suo marito, del tutto concentrato sull'evento «storico» al quale stava partecipando nella sua trasferta lionese, del tutto inconsapevole di essere in procinto di diventare padre.

Il 28 dicembre era avvenuto l'incontro di tutta la numerosa delegazione cisalpina, 452 membri, con Talleyrand il quale, seppure in forma molto discreta e quasi amichevole, aveva spiegato loro come avrebbero dovuto comportarsi dall'arrivo di Napoleone e di sua moglie Giuseppina previsto per l'11 gennaio. Aveva poi spiegato anche come si sarebbero svolti i lavori, arrivando di fatto ad anticiparne le conclusioni, dando l'impressione di un carattere poco più che formale di quell'adunanza, come se, in sostanza, tutto fosse già stato deciso. Annunciò infine con molta enfasi che la Repubblica Cisalpina sarebbe diventata Repubblica Italiana, annuncio che i delegati, a cominciare dal più entusiasta Francesco Melzi d'Eril, accolsero con un fragoroso applauso, benché non fosse che la conferma di una voce che già circolava. Placata l'euforia patriottica, Talleyrand passò a spiegare come sarebbe stata organizzata la nuova Repubblica.

Prima della partenza per i Comizi, il Comitato di Governo aveva incautamente incaricato Foscolo di redigere un'orazione indirizzata a Napoleone da leggere in apertura dei lavori. Incomprensibile imprudenza, essendo ormai nota l'antipatia del poeta per il Primo Console e per la Francia e il suo astioso disprezzo per il gruppo dirigente della Cisalpina, del quale nell'orazione scrisse tutto il male possibile. Un'orazione, dice immodestamente lo stesso autore, «riuscita, a mio credere migliore di ciò ch'io sperava» ma che, per sua fortuna, non verrà resa pubblica.

Fra i delegati ma anche fra quanti erano rimasti a casa, molti furono contrariati dal dover constatare che ancora una volta tutto nasceva per volontà e iniziativa francese; anzi, per iniziativa personale di Napoleone.

«Tuttavia» spiegò poi Luigi al padre e agli amici più scettici, «la vera grande novità è la proclamazione di una Repubblica definita italiana; la conferma, cioè, che l'Italia in qualche modo esiste come entità politica.»

«Repubblica definita sorella della Francia come la Cisalpina? In realtà ancora sorella minore e quindi subalterna?» si chiedevano i più scettici.

«Può darsi» era la risposta, «ma sempre meglio la *République* del torvo e repressivo impero asburgico che addirittura mantiene l'anacronistica definizione di Sacro romano impero.»

«Lasciamo fare alla storia» continuavano comunque a ripetersi fiduciosi i delegati. Ed era anche la rassicurante speranza di Ambrogio, impegnato soprattutto nel descrivere e raccontare l'Italia a Eugenio di Beauharnais.

L'11 gennaio, finalmente, arrivarono a Lione Napoleone e Giuseppina. L'ingresso in città e poi nella cappella dell'ex Collegio dei gesuiti di Santa Trinità, dove si svolgevano i lavori, fu spettacolare e grandioso: squilli di trombe, fragore di bande, parate con grande dispiegamento di onori militari, marce trionfali, schieramento delle delegazioni, delle autorità e del notabilato locali. «Un ingresso da re» commentò con un moto d'orgoglio lo stesso Beauharnais.

«Già, da re, non da chi viene a presiedere il convegno costituente di una repubblica» osservò fra sé Ambrogio che poi per tutta la durata dei lavori sedette accanto al figliastro del Primo Console.

Bonaparte parlò all'assemblea con Giuseppina seduta al suo fianco destro, proprio come una regina, e tenne un discorso in italiano con un forte accento corso, sua lingua madre. Annunciò di avere convocato quell'adunanza per «accettare» di assumere il titolo di presidente della Repubblica Italiana, giacché, aggiunse umiliando i presenti, non aveva identificato alcuno degno di quel ruolo «per chiari meriti».

«Le circostanze interne ed esterne della vostra patria mi hanno determinato a aderire al vostro voto, e fino a quando le medesime lo esigeranno avrò cura dei vostri affari.»

Quindi chiamò a sé Melzi d'Eril e, abbracciandolo, lo proclamò vicepresidente. All'assemblea, che nulla aveva deciso, non spettò altro che ratificare tutto con applausi scroscianti.

«Chiarisce subito quello che era prevedibile, che questa nuova repubblica è nelle sue mani. Del resto, è pur sempre una sua creatura» commentò Ambrogio con un delegato che gli stava accanto, pensando che gli avrebbe fatto molto piacere essere lì con Luigi, che in quella occasione gli mancò in modo particolare.

D'altra parte, la conclusione fortemente innovativa, riformatrice, unitaria e nazionale del discorso di Napoleone assecondava l'opinione di quanti, compreso lo stesso Ambrogio, consideravano quell'evento comunque un importante passo avanti verso la nascita di una futura Repubblica Italiana indipendente.

«Voi non avete che leggi particolari, mentre vi abbisognano leggi generali, il vostro popolo non ha che costumi locali ed è ormai tempo che acquisti costumi nazionali.»

Un'astuta conclusione, scelta con grande perizia politica, che lasciò tutti soddisfatti e speranzosi nel futuro delle cose italiane, di un'Italia unita. E addirittura entusiasti quando, con un gran colpo di teatro, Napoleone cancellò con un carboncino la parola «Cisalpina» dalla Costituzione che mostrava al pubblico per sostituirla con «Italiana».

I lavori dei Comizi erano praticamente finiti, l'assemblea sarebbe andata avanti per mettere a punto la nuova Costituzione e per redigere i verbali.

«Il Primo Console torna a Parigi e dunque la presenza di osservatori pur importanti come voi è ormai inutile» si affrettò a far notare Ambrogio, che aveva una gran voglia di tornare a casa, a Beauharnais, «perciò ne approfitto per chiedervi il permesso di anticipare la partenza per tornare da mia moglie della quale, vi confesso, già sento la mancanza. Sono certo che mi capirete.»

Ambrogio non capiva perché ma sentiva una particolare, ansiosa urgenza di riabbracciare Beatrice.

Per sua fortuna il giovane Eugenio capì perché era anch'egli impaziente di raggiungere la sua famiglia ma soprattutto i suoi amici a Parigi. Di buon grado, quindi, accordò al suo aiutante di campo, ormai anche amico, il permesso di tornare a casa.

Felice, Ambrogio partì con due cavalli da montare alternativamente per poter allungare i tempi fra una sosta in una stazione di posta e l'altra. Soprattutto nel tratto più duro del percorso, quello sulle Alpi coperte della spessa e dura neve di fine febbraio, sul Moncenisio, dove giorni dopo l'arcivescovo di Milano Filippo Visconti, anch'egli sulla via del ritorno, perse la vita stroncato dal freddo.

Furono giornate lunghe, gelide e faticosissime, cariche dell'ansia di chi da settimane manca da casa e non abbraccia la sua donna.

Quando entrò in casa la cameriera lo salutò con un sorriso che a lui sembrò strano ed eccessivo.

«La signora è di sopra.»

Lui si precipitò al primo piano, nella camera di Beatrice

che trovò vestita di tutto punto, seduta in poltrona con in braccio il bambino nato tre giorni prima e accanto, in piedi, un donnone con un grembiule azzurro, la balia.

«È stata dura ma ce l'ho fatta» gli disse lei sorridente e senza neppure salutarlo, porgendogli la creatura infagottata.

Ambrogio, come folgorato, istantaneamente capì di avere lasciato sola, senza saperlo, sua moglie incinta e capì anche che lei, per lasciarlo partire sereno, gli aveva nascosto il suo stato, dimostrando ancora una volta di essere una donna forte e di carattere. Sapeva di doversi sentire in colpa per il suo egoismo, per non essersi accorto di nulla, ma prevalsero la sorpresa e soprattutto la gioia.

Prese in braccio il neonato e, con le lacrime agli occhi, sussurrò a Beatrice: «Amore mio, perdonami». E dopo qualche istante per recuperare l'autocontrollo e domare la commozione, baciò molto teneramente sua moglie, quindi si rivolse al neonato: «E ora, figlio mio, dobbiamo solo decidere come chiamarti».

Naturalmente aveva già deciso lei e lui non poté che accettare: lo chiamarono, fedeli alla tradizione, Giovanni Ugo, come il padre di Ambrogio.

Pochi giorni dopo, mamma Bianca, felice di avere tutti vicino, organizzò una grande cena per riunire finalmente l'intera famiglia a casa Airoldi.

La serata fu perfetta, una di quelle rare situazioni di felicità condivisa che si ricordano per sempre e Gianarturo diede una ragione di più per non dimenticarla: fu quando, sorprendendo tutti, fra una delle molte portate e un'altra, alzò un calice di vino esclamando: «Abbiamo brindato alla nascita di Giovanni Ugo e ora – perché no? – brindiamo alla nascita della Repubblica Italiana». E vedendo che a queste sue parole erano rimasti tutti a bocca aperta aggiunse come per giustificarsi: «Certo, dovendo rinunciare a far parte dell'Impero austriaco, avrei preferito il Regno d'Italia, ma domani chissà. E comunque certo non con Napoleone re».

«Padre, siete un uomo pieno di sorprese, mai mi sarei

aspettato di sentir dire da voi, il più monarchico e antifrancese che io conosca, una cosa del genere» commentò Luigi. «E comunque avete ragione, ora l'importante è che si parli d'Italia.»

E tutti brindarono, felici. Ignorando, però, il vero motivo di questa sorprendente conversione repubblicana di Gianarturo, dovuta, in realtà, a ragioni d'interesse.

Ben prima della partenza per Lione, Melzi d'Eril aveva chiesto ad Ambrogio – i due si conoscevano da tempo per un'antica amicizia delle rispettive famiglie – di indicargli una tipografa affidabile perché voleva far stampare in forma elegante alcuni diari e scritti vari conservati per generazioni dalla sua famiglia, in modo da poterli sistemare nella biblioteca di casa. Bevacqua, naturalmente, gli presentò Gianarturo e Luigi non ne fu neppure informato perché nell'azienda di famiglia, molto cresciuta, ormai si occupava solo dell'attività editoriale.

A lavoro fatto, viste le prime prove, tale fu la soddisfazione del non ancora nominato ma certo vicepresidente della futura Repubblica Italiana che, prima di partire per Lione, Melzi promise ad Airoldi l'appalto in esclusiva della nuova modulistica e della carta intestata del nuovo Stato. Era la prospettiva di un grosso e duraturo affare che permetteva a Gianarturo di passare serenamente sopra le sue convinzioni politiche.

La vicenda era anche un sintomo del diverso clima che era andato creandosi nella società milanese, con un certo riavvicinamento dei ceti e delle posizioni politiche. Già Napoleone aveva preso chiaramente le distanze dal giacobinismo avvicinandosi alla nobiltà e alla ricca borghesia produttiva. Mentre il carattere oligarchico, autoritario e cesarista della neonata Repubblica ora rassicurava i vecchi monarchici conservatori filoaustriaci, viceversa i superstiti giacobini radicali erano profondamente delusi dalla nuova politica napoleonica, così come i repubblicani unitari italiani, costretti a prendere atto che Bonaparte non aveva intenzione di favorire l'unificazione della penisola.

«Troppi delusi, anche se per ragioni diverse, dalla nascita di questa Repubblica» ammise Ambrogio durante una delle ormai rare conversazioni fra amici tornati al Caffè Nuovo al Leone, pur con qualche diserzione. Foscolo, preso da altre attività, quasi non si faceva più vedere; Teulié, com'era previsto, era diventato ministro della Guerra e della Marina. Anche Monti era sempre più assorbito dalle sue creazioni: cercava di completare alcuni lavori come il poema *La Mascheroniana*, ma soprattutto aveva appena messo mano a un lavoro molto impegnativo al quale teneva molto, la versione in italiano dell'*Iliade* di Omero.

Fedele alla tradizione era rimasto Carlo Porta, sempre più popolare e ora, come aveva appena rivelato agli amici, impegnato con un'opera ambiziosissima, un tentativo di traduzione in dialetto milanese della *Divina Commedia*. Commentò così le amare considerazioni di Ambrogio: «Quando un sentimento è tanto diffuso tra la gente, di solito questa cerca di organizzarsi per esprimerlo».

«È quanto sta già accadendo» spiegò Luigi, «so di società segrete, che poi tanto segrete non sono se di esse si sente parlare. Sono generalmente associazioni con idee repubblicane e democratiche, più o meno radicali, antinapoleoniche, perché considerano Bonaparte ormai un tiranno, più che antifrancesi e soprattutto con l'unità d'Italia come aspirazione principale. Nate in Francia, spesso sono filiazioni locali della Massoneria che, come sappiamo, ha preso piede in Inghilterra e in Germania e poco qui da noi. Le più attive e diffuse dalle nostre parti pare che siano quella detta dei Raggi e quella dei Filadelfi.»

«Stiamo a vedere cosa combinano» obiettò Porta perplesso, «ma saranno i soliti quattro gatti velleitari inconcludenti.»

«Scettico come al solito, Carlo, amico mio. Ma da qualche parte bisogna pur cominciare, in qualcuno bisogna pur riporre un po' di fiducia. Per quanto mi riguarda, i Filadelfi mi interessano e se mi capita di prendere contatto con loro cercherò di capire che gente è e come si muovono.»

Le novità politiche non avevano creato problemi all'attività sociale e culturale del salotto di Elena e Beatrice. I cambiamenti non facevano, anzi, che stimolarla, interessando e incuriosendo soprattutto le frequentatrici più giovani; ma aumentavano anche i frequentatori maschi, interessati non tanto a questa o a quella dama del gruppo, come nel caso di Henri Beyle, ma per veri interessi, curiosità culturali e politiche.

Comunque, al di là del cinismo e dello scetticismo di Porta, i fatti stavano dando ragione ad Ambrogio: le associazioni segrete crescevano. Anche perché i primi provvedimenti della nuova Repubblica avevano creato un forte malcontento e una profonda delusione. Il più importante era stato il ritorno della coscrizione obbligatoria, misura sempre detestata soprattutto nelle zone agricole: quattro anni di servizio per i giovani dai venti ai venticinque anni estratti a sorte. Questo portò l'esercito a centomila uomini su una popolazione della Repubblica di poco meno di quattro milioni di abitanti, per mantenere il quale la tassazione fu molto aumentata, altro provvedimento quanto mai sgradito.

«Dunque, per strappare i nostri giovani alle loro case per quattro anni ci caricano di tasse, una doppia beffa» inveì Porta, sempre più polemico, invitato un pomeriggio di giugno a parlare del nuovo Stato. «E a nulla servono le proteste di Melzi d'Eril con Napoleone. Il vicepresidente è una persona perbene, lo sappiamo, molto rigoroso e con tanta buona volontà, ma al presidente francese di una Repubblica Italiana interessa solo avere un esercito e i soldi per mantenerlo.» «Possiamo sperare» aggiunse, dopo aver finto una pausa di riflessione, «che il volenteroso Melzi d'Eril riesca a persuadere Bonaparte a unificare nella Repubblica Italiana tutta la penisola. In fondo, al governo converrebbe: più cittadini, come ci chiamano loro, più soldati, più tasse. Chissà che con questi argomenti non riesca a convincerlo.»

L'invettiva provocatoria spaventò le ascoltatrici più conformiste ma entusiasmò le più disinvolte ed eccentriche. Quel salotto sembrava sempre più avviarsi a diventare un covo di oppositori, anzi di oppositrici al dominio napoleonico.

Qualche volta fu invitato anche Foscolo, ma provocò generalmente scarso entusiasmo, nonostante il suo aspetto da «bello e dannato», come lo definiva Elena. Non piaceva la sua cupezza e il suo eterno pessimismo e infastidiva con le continue manifestazioni di disprezzo per la città che lo ospitava e lo stava rendendo famoso, Milano: per la nebbia e per il clima la definì «città da suicidio»; non gli piaceva la gente che gli sembrava «poco cordiale» e «interessata solo agli affari». «Non ho molta fede nella celebrata ospitalità della tua Milano» disse una volta a Porta che non glielo perdonò mai. «Non hai capito questa città che ti sta dando lavoro e fama» gli rinfacciò secco. Anche se in realtà trovava comprensibile che chi è nato e cresciuto in un'isola greca e poi nell'amatissima Venezia potesse avere dei problemi con il clima padano.

Il poeta fu invece molto apprezzato quando lesse, in anticipo sulla pubblicazione e più di un anno dopo il tragico evento, il sonetto *In morte del Fratello Giovanni*, versi che commossero fino alle lacrime il sensibile uditorio e piacquero moltissimo anche a Henri Beyle, ormai assiduo di quel salotto nella speranza di riuscire un giorno ad avvicinare quella Angela Pietragrua, incostante frequentatrice della quale era ormai disperatamente innamorato. Le due crudeli cognate evitavano di presentargliela per continuare a divertirsi alle sue spalle.

Quella volta il giovane francese andò personalmente a complimentarsi con il poeta e a chiedergli informazioni sulla sua attività: Foscolo gli rispose con la sua tipica cupa indifferenza.

Forse anche stimolato da quell'atteggiamento che gli sembrò quasi ostile, il giovane e timido ufficiale francese si decise finalmente, come facevano altri, a dire qualcosa di sé. Fu quando, quasi tenendo una breve informale conferenza, confessò di voler adottare in futuro uno pseudonimo come autore dei romanzi che aveva intenzione di scrivere.

«Romanzi ambientati in Italia, naturalmente. Sono un grande ammiratore dello storico dell'arte e archeologo tedesco Johann Joachim Winckelmann. È considerato quasi padre del neoclassicismo, perciò molto ha vissuto a Roma. È nato a Stendal, in Sassonia: ecco, in suo onore potrei firmarmi col nome della sua bella città, magari modificandolo appena, chessò, aggiungendo un'acca, Stendhal, solo Stendhal. Che ve ne pare?»

L'idea fu accolta con divertito entusiasmo, benché, in realtà, pochi sapessero chi fosse questo Winckelmann.

Pur senza trascurare la poesia e le arti, il salotto delle dame o «delle due cognate», come molti lo chiamavano, dava sempre più spazio all'attualità politica. Alla fine di maggio del 1804, Beatrice, la più informata perché molto attenta alla lettura dei giornali, arrivò all'incontro accompagnata dal marito Ambrogio, iniziativa del tutto inconsueta e considerata disdicevole in un consesso molto sensibile all'autonomia delle donne.

«Care amiche» così aprì la riunione, «questa mattina "Il Monitore" dà una notizia importantissima: il 14 maggio il Senato di Parigi ha proclamato Napoleone imperatore dei francesi. L'incoronazione è prevista per dicembre.»

Le dame accolsero l'informazione – non del tutto inattesa – con esclamazioni di sorpresa ma non di entusiasmo e anche con qualche mormorio di disappunto.

«Per essere meglio informate su questa grossa novità ho trasgredito a una nostra regola non scritta e ho portato con me il mio consorte Ambrogio Bevacqua, molto vicino al prossimo imperatore perché stretto collaboratore del suo figliastro Eugenio di Beauharnais. Certo sa più di quanto scrivono i giornali.»

La novità di una presenza maschile, invece di essere considerata una seppure lieve trasgressione, fu accolta con curiosità e perfino con simpatia.

«Gentili e colte dame» fu l'esordio galante dell'ospite in un silenzio molto attento, «Napoleone da tempo è convinto che la fase rivoluzionaria, del più grande cambiamento avvenuto nella storia della Francia, sia terminata. Ne è convinto anche il suo popolo che ora, dopo anni di incertezze, irrequietezza, disordine e tanto sangue versato, chiede il ritorno alla stabilità, all'ordine e a un sistema condiviso di valori e di ideali. Ora è possibile, dopo le riforme volute e già realizzate dal Primo Console con l'accentramento di tutto il potere politico e amministrativo a Parigi. E sono riforme importantissime, dalla creazione della Banca di Francia al nuovo Codice civile, alla scuola e a quant'altro anche voi sapete.»

Dopo una breve pausa, studiata per tenere viva l'attenzione, Ambrogio proseguì.

«Insomma, ormai i francesi, gli stessi della Rivoluzione, quelli che hanno ghigliottinato il re e la regina e migliaia di nobili e controrivoluzionari, dopo anni di cambiamenti sconvolgenti, ora sentono il bisogno di una nuova normalità, di stabilità. Questo, Bonaparte lo ha capito benissimo, sa che tale sentimento popolare asseconda le sue ambizioni e sa che solo una nuova dinastia regnante nata dalla Rivoluzione può andare incontro a queste aspirazioni del popolo.»

Altra sapiente pausa per preparare la conclusione.

«Naturalmente un referendum popolare ratificherà la proclamazione e la nuova Costituzione. Infine, gentili dame, mi permetto di farvi notare una definizione importante del titolo che va ad assumere Napoleone, una definizione da lui voluta: Imperatore dei Francesi, non della Francia ma del popolo francese, perché, questo è il significato della novità: un imperatore voluto dal popolo e in rappresentanza del popolo.»

La spiegazione di Ambrogio, quasi una lezione, fu accolta – altra eccezione – con un applauso di solito riservato a poeti e scrittori.

Da tempo le due giovani coppie, Luigi ed Elena, Ambrogio e Beatrice, legate tra loro da una forte amicizia oltre che direttamente imparentate attraverso i fratelli Airoldi, avevano preso la bella abitudine, diventata presto tradizione, di pranzare insieme, a volte anche con i rispettivi genitori, almeno un paio di volte al mese. Elena recitava le sue ultime poesie, Beatrice leggeva gli ultimi autori di cui si stava occupando, Virgilio o Alfieri e qualche volta perfino Foscolo.

Spesso, in quelle occasioni conviviali e famigliari, inevitabilmente la conversazione diventava politica, dividendo, ma pacatamente, il ramo conservatore monarchico, Gianarturo e Cesare, i «patriarchi» come li chiamavano i loro figlioli, da quello progressista repubblicano, i giovani sposi, anch'essi da poco genitori.

Su un punto gli uni e gli altri concordavano, sulla crescente diffidenza verso Napoleone per le sue continue e repentine mosse politiche che lo portavano sempre più vicino alla nobiltà monarchica e ad allontanarsi dal giacobinismo repubblicano, tanto da arrivare a reprimerne con la forza le punte più radicali. Passi che agli uni e agli altri sembravano andare sempre più chiaramente verso quella forma di governo e di dominio che i più ostili arrivavano a definire «una tirannia». La notizia, ormai di pubblico dominio, della prossima incoronazione a imperatore del Primo Console sembrava ora la conferma definitiva di quei timori.

Nel tentativo di mitigare l'asprezza di quel giudizio, Luigi e Ambrogio, ma anche le rispettive mogli, insistevano sulla certezza che la Repubblica Italiana creata da Bonaparte avrebbe col tempo messo in moto un processo di unificazione di tutta la penisola. Ipotesi alla quale i due «patriarchi», invece, dichiaravano apertamente di credere poco e di essere comunque del tutto disinteressati.

Per il conte Cesare «un'Italia unita agli ordini di Napoleone non può essere una cosa buona».

Più sarcastico Gianarturo: «Abbiamo già provato i grandi vantaggi del dominio francese e ci basta».

Nel maldestro tentativo di cambiare discorso, sorseggiando lentamente un calice di vino rosso dell'Oltrepò pavese, Ambrogio integrò la notizia: «Verso la fine dell'anno, si parla di dicembre, ci sarà una solenne, cerimonia d'incoronazione a Notre-Dame, sarà certamente grandiosa e per l'occasione Napoleone vuol far venire a Parigi papa Pio VII».

Ottenne l'effetto desiderato, la bizzarria storica e politica che un ex rivoluzionario mangiapreti giacobino della prima ora si sarebbe fatto incoronare e benedire dal papa riuscì a strappare un sorriso sarcastico e amaro a Gianarturo e a Cesare, mentre Luigi scuoteva il capo come sconfortato più che sorpreso e le due cognate non trattennero una risatina maligna.

L'incoronazione di Napoleone Bonaparte a imperatore dei francesi avvenne il 2 dicembre 1804. La cerimonia fu ancora più grandiosa e solenne di quanto si fosse immaginato e coinvolse non solo Parigi ma tutta la Francia. Per qualche giorno anche Milano fu travolta dall'entusiasmo dei soldati francesi presenti in città e di quanti, sinceri bonapartisti, funzionari dello Stato, militari italiani della Guardia nazionale e della Legione lombarda e gl'immancabili opportunisti, cercarono di manifestare il massimo e più rumoroso entusiasmo per l'apoteosi napoleonica. Ma, tutto sommato, la città e l'intera Repubblica Italiana diedero l'impressione di una certa indifferenza, persino con qualche, pur prudente, manifestazione di ostilità.

Gli Airoldi trascorsero quelle giornate di festeggiamenti chiusi in casa il più possibile: Gianarturo e Luigi passavano quanto più tempo in tipografia o in ufficio e la sera nelle rispettive abitazioni. Elena aveva insistentemente invitato a cena i Bevacqua, i quali dovettero a malincuore declinare l'invito perché Ambrogio, stretto collaboratore di Beauharnais, non poté sottrarsi al turbine di festeggiamenti e celebrazioni ufficiali organizzati dai francesi a Milano. Anche perché appariva sempre più probabile che il figliastro di Napoleone andasse a ricoprire una posizione di massimo livello nello Stato italiano, qualunque nuova forma esso stesse per assumere. Meglio restare il più vicino possibile al giovane Eugenio, per cogliere tutte le opportunità che gli sviluppi di questa vicinanza potevano offrire.

Qualche giorno dopo, passata la buriana dei festeggiamenti, mentre l'entusiasmo per la grande novità istituzionale cominciava a scemare, a Milano ci si chiedeva come si potesse conciliare che un imperatore fosse anche presidente di una Repubblica. La risposta sarebbe arrivata presto e la soluzione dell'anomalia entro pochi mesi, come anticipò Ambrogio una sera durante una delle loro riprese cene di famiglia rispondendo a Luigi che osservò: «È impressionante la velocità con cui Napoleone prende decisioni così importanti e attua cambiamenti quasi sconvolgenti».

«E non abbiamo visto ancora tutto» scandì Ambrogio appoggiando sul tavolo il calice di vino rosso di San Colombano dopo un ultimo sorso. Fece quindi seguire una lunga pausa di silenzio per acuire la curiosità e finalmente rivelò: «L'imperatore» era la prima volta che lo definiva così «intende trasformare la Repubblica Italiana in Regno d'Italia. La promulgazione del nuovo statuto dovrebbe avvenire la primavera prossima e a maggio si farà incoronare re d'Italia».

«Re d'Italia, me lo aspettavo. Sta accadendo esattamente quello che temevamo: si torna alla monarchia, sottomessa a un impero straniero e con un re straniero che è anche imperatore, esattamente come con l'Asburgo» sussurrò Luigi, sconsolato, mentre gli altri commensali si limitavano a espressioni e esclamazioni di meraviglia.

«No, Luigi, non è proprio così» replicò subito Ambrogio cercando di attutire il colpo, di lenire il trauma psicologico che aveva provocato, «ci resta la speranza che questo regno, sia pure con un re straniero, riesca finalmente a unire tutti gl'italiani, poi si vedrà.» Ma lo disse talmente piano, con un tono così dimesso, da risultare molto poco convincente, mentre tutti i commensali tacevano, a capo chino, come se riflettessero sul futuro. Poi però con molta cautela e scandendo bene le parole, sapendo che stava rincarando la dose, aggiunse: «Inoltre, Napoleone vuol farsi incoronare re d'Italia con la corona ferrea».

Meraviglia di tutti i presenti, subito espressa da Gianarturo con tono quasi irritato: «E perché?».

«Sapete tutti che per la tradizione contiene il ferro di un chiodo della Croce di Cristo, trovato in Palestina da Elena, madre dell'imperatore Costantino, ed è stata la corona dei re longobardi. Infatti, è custodita nel Duomo di Monza, nella cappella dedicata alla regina Teodolinda. Altri che si sono dichiarati re d'Italia l'hanno portata come emblema del potere voluto o benedetto da Dio: non è strano, perciò, che voglia farlo anche Napoleone.»

«Infatti, non è strano perché è un re straniero come tutti gli altri che lo hanno fatto» ribatté stizzito Luigi, versandosi del vino per calmarsi. E subito aggiunse: «E poi, un ex giacobino mangiapreti si farebbe mettere sul capo un gioiello che per i credenti è sacro, una reliquia perché contiene il ferro di un chiodo della Croce? La trasformazione di quell'uomo è vertiginosa, stupefacente, come il suo opportunismo».

«Comunque, Beauharnais ha molto insistito che queste informazioni restino riservatissime» disse Ambrogio, imbarazzato per la brutta piega che stava prendendo la conversazione, come per troncarla lì.

Luigi, invece, non poté non pensare che, nonostante tanta insistenza, il suo amico per primo non aveva rispettato quella consegna del silenzio. Forse perché riteneva utile che quel segreto non rimanesse tale?

Un vecchio cliente della tipografia, divenuto suo amico anche per le comuni idee politiche, gli aveva dapprima fatto capire e poi aveva apertamente ammesso di essere associato ai Filadelfi. Fu lui a introdurre Luigi nella «società segreta». Che però, dopo appena un paio di riunioni in una vecchia chiesetta sconsacrata in mattoni rossi sul Naviglio Pavese, il giovane Airoldi ammise di trovare diversa da come l'aveva immaginata.

Molti soci erano giovani, com'era prevedibile, ma c'erano anche uomini maturi e qualche anziano; poi funzionari del governo, un paio di ufficiali della legione e perfino un sacerdote, un sacerdote un po' strano, don Gervaso. Era un bel giovane alto e slanciato, dal volto regolare e l'espressione severa, molto taciturno, prete di San Calimero, antichissima basilica nel sestiere di Porta Romana, tanto sicuro di sé da presentarsi alle riunioni provocatoriamente in abito talare. Era un appassionato studioso della Bibbia, libro da cui, diceva, discendono i valori rivoluzionari di libertà, uguaglianza e fraternità e anche di emancipazione e unità nazionale «perché la nostra Israele, la nostra Sion è l'Italia; cosa cercavano padre Abramo, Mosè, Davide e tanti altri se non la loro terra e libertà per il loro popolo?». Aveva sempre con sé il Libro dei Salmi, centocinquanta preghiere e canti che più volte al giorno apriva e consultava.

Tutti i Filadelfi avevano in comune il rifiuto della sottomissione alla Francia, l'ostilità a Napoleone e ai suoi progetti imperiali e, più di tutto, l'aspirazione alla nascita di un'Italia unita, una Repubblica indipendente. Anche per questo Luigi aveva sperato di ritrovare tra loro il suo amico Foscolo, che non vedeva da tempo. Gli dissero che, in effetti, aveva brevemente e malvolentieri frequentato la Società ma qualche mese prima era partito per la Francia con la divisione italiana comandata dal generale Domenico Pino, con il quale aveva combattuto a Marengo, che si sarebbe affiancata all'*Armée* perché Napoleone stava preparando un grosso esercito per invadere l'Inghilterra, rimasto il nemico più forte e temibile.

Ma la vera sorpresa fu ritrovare Ambrogio tra i Filadelfi. Una sorpresa certo piacevole ma che molto lo meravigliò e perfino un poco lo insospettì. Per un attimo, infatti, lo sfiorò il dubbio che, stretto collaboratore del figliastro di Napoleone, Bevacqua fosse lì come spia e delatore, per controllare, informarsi e riferire.

Ma subito si pentì e si vergognò di questo pensiero maligno: come poteva sospettare una cosa simile di un suo vecchio amico divenuto anche suo cognato, il marito della sua amatissima sorellina Bea? Tanto più che, appena lo vide, Ambrogio gli fece delle smorfie e gli lanciò delle occhiatacce come per dire: fai finta di niente, noi non ci conosciamo, non rivelare chi sono. Luigi capì e stette al gioco. Dopo la riunione, all'uscita gli si affiancò e il cognato gli confermò sussurrando la sua buona fede: «Sono qui come patriota, solo come patriota».

«Ne sono sicuro» gli rispose Luigi che intanto si era rapidamente convinto che Ambrogio, in realtà, non fosse affatto contrario a far girare la voce sulle intenzioni di Napoleone, che gli aveva rivelato come «riservatissime». E così, pensò, probabilmente anche lo stesso Beauharnais che, sempre più interessato alle cose italiane, aveva dato quell'anticipazione al suo aiutante di campo perché ne parlasse in giro. Forse, arrivò a pensare, era un espediente per preparare il popolo e saggiarne le reazioni.

Perciò, durante una riunione con i Filadelfi, si decise a parlarne, sebbene con molta prudenza e cautela, presente Ambrogio che si comportò come se non ne sapesse nulla. In realtà, non sorprese molti l'intenzione di Bonaparte di trasformare la Repubblica Italiana in Regno d'Italia: era un'ipotesi della quale ormai si parlava e non tutti erano ostili all'idea. Stranamente, però, fece quasi scandalo il suo proposito di farsi incoronare re d'Italia con la corona ferrea. Per diversi motivi: perché molti, anche se miscredenti, consideravano quello un oggetto sacro, una reliquia o comunque da rispettare come tale in ossequio alla tradizione giacché da secoli faceva parte della storia d'Italia.

Inoltre, molti pensarono, era possibile che, dopo essersi fatto incoronare, Napoleone se la portasse a Parigi, come aveva fatto e continuava a fare con opere d'arte e oggetti preziosi trafugati nelle città italiane. D'altra parte, incoronato con quell'oggetto tanto simbolico, l'imperatore dei francesi sarebbe stato legittimato come re d'Italia di diritto, sarebbe stata una consacrazione storica. Un timore che Luigi manifestò come un allarme: «Se la corona ferrea verrà posata sul capo di Bonaparte sarà quasi come dichiarare formalmente che il Regno d'Italia fa parte della Francia, sarà come un'annessione, com'è già avvenuto per il Piemonte, la Toscana e tanti altri territori non solo italiani».

«Sta creando una dinastia» aggiunse Ambrogio, «quindi dopo di lui tutti i suoi discendenti, consacrati formalmente dalla corona ferrea, saranno re d'Italia e imperatori dei francesi.»

«Bisogna impedire questo impiego strumentale e politico di un oggetto sacro per acquisire potere.» Con quella improvvisa e quasi perentoria affermazione, don Gervaso, fino ad allora taciturno e riflessivo più del solito, diede a tutti l'impressione come dell'annuncio di un piano di battaglia per fermare un atto ostile. Seguì, perciò, una silenziosa attesa. «La corona ferrea» proseguì il prete, «come forse sapete, si trova nel Duomo di Monza, è sistemata sull'altare della cappella di Teodolinda, regina dei longobardi, nel lato settentrionale del transetto, a sinistra dell'altare. Non è particolarmente custodita, non è necessario, tanta è la devozione e il rispetto che i fedeli le portano. È solo protetta da una campana di vetro appoggiata su un'alzata appena sotto il tabernacolo col Santissimo Sacramento. La sua custodia e il suo accudimento sono generalmente affidati a un diacono che ogni tanto va a pregare davanti all'altare e a darle un'occhiata. Insomma, è tutt'altro che inaccessibile.»

«Sei molto informato sull'argomento» osservò Ambrogio incuriosito.

«Dopo il seminario, San Calimero non è stata la mia prima destinazione, ci sono arrivato più tardi, da sacerdote. Come diacono sono stato mandato al Duomo di Monza. Lì fui incaricato, appunto, di accudire la cappella di Teodolinda e fui affascinato dalla storia di questa grande regina che con l'ausilio di san Gregorio Magno e di san Colombano ha convertito i longobardi, prima prevalentemente ariani, al cattolicesimo.» I Filadelfi seguivano interessati il racconto del prete. «Accudire una particolare cappella non significa passare le giornate a vigilarla o, nel nostro caso, continuare a spolverare e pulire bene la campana di vetro che contiene la corona ferrea. Si tratta solo di passare ogni tanto a dare un'occhiata, controllare che tutto sia in ordine, se qualche devoto ha portato dei fiori – Teodolinda ha molti devoti anche se non fu mai neppure beatificata, chissà perché –, cambiare l'acqua o buttarli via se sono ormai appassiti e ogni tanto spolverare la campana. Tutto qui.»

«Perché, don Gervaso, ci racconti tutto questo?» chiese Luigi, già supponendo la risposta. «Noi semplicemente vorremmo che quella corona non venisse utilizzata di prepotenza da Napoleone per farsi re d'Italia, non venisse così quasi dissacrata.»

«Quindi che non arrivi nelle mani dei francesi.»

«Già, ma se le cose stanno come ci hai raccontato, possono venire a prendersela quando vogliono.»

«Ma non solo loro. Chiunque la può portare via dalla cappella di Teodolinda.» E dopo una breve e studiata pausa: «Per esempio, anche noi, se non vogliamo che se la prenda Bonaparte».

La reazione di tutti fu di sorpresa, compiaciuta sorpresa, come se fosse stato risolto un preoccupante problema.

«Ma tra noi, chi può occuparsene, senza creare problemi?» chiese Ambrogio, che però già conosceva la risposta.

«Be', se volete, posso occuparmene io» rispose quasi sommessamente don Gervaso, mentre tutti annuivano compiaciuti e risollevati: era la risposta che aspettavano.

XVIII

La congiura

Il piano era abbastanza semplice. Don Gervaso sapeva quando, all'incirca, il diacono sarebbe passato a controllare la cappella di Teodolinda: appena prima del vespro per poi dedicarsi alla lettura del breviario, come aveva fatto anche lui. Perciò, per aspettare il momento giusto, prima del tramonto andò a inginocchiarsi davanti all'altare. Si mise a pregare, ma Maria Vergine e non la grande regina dei longobardi che, se non era neppure beata, era da molti venerata. Su questo era rigoroso e selettivo, si affidava solo al canone di Madre Chiesa. Tuttavia, pregò per Teodolinda e per «tutte le anime sante del Purgatorio».

Arrivò il giovane diacono, segaligno e già semicalvo, piegò brevemente un ginocchio davanti all'altare, diede un'occhiata generale, poi con un panno che aveva con sé fece il gesto di spolverare – in realtà, inutilmente – la campana di vetro che proteggeva la corona ferrea. Infine, dopo un'altra veloce genuflessione davanti all'altare maggiore, andò a ritirarsi in sagrestia a leggere il breviario.

Il Duomo era deserto, era l'ora in cui le donne stavano in cucina a preparare la cena e gli uomini erano ancora al lavoro nella ubertosa campagna brianzola o nelle molte falegnamerie della zona. La situazione era perfetta: don Gervaso si avvicinò alla campana di vetro, la sollevò molto delicatamente con tutte e due le mani poggiandola sul piano dell'altare, prese la corona e la osservò per un attimo, trovandola molto più piccola di quanto la ricordasse, tanto da poter essere solo appoggiata sulla testa di un uomo, non calzata.

Tuttavia, guardandola, si disse ancora una volta che era un lavoro di artigianato orafo di grande bellezza, con le sue sei piastre d'oro finemente decorate con rosette in rilievo a sette petali e smalti colorati; incernierate tra loro, quelle piastre, e fissate su una lamina interna d'argento. Pietre preziose come zaffiri, granati e ametiste decoravano i bordi dell'antico gioiello che si diceva risalisse al IV o al V secolo.

Com'era possibile, si chiedeva don Gervaso, che in quell'epoca lontanissima fosse disponibile tanta prodigiosa abilità artigianale? Tanta portentosa manualità? Forse per effetto miracoloso del santo chiodo? Ma subito respinse quel pensiero che gli sembrava vagamente blasfemo se non idolatra, pentendosene. Chiedendosi, però, dove potesse trovarsi, naturalmente fuso, il ferro di quel chiodo: forse nella lamina d'argento interna?

Si accorse che stava perdendo tempo, da un momento all'altro sarebbe arrivato qualche fedele dei più zelanti per assistere ai Vespri.

Avvolse in fretta la corona in alcuni fogli di carta grossa e la mise nel sacco di iuta che aveva portato. Quindi uscì rapidamente dal Duomo, ma non di corsa per non dare nell'occhio. Sul sagrato lo aspettava un carretto prestatogli da un filadelfo, trainato da un vecchio cavallo. In meno di tre o quattro ore, a notte iniziata, sperava di arrivare alla Porta Orientale e da lì si sarebbe diretto a palazzo Carminati, dove lo aspettava Luigi.

«Poi a nasconderla ci penserò io, sono certo che il conte Cesare sarà d'accordo a tenerla finché sarà necessario» aveva detto quando progettavano il piano.

Arrivato all'ingresso laterale del palazzo, don Gervaso trovò ad aspettarlo anche il conte, per tempo avvertito, accompagnato dal maggiordomo Anselmo che, con un'espressione vagamente eccitata, prese subito in consegna il sacco e rapidamente si ritirò.

«Tutto bene?» chiese Luigi a don Gervaso, che assentì silenzioso. In un'atmosfera vagamente cospiratoria, si salutarono con una stretta di mano e si separarono, ciascuno per la propria strada e tutti pensando con soddisfazione che Napoleone non avrebbe mai avuto sul capo la storica corona dei re d'Italia.

Il conte, seguito da Anselmo col suo preziosissimo bagaglio, appena rientrato nel piccolo atrio aprì con una chiave una grossa porta che dava su una scala che scendeva in un sotterraneo. Aperti ancora con un'altra chiave prima un robusto cancello e subito dopo un'altra porta, si entrava in una vasta sala illuminata da torce evidentemente accese poco prima, cosparsa di bauli, casse, cofanetti, sacchi. Era il tesoro della famiglia Carminati accumulato nei secoli.

Subito a destra dell'ingresso era stato liberato un tavolino coperto da un panno di velluto blu sul quale, come gli era stato ordinato, Anselmo depositò, con un gesto inutilmente solenne, la corona che aveva estratto dal sacco. I due uomini rimasero a guardarla per qualche istante.

«È bellissima» sussurrò il conte, che immaginava, sperava che avrebbe potuto restare a far parte del suo tesoro.

«Sì, signore, è bellissima» convenne il maggiordomo.

«Peccato che, a cose fatte, a missione compiuta dovremo restituirla al Duomo di Monza.»

Naturalmente della novità fu informata anche Rita che aveva l'incarico di tenere in ordine e far pulire regolarmente quel locale.

Quando Luigi riferì ai Filadelfi che la corona era al sicuro e se ne faceva garante, la reazione generale fu di entusiasmo.

Le cose procedettero com'era previsto e programmato. Il 17 marzo 1805 il Corpo legislativo proclamò la trasformazione della Repubblica Italiana in Regno d'Italia e l'imperatore dei francesi Napoleone Bonaparte, re d'Italia. L'incoronazione venne fissata per domenica 26 maggio in Duomo. La risposta popolare, comunque moderata tanto da apparire indifferente, ebbe toni diversi: fu entusiastica solo quella del ceto e delle classi sociali più coinvolte dal regime napoleonico, piuttosto fredda e qua e là perfino ostile quella della maggioranza.

«Per allora dovrà procurarsi un'altra corona» fu il commento sarcastico di Luigi all'annuncio della data. Era a casa, a cena con sua moglie che, per prudenza, non aveva informato dell'operazione di sabotaggio. Perciò Elena non capì, pensò che suo marito si riferisse a qualche altra possibile conquista di Napoleone e rimase in silenzio.

Chi invece viveva quest'attesa con molta inquietudine era Ambrogio, per la sua posizione di stretto collaboratore di Eugenio di Beauharnais e suo consigliere per le cose milanesi e italiane. Per di più il figliastro di Napoleone, che in lui riponeva molta stima e fiducia, gli aveva confidato che molto probabilmente l'imperatore lo avrebbe nominato viceré d'Italia: in quel caso il principe lo avrebbe tenuto al suo fianco.

Una situazione molto imbarazzante e pericolosa per Ambrogio: avere ordito una sorta di boicottaggio di un evento dal quale poi avrebbe ricavato benefici. Come avrebbe dovuto comportarsi? Abbandonare gli amici ovvero, per non tradirli, rinunciare al suo prestigioso incarico, alla sua promettente vicinanza alla famiglia imperiale-reale che tanta fiducia riponeva in lui? Qualunque scelta avesse fatto, Ambrogio cominciava a dubitare della propria lealtà e onestà.

D'altra parte, lo stesso Luigi, dopo il trafugamento della corona ferrea, si chiedeva come facesse il suo amico a gestire questo conflitto d'interessi. Comunque, neppure per un momento dubitò della sua correttezza ma soprattutto della sua sincerità: non poteva dimenticare quanto gli fosse stato vicino, quanto lo avesse aiutato nella drammatica vicenda della morte di Gian Giacomo Beltrame prima e di Mariangela Rovi dopo, tragedia che gli aveva infine riportato la sua Elena. In un certo senso, perciò, doveva la felicità, la vita ad Ambrogio; come poteva diffidare di lui? Non riusciva a risolvere la contraddizione del suo comportamento e, semplicemente, preferì accantonare la questione.

Anche il conte Cesare, intanto, cominciava a essere in preda al dubbio: era stato prudente da parte sua, si chiedeva, oltre che generoso e politicamente giusto, partecipare a quell'operazione? C'era da fidarsi di quanti vi avevano partecipato o ne erano a conoscenza? Era nelle mani di quei Filadelfi che, in fondo, con lui nulla avevano a che fare, non erano che dei repubblicani, dei giacobini. Se fosse stato scoperto, si ripeteva, avrebbe rischiato la reazione, la punizione dell'uomo più potente d'Europa, che non perdonava facilmente. Alla fine, per non cedere all'angoscia, anche Carminati preferì rispondersi che ormai era fatta, che ogni ripensamento era inutile.

Mancavano pochi giorni all'incoronazione, quando, una mattina, con un'aria di allarme mista a sorpresa, Anselmo annunciò al conte una visita del tutto inattesa.

«Signore, senza alcun preavviso è qui il vicepresidente della Repubblica, il conte di Lodi Francesco Melzi d'Eril, vuole parlarvi immediatamente. L'ho fatto accomodare nel vostro studio privato. È solo.»

«Il Francesco carissimo... perché piomba qui in questo modo, del tutto inatteso? Senza scorta, poi... È accaduto qualcosa di grave? Vado subito da lui.»

Cesare si precipitò a salutare l'amico, che però lo aspettava in piedi e con un'espressione severa e quando fece per abbracciarlo fu fermato da un suo gesto piuttosto brusco.

«Cesare, sono venuto in questo modo molto informale perché abbiamo un grosso problema che ti riguarda, è accaduto qualcosa di molto grave del quale sei responsabile.»

Carminati fu come folgorato da un'intuizione, aveva capito ma rimase in silenzio, immobile, in piedi, come pietrificato.

«L'arciprete del Duomo di Monza mi ha mandato un suo diacono per informarmi che la corona ferrea con la quale l'imperatore dovrebbe essere incoronato re d'Italia è sparita, non è al suo posto nella cappella di Teodolinda. Appena ho avuto questa informazione sconvolgente ho fatto delle ricerche, mi sono informato in giro e ho saputo una cosa alla quale in un primo momento non ho voluto credere, ma chi mi ha dato l'informazione è credibile e affidabile: la corona ferrea è stata sottratta da gente che ti è vicina, nemici dell'imperatore e nostro futuro sovrano. La cosa per me più grave alla quale non volevo credere è che ora è custodita a casa tua.»

Melzi d'Eril disse queste cose scandendo bene le parole una per una e in tono duro, guardando fisso negli occhi l'amico – ma lo era ancora? – che si sforzava di ricambiare lo sguardo.

«Cesare, avrei potuto fare irruzione in casa tua con una squadra delle mie guardie repubblicane, ma per la nostra vecchia amicizia, che non voglio seppellire nel disonore che non meriti, ho voluto evitarlo.» E, dopo una pausa carica di emozione, aggiunse con un mezzo sorriso un po' forzato: «Anche nel bel ricordo del nostro primo incontro sotto la casa di Milena». Evidentemente si riferiva alla sedicente «contessa» che li aveva iniziati al sesso, entrambi adolescenti; una battuta che servì a smorzare la tensione, tanto che anche Cesare accennò a un sorriso imbarazzato e amaro. «Perciò, amico mio» concluse perentorio, «ti chiedo di restituirmi quel preziosissimo oggetto anche per salvare il nostro rapporto.»

Carminati non reagì, non disse una parola; si limitò ad annuire e chiamò Anselmo – che, com'era consuetudine, aspettava a disposizione fuori dallo studio – e gli ordinò di scendere nella sala del tesoro di famiglia, prelevare la corona e consegnarla direttamente al vicepresidente della Repubblica.

Quando quel preziosissimo oggetto fu tra le mani di Melzi d'Eril nello stesso sacco di tela con cui era stato trafugato, finalmente il conte parlò: «Ti ringrazio Francesco carissimo, per la tua comprensione e generosità. So di avere sbagliato. Ti chiedo solo di dirmi da chi hai saputo».

«Sai benissimo, amico mio, che non posso rivelartelo, sappi solo che non è difficile da immaginare.» E dopo una pausa, quasi sottovoce: «Tuttavia, mi meraviglio che tu ti sia prestato a questa operazione; forse ti hanno circuito, tratto in inganno, comunque per me è tutto dimenticato».

Cesare preferì ancora tacere e i due amici si salutarono con una stretta di mano. Quella sera stessa il prezioso cimelio tornò nella cappella di Teodolinda, stavolta vigilatissimo da un corpo di guardia interamente francese.

Carminati era in difficoltà: umiliato ma anche commosso dal comportamento perfino fraterno di Melzi d'Eril. Tuttavia, superato quel momento di emozione, si trovò a fare i conti con un angoscioso quesito che il suo amico e accusatore non aveva voluto risolvere: chi aveva fatto la spia? Chi lo aveva informato sul nascondiglio del gioiello trafugato?

«Non è difficile da immaginare» gli aveva detto Melzi D'Eril. Dunque, doveva essere uno dei cospiratori, uno dei Filadelfi. E poteva essere solo qualcuno che avesse facile accesso al vertice del governo repubblicano.

Non gli ci volle molto per concludere che Ambrogio Bevacqua rispondeva a questi due requisiti insieme: era uno degli ideatori e organizzatori dell'operazione e, in quanto uomo di fiducia del figliastro dell'imperatore, aveva diretto accesso al governo, al vicepresidente della Repubblica.

Mandò un cameriere in tipografia a chiamare urgentemente Luigi con un biglietto: «Vieni immediatamente, devi aiutarmi a risolvere un problema della massima gravità».

Suo genero si precipitò a palazzo Carminati, col terrore di avere intuito la ragione di quella convocazione. Il chiarimento fra i due fu veloce e sgradevole, perché il piglio accusatorio di Cesare era quasi offensivo, mentre Luigi, per non mancare di rispetto al padre di sua moglie, si difendeva con mitezza. Tuttavia, riuscì infine a convincerlo che la spia non poteva essere Ambrogio, oltre che per la sua lealtà, sulla quale era disposto a giurare, anche per ragioni concrete, perché col suo tradimento avrebbe denunciato i Filadelfi e infine se stesso. Semmai l'accusa poteva comprensibilmente venirgli dall'altra parte, dai bonapartisti.

A fatica, il conte finì per convincersi, anche per la fiducia che riponeva in Luigi. Gli restava perciò da risolvere un problema che lo angosciava. Ma il caso, la fortuna e la fedeltà di chi gli voleva bene lo aiutarono a risolverlo.

A Rita, sebbene inavvertitamente, era capitato si sentire solo l'ultima parte della animata conversazione fra il conte e suo genero mentre si salutavano e Luigi si congedava. Capì di cosa si trattasse e le tornò alla memoria che qualche giorno prima Anselmo, vanitoso e gradasso oltre che antipatico, l'aveva informata con una certa prosopopea che aveva bisogno di uscire per una missione importante.

«Devo andare dal mio precedente signore a cui sono rimasto affezionato per un affare che potrebbe molto interessarlo.»

Rita era una donna intelligente e attenta, e conosceva perfettamente la casa in cui prestava servizio da molti anni, perfino meglio della sua famiglia alla quale era affezionatissima. Le fu facile, perciò, collegare tra loro alcuni insoliti accadimenti degli ultimi giorni: l'arrivo clandestino della corona, che poi lei ebbe modo di ammirare molto prendendosene cura; l'inaspettata e molto informale visita di Melzi d'Eril; l'animata discussione fra il conte e suo genero; la inconsueta e improvvisa visita di Anselmo al suo ex signore. Questi fatti la portavano a concludere che solo l'odioso maggiordomo poteva avere denunciato che la corona trafugata dal Duomo di Monza si trovava in casa Carminati.

Che fare, quindi? Parlarne direttamente col conte Cesare? Temeva di dare l'impressione di essere una spiona intrallazzatrice, ma tenere per sé la conclusione alla quale era arrivata le sembrava disonesto verso Carminati. Meglio chiedere consiglio alla persona a lui più cara, sua figlia Elena.

L'aveva vista nascere, perciò quando andò a incontrarla, signora della sua nuova grande casa e mamma, ebbe per un attimo l'impressione di parlare con un'estranea. Ma appena per un attimo, perché quando la «sua» Elena corse ad abbracciarla, la rivide bambina.

Parlarono a lungo e non solo della vera ragione di quella visita. Quando Rita le sottopose il suo problema, Elena raccontò che Luigi le aveva riferito dell'accordo col conte e alla fine decise: «Stai serena, andrò io a parlare con mio padre e gli riferirò quanto mi hai raccontato e la tua conclusione. Anche perché non possiamo lasciare con lui quell'infido Anselmo, non sarei tranquilla, deve mandarlo via».

Rita fu sollevata, felice anche della prospettiva di liberarsi finalmente dell'odioso maggiordomo.

Il giorno dopo Elena era da suo padre. Il conte non si meravigliò di quella improvvisa visita, senza alcun preavviso, della sua amatissima figlia: accadeva spesso da quando si era sposata e lui ne era felice. Ma quando lei gli riferì le convinzioni e le conclusioni alle quali era arrivata la stimatissima Rita, che ormai era la vera amministratrice della casa, non cadde dalle nuvole. Infatti, per altre vie, partendo dal rapporto di Anselmo con Melzi d'Eril, che egli sapeva essere rimasto molto solido, era arrivato a sospettare qualcosa di simile. Quanto gli raccontò sua figlia convertì immediatamente i sospetti in certezza e la certezza in una decisione istantanea: un'ora dopo due robusti servitori del conte con evidente piacere spinsero l'infido maggiordomo fuori dall'ingresso secondario di palazzo Carminati.

«Adesso vai dal tuo vero padrone a riscuotere il compenso per il tuo tradimento» gli aveva detto Cesare licenziandolo. Ma non ci fu alcun compenso perché ormai anche il suo «vero padrone» non si fidava più di lui.

Intanto, in vista dell'imminente arrivo a Milano dell'imperatore e dell'imperatrice per l'incoronazione a re e regina d'Italia, Elena e Beatrice vollero riunire il loro salotto per parlarne, per cercare di capire cosa sarebbe accaduto, cosa sarebbe cambiato. Temi che portarono molti uomini a partecipare, fra i quali, naturalmente, anche Ambrogio e Luigi.

La preoccupazione più diffusa era che il regno finisse per diventare un'appendice dell'impero e che la Francia finisse per annettersi, di fatto l'Italia: «Dovremo parlare tutti francese?» si chiedevano in molti.

«Non credo che corriamo questo pericolo» obiettò Airoldi «e comunque vi assicuro che molti si sono impegnati per evitarlo, per affermare la grandezza e l'autonomia della cultura italiana. Per esempio, Vincenzo Cuoco, storico e filosofo proveniente dal Molise, una provincia del Regno di Napoli, ha portato da stampare alla nostra casa editrice i primi due tomi di un'importante opera che sta completando: *Platone in Italia*, immaginario viaggio del filosofo greco che descrive l'assoluta originalità della nostra cultura, arricchita proprio dalle differenze dei territori e delle città. Una grandezza, la nostra, che deriva dalla diversità.»

Intervenne Ambrogio: «Non è più un segreto, se mai lo

è stato: Napoleone tiene in grande considerazione l'Italia e Milano, in particolare perché sa benissimo che qui è cominciata la sua scalata al potere. Nessun regno, ducato, repubblica, nessun'altra terra in Europa è stata da lui rispettata come questa. Non penserà mai, perciò, di farne una provincia dell'impero». Cercando di essere più convincente, Ambrogio aggiunse un'informazione importante: «Dopo l'incoronazione Napoleone nominerà viceré d'Italia il suo figliastro o, meglio, figlio adottivo Eugenio di Beauharnais di cui sono al servizio. Ebbene, il nostro futuro viceré non fa che esprimere la sua ammirazione e il suo rispetto per la cultura, l'arte e la storia dell'Italia. Non abbiamo nulla da temere».

«E allora che la smettano di saccheggiare i nostri musei e le nostre chiese» gridò una voce femminile.

«Non è un saccheggio» reagì Bevacqua, palesemente imbarazzato.

Ma quella flebile reazione ne provocò un'altra molto veemente. Dal fondo della sala si alzò un uomo che replicò con forza: «È più di un saccheggio, è una spoliazione e tu sei un servo dei francesi».

«Chi sei? Vigliacco, vieni a dirmele in faccia certe cose.»

«Certo che vengo, eccomi.» Un giovane grande e grosso gli si avvicinò a grandi passi e quando fu faccia a faccia con Ambrogio urlò ancora: «E te lo ripeto, sei un servo di Napoleone!» mentre gli dava un violento ceffone.

Ormai furibondo, il colonnello Bevacqua reagì con uno schiaffo altrettanto violento.

Prima che la situazione degenerasse ulteriormente intervennero Luigi, le due cognate e altri uomini per separare i contendenti ed evitare una rissa generale, giacché alcuni minacciavano di intervenire in appoggio all'uno o all'altro.

Dopo schiaffi e insulti reciproci non c'era che una soluzione per dirimere la questione, per rimediare alle offese: un duello; gridato, deciso e accettato dai due mentre erano trattenuti dai pacieri.

Ambrogio non conosceva il suo contendente; seppe poi che era un certo Ubaldo Sassi, pavese trasferito a Milano per ragioni di lavoro. Il suo odio per Napoleone aveva una tragica spiegazione: suo padre era stato ucciso dai francesi durante la violenta e sanguinosa repressione delle rivolte di Buccinasco e di Pavia.

La scelta dell'arma spettava all'offeso, che in questo caso era difficile stabilire chi fosse; perciò, con la mediazione dei padrini si optò per la spada, che certamente avvantaggiava Ambrogio, esperto militare, sebbene anche del giovane Sassi si diceva che fosse un discreto spadaccino; la pistola era considerata un'arma meno virile. I padrini scelti dai duellanti furono Luigi per Ambrogio, ovviamente, e un concittadino pavese per Ubaldo. Le consuetudini prevedevano anche la presenza di un cosiddetto testimone, una sorta di giudice per il rispetto delle regole e arbitro per la proclamazione del vincitore, e di un medico per ovvie ragioni di sicurezza: per accelerare le operazioni i padrini unirono le due figure e scelsero per testimone un medico militare della Legione.

Come luogo del duello fu scelta una vasta radura appena fuori la Porta Romana, circondata da una boscaglia e al riparo del grande arco. L'appuntamento fu fissato per tre giorni dopo il brutto incidente, alle prime luci dell'alba, come da tradizione. Si era convenuto che il combattimento sarebbe stato «al primo sangue», cioè avrebbe dovuto essere fermato dal testimone non appena uno dei due fosse stato anche solo superficialmente ferito, assegnando la vittoria all'altro che si sarebbe comunque dovuto dichiarare soddisfatto.

Da tempo l'antica pratica del duello era vietata in tutti gli Stati italiani, ma si trattava di un divieto solo formale, dato il gran numero di militari in circolazione, soprattutto dopo l'arrivo dei francesi. Semmai, era regolato molto più severamente, ma in realtà, in questo caso, nessuno degli interessati era abbastanza preparato e informato.

Essendo ormai maggio inoltrato albeggiava molto presto e i duellanti si avviarono per tempo all'appuntamento.

Dopo le ultime formalità – saluti, enunciazione delle regole e inviti alla lealtà – i due furono sollecitati a prendere le rispettive posizioni.

Quanto a Luigi, nella sua insolita condizione di padrino era a disagio: si sentiva fuori luogo, come se stesse facendo qualcosa di illegale e anacronistico, e in parte era proprio così. Ma era anche preoccupato per Ambrogio, sebbene abbastanza fiducioso in una sua vittoria. «Tuttavia, in questi casi» pensava «non si sa mai come finisce.»

Quando i duellanti furono ciascuno nella propria posizione il testimone gridò: «Pronti? In guardia».

Subito dopo, una voce potentissima, con tono imperioso, militare, ordinò: «Fermi tutti! I duelli sono vietati». Quel comando proveniva da un gruppo di uomini in uniforme che usciva di corsa dalla boscaglia. Ambrogio fu il primo a riconoscere l'ufficiale che li comandava: era il generale di divisione Pietro Teulié, seguito da altri due giovani ufficiali e una squadra di graduati e soldati. «In nome della Repubblica Italiana deponete immediatamente le armi, i duelli sono vietati.»

Mentre i militari si avvicinavano, Ambrogio non poté non chiedersi cosa ci facesse lì, al primo albeggiare, quel generale, fedelissimo a Napoleone e da lui molto stimato e molto decorato, un valoroso comandante che dopo le battaglie di Marengo e Varallo era stato ministro della Guerra e della Marina della Repubblica e che solo per un complotto ordito da suoi nemici invidiosi appena un anno prima era stato deposto e arrestato ma subito riabilitato da Napoleone e promosso generale di divisione. Tutto questo e altro passò in un attimo nella testa di Bevacqua che ora, mentre obbedendo deponeva la spada, si chiedeva chi avesse informato Teulié di quello che stava accadendo.

Ebbe subito la risposta quando dalla boscaglia spuntò sua moglie Beatrice subito seguita da Elena.

XIX
Verso il Regno

Quando aveva saputo del duello, Beatrice non aveva avuto dubbi o esitazioni: doveva impedirlo a ogni costo, perché sarebbe stato comunque pericoloso per suo marito. Sapeva quanto fosse abile spadaccino, malgrado questo però non voleva neppure pensare alla possibilità che fosse ferito o… peggio. Tuttavia, se pure fosse rimasto illeso, come lei sperava con tutto il cuore, avrebbe ferito e, chissà, forse perfino ucciso il suo avversario, con tutte le inevitabili conseguenze. Sarebbe stato comunque un guaio. Come fermare questa assurda sfida? Chi avrebbe potuto? Lei no di certo. Ambrogio la rispettava molto, sempre la ascoltava e la assecondava, ma questa vicenda evidentemente riguardava solo lui, era cosa da uomini, da soldati e basta. Forse solo un altro uomo, un militare molto più alto in grado sarebbe riuscito a fermare il colonnello Bevacqua.

Sapeva quanto suo marito ammirasse e rispettasse Teulié: corse quindi al comando di divisione, dove riuscì agevolmente a farsi ricevere dal generale, che subito condivise le sue preoccupazioni e le promise di intervenire. Beatrice chiese e ottenne di poter partecipare all'intervento e per farsi coraggio portò con sé Elena, che lei chiamava «la mia quasi sorella».

Quando i duellanti deposero le spade, il generale si avvicinò al colonnello e lo rimproverò aspramente, ricordandogli che non solo i duelli erano vietati ma, in particolare, il codice d'onore eccezionalmente e informalmente li consentiva solo fra militari di pari grado, e mentre diceva questo lanciava occhiatacce a Ubaldo, peraltro completamente ignorato.

«Siamo a pochi giorni da un evento storico per la nostra patria, l'incoronazione dell'imperatore Napoleone a re d'Italia, non potete macchiarla con una simile stupidaggine.»

A queste parole, Bevacqua si chiese come avrebbe reagito il generale se avesse saputo della sottrazione della corona ferrea.

Comunque, Teulié gli assicurò che questo tentato duello non avrebbe avuto alcun seguito né giudiziario né disciplinare e infine costrinse i duellanti mancati a stringersi la mano, cosa che fecero molto evidentemente controvoglia.

Mentre tornavano a casa mesti e silenziosi – solo Elena parlava per abbassare la tensione – Ambrogio fu preso da un forte sentimento di tenerezza e gratitudine per sua moglie che solo per amore era riuscita a evitargli qualcosa che, in realtà, non aveva alcuna voglia di fare.

D'altra parte, considerava frustrante, se non umiliante, che per impedirgli di compiere un grave errore si fosse mosso perfino un generale di divisione ex ministro della Guerra e della Marina.

Poi però non riuscì a dimenticare quello che Teulié gli aveva ricordato, piuttosto brutalmente, quando era intervenuto per riportarlo alla realtà: l'avvicinarsi dell'incoronazione di Napoleone. Nel recente trambusto emotivo lo aveva completamente dimenticato; sebbene, ora ricordava, la sfida con Ubaldo fosse stata originata proprio da uno scontro verbale sul Regno e sul suo futuro.

Tuttavia, su cosa sarebbe stato il Regno, Ambrogio aveva le idee confuse: quanto libero dalla Francia, autonomo indipendente? Embrione di uno Stato nazionale italiano? La Francia lo avrebbe consentito? Sentiva il bisogno di parlarne, di confrontarsi, ma non pubblicamente, fra estranei nel «salotto delle due cognate», nell'affollato Caffè Nuovo o in qualche altro ritrovo per poeti, prosatori e sfaccendati. No, voleva confrontarsi con persone fidate e intelligenti, amici molto stretti o addirittura parenti.

Ne parlò con Luigi e insieme organizzarono in gran fretta – il tempo stringeva ormai – una cena a Palazzo Carminati, con grande piacere del conte Cesare che, sebbene sempre più ostile a Napoleone, oltre al piacere di avere a casa per una sera Elena e i suoi affini, era anch'egli molto interessato a capire in che direzione si stesse andando. Furono invitati anche amici affidabili e stimati come Carlo Porta e Vincenzo Monti con sua moglie, la bella attrice Teresa Pikler. Non poté essere presente, con rammarico di tutti ma in modo particolare della signora Pikler Monti, Ugo Foscolo, il cui parere pure sarebbe stato apprezzatissimo: come abbiamo detto, era in Francia da mesi, volontario nell'esercito con cui l'imperatore progettava di invadere l'Inghilterra.

Ma la più felice di questo straordinario evento domestico fu Rita Ciardi, e non soltanto perché aveva vicino la sua amatissima Elena, sebbene solo per una sera: dedita ormai per lo più al ruolo di governante dopo la partenza di Filippo, poteva finalmente tornare a fare mostra delle sue prodezze gastronomiche – «come ai bei tempi» disse quasi commossa dalla nostalgia.

L'ottimo rosso dell'Oltrepò, che a casa Carminati non mancava mai, agevolò molto la conversazione. Alla quale parteciparono poco i due nonni, Cesare, il padrone di casa, e il consuocero Gianarturo: felici di esserci, temevano di rovinare la serata mostrandosi troppo ostili a Napoleone e disinteressati, oltre che molto pessimisti, al futuro del nascente Regno d'Italia. Non sapevano, i due patriarchi, che, sebbene con motivazioni diverse, l'ostilità per l'imperatore non era più solo prerogativa dei vecchi conservatori nostalgici dell'Austria, come pure i dubbi e le perplessità per la nuova forma istituzionale che andava ad assumere la Repubblica. Questo ritorno fuori tempo alla monarchia, e soprattutto a una monarchia molto diversa, appariva, anzi, quasi blasfemo a chi era stato giacobino, repubblicano rivoluzionario e bonapartista della prima ora.

Tutti si trovarono d'accordo, comunque, nel considerare certo e inevitabile il predominio francese, si trattava solo di vedere quanto sarebbe stato invadente e prepotente. L'esperienza di quegli otto anni di presenza bonapartista a Milano non era rassicurante.

Consapevole della sua posizione alquanto ambigua, Ambrogio cercò di tranquillizzare gli scettici.

«Sapete che Eugenio di Beauharnais sarà il viceré, sarà lui di fatto a reggere il Regno in nome dell'imperatore. Ebbene, vi posso assicurare che ama molto l'Italia con la sua cultura e la sua storia e non potrà che rispettarla. Abbiamo molto parlato di questo ed è arrivato a dirmi che si comporterà come un milanese. Proprio così ha detto: come un milanese. Credo che il suo sarà un buon governo.»

«E le tasse?»

Fino a quel momento, per tutta la durata della cena, Porta aveva solo amabilmente chiacchierato con Beatrice accanto alla quale era seduto; nessun giudizio sul futuro del Regno. D'altra parte, era nota a tutti la sua diffidenza, se non ostilità per Napoleone e la Francia – Luigi lo sapeva da quel 15 maggio, quando a Porta Romana si conobbero assistendo all'ingresso di Bonaparte a Milano.

«Scusatemi, cari amici, se ho interrotto la vostra raffinata conversazione di alta politica ma è noto che, pur cambiando forma, il nuovo Stato eredita la situazione finanziaria del precedente. Una situazione disastrosa, le casse sono desolatamente vuote per mantenere un esercito sproporzionato alle nostre dimensioni e per contribuire largamente al mantenimento di quello francese. Le guerre di Napoleone, amici miei, sono molte e molto costose e siccome le paghiamo anche noi, non resta che aumentare ancora una volta le tasse già esagerate.»

«Non mi risulta che il viceré abbia intenzione di farlo» reagì imbarazzato Ambrogio.

«Io, purtroppo, temo di sì. Pare, infatti, che il futuro gran cancelliere del Regno – che poi sarà lo stesso vicepresidente della Repubblica Francesco Melzi d'Eril che semplicemente cambierà la targa di bronzo sulla porta del suo ufficio – per evitare la catastrofe economica abbia intenzione di assumere come ministro delle Finanze il novarese Giuseppe Prina, che svolse lo stesso incarico per il re di Sardegna guadagnandosi la pessima reputazione di affamatore del popolo. Ecco, se arriva quel Prina, sarà un disastro, ci strizzerà uno per uno fino all'ultima goccia di sangue. Chi lo conosce lo informi che tartassare troppo i milanesi alla lunga può diventare pericoloso. Potrebbe farglielo sapere, caro Ambrogio, lo stesso Beauharnais che dice di voler governare come un milanese.»

A quel punto a Monti sembrò opportuno tentare di cambiare argomento per alleggerire la serata e si mise a parlare del suo lavoro, in particolare della traduzione dal greco antico all'italiano dell'*Iliade*: «Sarà conclusa fra qualche anno».

E invitò sua moglie a recitare qualche brano delle sue prestazioni teatrali. Fu un modo piacevole per concludere la serata ma tutti se ne tornarono a casa con gli stessi dubbi con cui l'avevano cominciata.

Per la gioia del conte Cesare restarono qualche minuto in più sua figlia Elena con il marito. Dopo uno scambio di informazioni di carattere famigliare e di affettuosità, Carminati chiese: «Ma voi, come la pensate voi, figli miei? Che idea vi siete fatta di questo Regno che sta nascendo? Credete anche voi, come credo io, che finirà per perdere ogni residua autonomia e per essere annesso alla Francia?».

«Dobbiamo riconoscere, signore» con questa forma rispettosissima Luigi si rivolgeva al suocero, «che nessuno dei molti territori europei conquistati da Napoleone ha l'autonomia e i trattamenti privilegiati finora concessi a noi. Questo mi fa sperare che col tempo egli voglia farne il nucleo intorno al quale potrebbe farsi l'Italia tutta.»

Il conte mosse la testa come sconsolato, mostrando poca fiducia in questa possibilità.

«Il fatto è» intervenne Elena col tono di chi vuole chiuderla lì «che voi tutti, anche chi è già andato via e tanti altri amici e conoscenti, ragionate come se Napoleone e il suo impero fossero eterni e imbattibili. Ma non dimentichiamo che contro di lui si vanno coalizzando forze sempre più agguerrite, altre potenze, altri regni e altri imperi che non vogliono sentirsi continuamente minacciati da lui. È evidente che l'Inghilterra e la Prussia, la Russia e l'Austria, quello che era il Sacro romano impero, non hanno intenzione di rassegnarsi a questa situazione. Quanto e fino a quando potrà resistere?»

I due uomini furono come sorpresi da questa nuova prospettiva che non avevano preso in considerazione e insieme annuirono, guardando con ammirazione Elena, dalla quale forse perfino Luigi non si aspettava tanta capacità di analisi e tanta determinazione.

Pochi giorni dopo, il 22 maggio, tre carrozze imperiali scortate da un drappello di cavalleggeri uscirono da Porta Orientale dirette a Monza.

Gli ufficiali che si trovavano a bordo delle vetture avevano una missione precisa: andare a prelevare la corona ferrea dalla cappella di Teodolinda, portarla a Milano e deporla sull'altare maggiore del Duomo dove sarebbe stata custodita giorno e notte da squadre di giovani monzesi della Guardia nazionale per evitare altri sgradevoli incidenti, come quella sciagurata sottrazione sulla quale era stato mantenuto il più stretto segreto.

Sulla prima delle tre carrozze viaggiavano due ufficiali incaricati di tenere personalmente la corona, sulle altre due l'agguerrita scorta di giovani monzesi che avrebbe vigilato finché il prezioso cimelio non fosse tornato al suo posto.

Nei quattro giorni che mancavano a quello che i più convinti bonapartisti annunciavano come «un fatto storico memorabile», cresceva di ora in ora un'ansiosa attesa, soprattutto per lo spettacolo, che il popolo prevedeva grandioso.

«Finalmente vedremo l'imperatrice», «... e le sorelle di Napoleone, gli somiglieranno?», «Chissà che magnifici vestiti», «... e le nuove uniformi militari, di solito quelle napoleoniche sono splendide.»

Questo era il tenore dei commenti tra la gente, nelle case, nelle strade, al mercato: poca politica, poco interesse a scoprire cosa sarebbe cambiato nella vita di tutti i giorni.

«Il popolo ormai vuole solo stabilità, non è interessato ad altro» si dicevano Luigi ed Elena, che spesso, a volte in compagnia di Carlo Porta, passeggiavano fra la gente proprio per percepirne gli umori. Ambrogio e Beatrice, invece, erano concentrati sui preparativi del grande evento. In quella situazione, concordavano le due cognate, inutile aprire il loro salotto, meglio aspettare di avere le idee chiare sulla nuova situazione.

Ma alcuni non avevano intenzione di restarsene tranquilli in attesa di vedere come sarebbero andate le cose dopo l'incoronazione, perché semplicemente non accettavano la nascita di un Regno d'Italia con Napoleone sul trono. Fra questi, naturalmente e più di tutti, i Filadelfi.

La frustrante conclusione del tentato sequestro della corona ferrea, la consapevolezza di avere progettato e compiuto un gesto maldestro e ingenuo, li aveva convinti che il problema non poteva essere ridotto semplicemente all'incoronazione, quale che fosse la corona.

Ormai ne erano certi: il problema era Napoleone.

Per far fallire «il progetto dell'Italia ridotta a un regno fantoccio nelle mani di un tiranno francese, forse peggio che sotto l'Austria» – in questi termini si esprimevano – l'unica cosa da fare era eliminare Napoleone.

Bastarono un paio di riunioni nella loro abituale chiesetta sconsacrata sul Naviglio Pavese per arrivare a questa conclusione e progettare un'operazione temeraria quanto nessun'altra. Era evidente che l'unica occasione e quella più carica di significato sarebbe stata la stessa cerimonia prevista in Duomo. Il regicida volontario – non avrebbe potuto essere che volontario – avrebbe dovuto arrivare da solo fino al luogo della cerimonia, presumibilmente all'altare maggiore, per uccidere il tiranno. L'eroico novello Bruto sarebbe poi quasi certamente stato a sua volta ucciso sul posto da più d'uno dei molti fedelissimi dell'imperatore presenti. Anche se non si poteva neppure escludere, secondo i più ottimisti, che infine avrebbe perfino potuto riuscire a salvarsi la vita fuggendo e mescolandosi tra la folla certamente numerosissima e fitta.

Il piano era quanto mai temerario e a molti sembrava quasi solo un'ipotesi fantasiosa e irrealizzabile, se non altro perché trovare un volontario regicida disposto poi a immolarsi per la causa sembrava a tutti realisticamente impossibile.

E invece, questo che era evidentemente l'ostacolo più arduo, fu superato con insperata rapidità, perché il volontario si fece subito avanti e fu per tutti una sorpresa, un'enorme sorpresa: a candidarsi per questa missione quasi certamente suicida fu don Gervaso. Lo fece con la massima tranquillità, quasi con indifferenza e sulle labbra un leggero sorriso appena velato di ironia, come se trovasse divertente lo stupore che stava suscitando. Quindi, anticipando domande e richieste di spiegazioni, con calma motivò questa sua scelta.

«Sono ben consapevole, cari amici, di quanto tuttora voi troviate strana, anomala, quasi incomprensibile la mia presenza qui, la presenza di un prete tra voi. Ebbene, sappiate che mi sono associato ai Filadelfi non per amore della libertà o per il riscatto della patria. No, niente di tutto questo; sono entrato a far parte della vostra associazione solo per una ragione: arrivare a uccidere Napoleone.»

Allibiti, i Filadelfi continuavano a tacere e a scuotere il capo come chi non capisce.

«Perché? Per un'opera di giustizia, per dare pace alle anime delle decine, delle centinaia di religiosi, preti, frati, monache, semplici credenti che non hanno rinnegato la fede per avere salva la vita, come era stato chiesto loro mentre salivano i gradini del patibolo per andare alla ghigliottina; per le migliaia di contadini della Vandea massacrati insieme a quanti si opponevano al programma di scristianizzazione forzata della Francia: in seminario ci arrivavano notizie terribili...» Don Gervaso si fermò per un momento a riflettere guardando nel vuoto come se avesse improvvisamente ricordato qualcosa. «Io ero in corrispondenza – come allora si usava in certi seminari, si chiamava "corrispondenza di fede", uno scambio di riflessioni – con un'anziana religiosa, una delle trentadue suore di Orange mandate al patibolo insieme a più di trecento confratelli martiri per non avere rinnegato Cristo. Quando ho saputo di questa orribile barbarie pagana, ho capito cosa dovessi fare, qual era la mia missione. D'altra parte, ricordate certamente cos'è successo non lontano da qui, i massacri di Binasco e di Pavia e quella violenta retata di sacerdoti fatta dai francesi subito dopo il loro arrivo a Milano e culminata con la fucilazione del parroco del Duomo Giuseppe Pacciarini… Insomma, potrei andare avanti per ore a descrivervi la violenza sanguinaria dell'Anticristo, ma non voglio annoiarvi, voi già la conoscete. Spero solo di avere spiegato le ragioni della mia offerta. Io so che il Signore mi chiede questo sacrificio, quest'opera di giustizia.»

Queste ultime parole bloccarono qualunque altra richiesta di chiarimenti. L'unico a riprendere la parola fu Luigi, incuriosito più del solito dalla figura di quello stranissimo prete.

«E come pensi di fare? A me sembra un'azione disperata.»

Naturalmente don Gervaso si aspettava questa domanda ed era preparato alla risposta, che fu immediata.

«Sarò in Duomo con largo anticipo sul programma in modo da potermi sistemare non lontano dall'altare dove dovrebbe avvenire l'incoronazione. Indosserò l'abito talare e la stola, come se avessi qualche ruolo ufficiale nella cerimonia. Quando arriverà il tiranno, certamente in un primo tempo starà in piedi per salutare il suo popolo e per farsi osannare. Io uscirò dalla folla dirigendomi rapidamente verso di lui con l'atteggiamento di chi ha un ufficio religioso da compiere. Grazie al mio abbigliamento e forse anche per la sorpresa, nessuno mi fermerà. Saliti tre gradini sarò nell'area presbiteriale dove, alla sua destra Napoleone avrà la moglie Giuseppina che secondo il protocollo dovrebbe arrivare prima di lui per aspettarlo. Davanti a lui ma, credo, spostato a sinistra per lasciargli la visuale della navata, ci sarà l'arcivescovo Filippo Maria Visconti; anche lui lo avrà aspettato in piedi non lontano dalla corona ferrea, prima deposta sull'altare. Attraverserò tutta l'area presbiteriale e arriverò a un passo dal tiranno. Tutti bloccati dalla sorpresa, nessuno mi fermerà.»

Don Gervaso fece una pausa per osservare, con un certo compiacimento, l'effetto prodotto dalle sue parole. Tutti ascoltavano silenziosi e attentissimi.

«Quando gli sarò arrivato abbastanza vicino» riprese scandendo bene le parole una per una, «non dovrò fare altro che lasciar scivolare nella mia mano il pugnale nascosto nell'ampia manica della tonaca e piantarglielo nel cuore, anche più volte, se mi sarà possibile.»

Tutti tacquero, come paralizzati, come se il fatto fosse già avvenuto. Qualcuno sembrava approvare con un leggero movimento del capo.

L'unico che accennò a voler dire ancora qualcosa fu Ambrogio. Pensava che dovendo stare accanto a Eugenio di Beauharnais si sarebbe trovato quasi al centro della scena del regicidio. Cosa avrebbe dovuto fare, accennare a bloccare l'assassino o fingere di restare paralizzato dall'orrore per quanto stava accadendo? No, non poteva far finta, era un soldato, un alto ufficiale della Legione, molto vicino alla famiglia imperiale e perfino aiutante di campo del futuro viceré d'Italia: poteva solo, quanto meno, dare l'impressione di voler bloccare l'assassino. Ma come, in che modo? Ambrogio, allarmatissimo, si stava rendendo conto di quanto fosse difficile e pericolosa la situazione nella quale, anche per sua volontà, aveva finito per trovarsi.

«E dopo?» chiese a don Gervaso ma rivolgendosi a tutti. «Dopo ti salteranno addosso almeno in dieci e ti giustizieranno sul posto lasciandoti per terra in un lago di sangue. Sei pronto a questo?»

«Sono pronto da quando ho concepito questo progetto di giustizia: sono pronto perché so che il Signore è con me, guiderà la mia mano e avrà cura della mia anima.» Aveva pronunciato queste parole con aria ispirata. Ma subito aggiunse, quasi sottovoce: «Tuttavia, c'è anche una remota possibilità che io riesca a mettermi in salvo. Mi sono preparato, so bene com'è fatto il Duomo, l'ho esplorato in ogni dettaglio. A sinistra dell'abside, all'altezza del grande coro ligneo c'è l'ingresso di una delle due sacrestie, quella settentrionale, alla quale si accede da un grande portale di solito chiuso ma che ovviamente è aperto durante le cerimonie religiose. Quando avrò ucciso l'Anticristo, se non sarò ancora stato bloccato, fuggirò in quella direzione, entrerò nella sacrestia, un locale molto ampio in fondo al quale, dietro una pesante tenda di velluto rosso scuro è nascosta una porta metallica chiusa dall'interno con un chiavistello a scorrimento facile da muovere. Quella porta dà direttamente sulla strada che costeggia l'abside, non mi resterà che aprirla, uscire in strada e darmi alla fuga. Se Dio vorrà potrò mettermi in salvo».

Tutti avevano ascoltato in silenzio, presi da una turbata e quasi ansiosa costernazione. E in silenzio rimasero, a lungo, finché don Gervaso, dopo aver ammonito: «Naturalmente conto sulla vostra lealtà», senza salutare, si alzò e se ne andò. Muta e pensierosa, la riunione si sciolse spontaneamente.

A quel punto Luigi e Ambrogio si guardarono, e dopo un cenno d'intesa uscirono insieme e si avviarono verso il centro della città costeggiando il Naviglio Pavese.

Fu Ambrogio a rompere un lungo silenzio. «Quell'uomo è completamente pazzo.»

«Se non è pazzo» aggiunse Luigi, «quanto meno è ottenebrato da un'insana concezione della fede, da un acuto desiderio di vendetta e da un perverso senso della giustizia. E poi, quell'idea assurda di riuscire a farla franca... Tutto quello che ha raccontato è accaduto, lo sappiamo, ma non è stato certo solo Napoleone a spargere tanto sangue innocente, non ha inventato lui la ghigliottina, non è sua l'ossessione di scristianizzare. È una storia cominciata con un'interpretazione estrema dell'illuminismo, del primato della ragione. Una storia cominciata quando lui era ancora ad Aiaccio. E poi, in realtà, Bonaparte ha messo fine all'ultimo giacobinismo, sia in Francia sia da noi.»

«Assassinarlo alla vigilia dell'incoronazione» aggiunse Ambrogio «scatenerebbe solo una reazione violenta da parte delle truppe francesi, una reazione indiscriminata contro la città e tutti i milanesi: conosciamo i loro metodi.»

«Noi non vogliamo vendetta ma libertà e giustizia, non essere soggetti ai francesi come agli austriaci. Vogliamo un'Italia unita e indipendente. Peraltro, non è stato Napoleone per primo a creare uno Stato che porta il nome d'Italia? Certo, non proprio indipendente, ma lasciamo che ci pensino la storia e il tempo, forse dovremmo solo decidere di proseguire su questa strada.»

«Comunque, Luigi, ora dobbiamo bloccare quel pazzo se vogliamo evitare le disastrose conseguenze del suo gesto. Hai ragione tu, ormai nulla possiamo fare per evitare che Napoleone diventi re d'Italia e con la corona ferrea.» E dopo un momento di riflessione: «Penso io a fermare don Gervaso».

«Come?»

«Non preoccuparti. Anzi è meglio che tu non lo sappia. Ti dico solo che ho le forze e l'autorità per provvedere.»

Luigi, fiducioso sebbene non del tutto convinto, assentì ma con un'espressione pensierosa.

XX
L'incoronazione

Mancavano tre giorni all'incoronazione. Poco dopo l'alba don Gervaso stava celebrando in San Calimero la prima messa del mattino. A quell'ora il rito era frequentato di solito da pochi fedeli, generalmente donne molto anziane. Arrivato all'Eucarestia, somministrata ad appena tre vecchiette, il prete ebbe la sensazione che da qualche parte provenisse uno scalpiccio di passi pesanti, strano in una chiesa a quell'ora; perciò, concluse frettolosamente con la benedizione e si ritirò in sacrestia dove trovò ad aspettarlo, comandati da un ufficiale, alcuni militari della Guardia, due dei quali subito gli si affiancarono mentre l'ufficiale intimava: «Don Gervaso, dovete seguirci immediatamente, raccogliete quanto di vostro avete qui e venite con noi».

«Dove?» chiese il prete dopo un momento di esitazione.

«Andiamo al Sacro Monte sopra Varese, il Santuario Mariano è la vostra nuova sistemazione disposta dal cardinale arcivescovo.»

«Perché questo trasferimento? E perché una scorta militare, sono prigioniero?»

«Sua eminenza vuole avere la certezza che voi eseguiate il suo ordine. Dobbiamo partire immediatamente, reverendo, perché, come forse sapete, la strada è lunga, una salita impervia. Qui fuori ci aspettano i cavalli, compreso quello per voi, che ci porteranno a destinazione. Raccogliete in fretta le vostre cose.»

A don Gervaso ormai era chiaro lo scopo di quel trasferimento forzato: volevano impedirgli di compiere la sua opera di giustizia, uccidere il tiranno, ricacciare l'Anticristo all'inferno. Ma chi voleva impedirglielo? Chi aveva rivelato le sue intenzioni? Certamente qualcuno dei Filadelfi, solo loro conoscevano le sue intenzioni, era stato ingenuo a parlarne.

«Sia fatta la volontà del Signore» fu comunque la docile risposta conclusiva di don Gervaso mentre infilava in una sacca di pelle i suoi pochi paramenti sacerdotali, i Vangeli, la Bibbia, un vecchio e prezioso rosario in osso e un piccolo crocifisso in legno, ricordi di sua madre, il breviario, *Le confessioni* di sant'Agostino e pochi altri libri. «Eccomi, sono pronto.»

Conosceva e amava la strada per il Sacro Monte, un santuario voluto da san Carlo Borromeo, l'aveva percorsa altre volte in pellegrinaggio. Sapeva che, abbandonata la pianura, iniziava una lunga strada sulle prime alture verso Varese e poi la ripida salita, un cammino di preghiera lungo il quale s'incontravano quattordici cappellette, edicole evocative dei misteri del Rosario: «Lo reciterò lungo la strada per chiedere perdono della mia superbia» si ripromise don Gervaso.

Uscirono sul sagrato dove erano pronte le cavalcature custodite da un militare, montarono e partirono, diretti verso nord. Avevano acqua e viveri. Stava cominciando una bella giornata di fine maggio; il sole, già tiepido, era ancora appena sopra l'orizzonte e a tratti nascosto dalle ultime costruzioni della periferia finché non furono fuori dalla città. I soldati parlavano e ridevano tra di loro.

L'ufficiale procedeva silenzioso accanto a don Gervaso, il quale per tutto il percorso, invece di recitare il Rosario come si era ripromesso, non ebbe altro pensiero che cercare di capire chi l'avesse tradito, convinto che in realtà lo stessero portando a morte, che arrivati sul Sacro Monte lo avrebbero giustiziato.

Ritrovò un po' di serenità solo dopo avere aperto la Bibbia al libro dei Salmi per leggerne alcuni, in particolare il suo preferito, il Salmo 23 di Davide, un'invocazione piena di speranza che gli dava serenità e fiducia in se stesso, che gli diceva di essere protetto e amato: «Il Signore è il mio pastore: non manco di nulla. Su pascoli erbosi mi fa riposare, ad acque tranquille mi conduce. Rinfranca l'anima mia, mi guida per il giusto cammino...».

Ma non bastò, continuò a chiedersi chi l'avesse tradito. Non poteva sapere che, congedatosi da Luigi dopo quella riunione dei Filadelfi nella quale il prete aveva rivelato le sue intenzioni, Ambrogio era corso da Teulié e, naturalmente senza rivelargli la sua affiliazione ai Filadelfi, gli aveva confidato di essere stato «informato da fonte attendibilissima della volontà di un folle e fanatico sacerdote di uccidere Napoleone durante la cerimonia d'incoronazione». Non gli fu difficile convincere il generale che quel «proposito criminale» andava bloccato a ogni costo: fece il nome di quel sacerdote e indicò dove trovarlo.

Nonostante la formazione giacobina e le convinzioni rigidamente anticlericali, il generale, anche per ragioni di Stato, era in ottimi rapporti con il cardinale arcivescovo Filippo Maria Visconti. L'amicizia, nota nell'ambiente perché bizzarra, era cominciata quando, nei primi tempi dopo l'arrivo dei francesi, Teulié aveva generosamente acconsentito a una richiesta del prelato riuscendo a evitare che alcune chiese della diocesi ambrosiana, dopo essere state saccheggiate, fossero trasformate in scuderie o depositi di armi, com'era già avvenuto in molte altre.

«Se vogliamo evitare che don Gervaso dia seguito al suo proposito criminale e poi magari venga imprigionato, processato per alto tradimento e condannato a morte e la conseguente probabile durissima reazione francese sulla città» disse Ambrogio all'amico generale «c'è solo una possibilità: che il cardinale lo trasferisca d'autorità e immediatamente il più lontano possibile. La diocesi è molto grande...»

«Voi e io andremo insieme dal cardinale.»

Monsignor Visconti capì benissimo la situazione e, anche

per l'amicizia che lo legava al generale, si disse senz'altro disponibile e stilò immediatamente l'ordine di trasferimento.

«Chiedo solo che per ragioni di sicurezza, per evitare una sua fuga di cui da quanto capisco sarebbe capace, quel sacerdote venga accompagnato alla sua nuova destinazione da una scorta militare.»

Fu così che all'alba del giorno dopo i militari andarono in San Calimero a prelevare don Gervaso.

Quando Ambrogio lo raccontò a Luigi, questo emise un sospiro di sollievo.

«Bravo, caro amico mio, hai evitato, abbiamo evitato una tragedia storica e un disastro per la nostra città.»

Domenica 26 maggio era una splendida giornata, la piazza del Duomo era gremita fino dall'alba, nella cattedrale erano rimasti liberi solo gli spazi riservati a nobili, notabili, alti gradi dell'amministrazione e personalità considerate importanti. Elena e «il famoso editore», come ormai era conosciuto Luigi Airoldi, arrivati prestissimo, erano fra questi. Beatrice era con loro mentre suo marito Ambrogio stava al fianco del futuro viceré Eugenio sulla vasta tribuna sistemata ai piedi dell'altare maggiore, tappezzata di velluti blu e rossi e con decorazioni dorate. Appositamente allestita per la cerimonia, avrebbe ospitato tutte le figure direttamente coinvolte e vicine a Napoleone. Mentre il colonnello Bevacqua era in alta uniforme, Luigi, Elena e Beatrice avevano fatto la scelta polemica di indossare abiti austeri, quasi spartani: non c'era niente da festeggiare.

I loro genitori, Gianarturo e Cesare, i consuoceri fortemente ostili a Napoleone, ai francesi e a quanto stava accadendo, erano rimasti a casa e per tutto il giorno non sarebbero usciti, intenzionalmente e polemicamente. Cercavano ostentatamente di non vedere e non sentire e quindi di non partecipare in alcun modo.

Per essere occupato e perciò distratto, papà Airoldi aveva scelto il lavoro più impegnativo fra quelli che aveva da completare, rifiutando anche in malo modo la collaborazione dei suoi tipografi. Si trattava di un'edizione preziosa, ordinatagli da un ricco grossista di tessuti come regalo per i diciotto anni di suo nipote, della versione originale dell'*Orlando furioso* di Ludovico Ariosto, stampata su pregiatissima carta a mano di Fabriano con un particolare e molto costoso inchiostro blu di quelli fatti venire appositamente dalla Cina. Poi la copertina sarebbe stata confezionata in pelle di capretto con impressioni in oro. Comunque, la concentrazione necessaria per questo impegno non bastava a distrarlo da quanto stava accadendo in Duomo e a fargli passare il pessimo umore.

Il conte Carminati, invece, già il giorno seguente l'umiliante episodio della visita di Melzi d'Eril venuto a recuperare la corona ferrea, dopo una notte insonne si era trasferito nel suo feudo di San Giovanni in Croce. Sperava che la solitudine – nella villa, oltre ai contadini, c'erano solo un cameriere e una cuoca – e la distanza dalla scena di quel fatto gli consentissero di superare la frustrazione. Forse, sperava, anche aiutato dalla rilettura delle prime poesie scritte dalla sua Elena quand'era bambina su quaderni che poi un papà fin troppo premuroso aveva voluto mettere in salvo. Li custodiva quasi religiosamente in quella lontana villa dalle parti di Cremona per evitare che, crescendo, Elena li perdesse o, Dio non voglia, arrivasse a distruggerli, vergognandosene, come spesso fanno alcuni artisti.

Erano poesie dedicate alla mamma ancora viva, a una sua amichetta del cuore, alla puledra che il papà le aveva regalato e con la quale aveva imparato a cavalcare. Ce n'erano anche un paio per lui: leggendole, nonostante gli sforzi, non riuscì a trattenere la commozione.

In effetti, la lettura di quei tenerissimi e ingenui versi infantili funzionò da balsamo sulle ferite provocate da quel brutto accidente, ma lo aiutò anche a non pensare a quanto stava accadendo a Milano, a quello che per lui era «l'investitura di un tiranno», a rimuovere l'immagine «da incubo» di Napoleone con la corona ferrea sul capo.

In Duomo l'attesa si protraeva: «Siamo arrivati troppo presto» cominciò a recriminare Elena quando le dieci erano già passate. Luigi non reagì, era di pessimo umore, anche perché aveva dovuto alzarsi prestissimo, perfino prima del suo solito, per assistere a un evento che per molte ragioni considerava in forte contrasto con le sue idee politiche.

«Non potevamo fare altrimenti» intervenne Beatrice.

«Ormai ragioni come tuo marito, come un ufficiale napoleonico» reagì la cognata.

A interrompere il battibecco, intervenne improvviso, creando un'atmosfera di solennità e di gioia, un fragoroso e continuo scampanio a distesa prodotto da tutti i campanili milanesi.

Verso le undici, decine di batterie di cannoni, disposte opportunamente in posizioni strategiche dentro e fuori le mura, presero a sparare a salve senza sosta: salutavano l'arrivo dell'imperatrice Giuseppina di Beauharnais accompagnata dalla principessa Elisa Bonaparte, sorella minore di Napoleone, che andarono a sistemarsi sulla tribuna.

«Non si può dire che sia bella» osservò Elena, «assomiglia troppo al fratello.»

«Insomma, è tutta una cosa in famiglia» ironizzò Luigi, e stavolta Elena e Beatrice trattennero a stento una risatina mentre, entrando dal gigantesco portale in bronzo spalancato, cominciava sfilare nella navata centrale il corteo aperto da due reparti di guardie italiane e francesi e poi, secondo un ordine gerarchico prestabilito, araldi, paggi, maggiordomi e altri addetti alle residenze imperiali. Quindi, una teoria di nobili, alti ufficiali e alti prelati portava, tenendoli tutti in bella vista, simboli e oggetti rappresentativi della storia d'Italia, della memoria e del potere, a cominciare dai cosiddetti «onori» di Carlo Magno, cioè la corona, lo scettro e la verga con la «Mano della Giustizia» e la spada. «La prendono da lontano» commentò ancora sarcastico Luigi, «sembra che vogliano dimostrare che il dominio francese su queste terre è molto antico, quindi spetta loro di diritto.»

«Veramente a me sembra che a loro spetti semplicemente perché hanno ripetutamente sconfitto gli austro-russi e preso il loro posto» fu la realistica e cinica reazione di sua sorella.

Seguirono gli «onori d'Italia», i simboli del potere, cioè, del re d'Italia: la corona ferrea portata da Francesco Melzi d'Eril, che in quei momenti non poté non andare con la mente alla confusa vicenda del trafugamento, poi lo scettro e la Mano della Giustizia retti da altri importanti personaggi politici delle Repubbliche napoleoniche italiane. Quindi l'anello regale portato su un cuscino di velluto blu e, finalmente, la spada, impugnata con la punta verso l'alto dal principe Eugenio di Beauharnais.

«L'arma simbolo e strumento della forza e del vero potere è stata affidata al suo figlio adottivo: è un'evidente, palese investitura» osservò Beatrice con un certo compiacimento, pensando al ruolo di suo marito accanto al viceré, «adesso mi aspetto almeno la promessa promozione a generale.»

«Attenta Bea» ammonì bonariamente Elena, «l'ambizione, se non controllata può essere pericolosa.»

«Tranquilla, mia cara, saprò controllarla» fu la risposta altrettanto bonaria.

Finalmente arrivò Napoleone. Sulla soglia del Duomo lo avevano atteso il cardinale legato pontificio Giovanni Battista Caprara Montecuccoli, in rappresentanza del papa, e uno stuolo di vescovi provenienti dalle diocesi del nascente Regno. Impugnava lo scettro e la Mano della Giustizia, in capo aveva la pesante corona imperiale, sulle spalle il manto regio di velluto verde il cui strascico era retto dal maresciallo dell'impero e principe di Wagram Louis Alexandre Berthier, seguito da una folla, volutamente disordinata, di grandi ufficiali e alti funzionarti francesi e italiani. Quasi tutti personaggi sconosciuti a Milano.

«Non abbiamo idea di chi sia questa gente» osservò Luigi quasi con disprezzo «ma è evidente che si tratta pezzi grossi destinati a comandarci.»

Sotto un vasto baldacchino sorretto da quattro canonici Napoleone fu accompagnato al trono, una grande poltrona lignea decorata d'oro con una seduta e uno schienale di velluto rosso, sistemato su un rialzo della tribuna. Fin dal suo ingresso nella cattedrale, più di duecentocinquanta fra orchestrali e coristi eseguivano marce e cori trionfali.

Mentre l'imperatore si accingeva a prendere il suo posto, Luigi immaginò, quasi gli sembrò di vedere don Gervaso avviarsi a grandi passi verso di lui per compiere la missione di giustizia della quale si sentiva investito. Fu un attimo, ma riuscì anche a immaginare il prete che infilava un lungo pugnale nel petto del «tiranno» e a quel punto fece uno sforzo per riportare l'attenzione a quanto effettivamente stava accadendo. Di conseguenza non poté non pensare alla violenta, devastante reazione francese che quel gesto avrebbe inevitabilmente scatenato sulla città.

«Si presenta come una divinità» commentò scandalizzata Beatrice, per un momento dimentica del ruolo di suo marito. «Neppure gl'imperatori romani si concedevano tanta pompa e tanto sfarzo. Prevedo tasse, tasse e ancora tasse.»

«Mia cara» intervenne Elena, «fortunatamente tu potrai parlarne col principe di Beauharnais, intercedi per noi affinché ci lasci di che vivere.»

Questo scambio di punzecchiature e provocazioni era consueto fra le cognate che in realtà si stimavano molto e si volevano un gran bene, oltre a essere legate da interessi comuni come dimostrava il loro salotto la cui attività, avevano giurato l'una all'altra, sarebbe ripresa «appena finirà questa buriana».

Cessati cori, marce e inni, gli onori furono deposti sull'altare, il cardinale li prese e li diede a Napoleone che con gesto enfatico consegnò la spada al viceré.

Quindi, finalmente, l'imperatore andò all'altare, inaspettatamente con due mani prese la corona ferrea, se la portò sul capo poggiandola sopra quella imperiale pronunciando ad altissima voce queste parole: «Dio me l'ha data, guai a chi la tocca».

La perentoria e minacciosa dichiarazione di autoinvestitura suscitò in tutta la basilica meraviglia, ammirazione, curiosità e persino timore, un timore reverenziale.

«Cosa avrà voluto dire?» chiese Elena.

Luigi rispose cupo, secondo una sua interpretazione, dopo una non breve pausa: «Intendeva che queste terre sono sue e solo sue, che nessuno deve pensare di farne un uso che a lui non aggrada, per esempio poterle unire ad altre per fare l'Italia, quella vera. Ci intima di abbandonare questo sogno, questa speranza. Per lui l'Italia è solo questa della quale si è impadronito, roba sua che sua deve restare».

«Finché qualcun altro, una sempre più forte coalizione di suoi nemici, non verrà a portargliela via» ribatté Elena, «perché Napoleone non è eterno.»

Quindi fu celebrata la messa di rito ambrosiano in forma solenne, al termine della quale Napoleone giurò sul Vangelo di servire la fede e il popolo.

«Non avrei mai pensato di sentire un giuramento tale da un ex giacobino» commentò Luigi, «servire la fede, poi...»

Quindi il capo del cerimoniale proclamò l'avvenuta incoronazione e intronizzazione concludendo con un: «Viva l'imperatore e re!».

Il coro del Duomo intonò un potente e molto suggestivo *Te Deum* di ringraziamento e finalmente si riformò il corteo per tornare al palazzo reale dove fu servito un pranzo di gala seguito da una grande festa danzante. A questa parte della celebrazione, Beatrice – certo non controvoglia – dovette affiancare suo marito che non poteva abbandonare il viceré.

Nel pomeriggio il sovrano con una ristretta corte andò alla basilica di Sant'Ambrogio dove, con un secondo *Te Deum*, rese omaggio al santo patrono di Milano.

Elena e Luigi, invece, appena il corteo fu uscito dal Duomo tornarono a casa a piedi: una lunga e piacevole passeggiata per le strade di una città nella quale si percepiva un'atmosfera di eccitazione e quasi di meraviglia per la novità.

«Sembra che siano tutti contenti e francamente non riesco a capirne il motivo. Pensano forse che avere un re anziché essere una Repubblica porti la felicità? Non si rendono conto che tutto questo sfarzo reale, tutto questo lusso dovranno pagarlo loro?» disse Luigi guardandosi intorno.

«Già, come pure tutte le guerre che questo re ci costringerà a fare per lui, guerre costosissime che dovremo pagare con nuove tasse sempre più alte» aggiunse Elena.

Lungo la strada continuavano a pensare e a chiedere l'uno all'altra quanto sarebbe durato quel regno, quanto sarebbe durato Napoleone e cosa sarebbe accaduto «dopo di lui»: il semplice, detestabile ritorno degli austriaci o finalmente un processo che avrebbe portato all'unità di un'Italia libera? Non sapevano darsi delle risposte, se non quella pessimistica di Elena.

«Il mio intuito femminile mi dice che il suo impero e il suo regno dureranno a lungo; a meno che, finalmente non nasca una coalizione abbastanza grande e forte da sconfiggerlo definitivamente.»

«E dopo? Cosa ti dice il tuo intuito femminile sul dopo?»

«Dopo torneranno gli austriaci» concluse Elena col tono di chi sta dando una pessima notizia.

«E i nostri figli?»

Elena rispose dopo una pausa questa volta particolarmente lunga: «Dovranno lottare, mio caro, lottare e sperare, ciò che noi non abbiamo fatto abbastanza».

«Nessuno a Milano, in Lombardia e in Italia lo ha fatto abbastanza.»

Tenendosi per mano, proseguirono in silenzio e carichi di pensieri fino a casa.

Arrivarono che l'ora di pranzo era largamente passata e Filippo li accolse con il consueto rispettoso buon umore.

«Bentornati, signori. Anche se è tardi ho fatto preparare comunque qualcosa di leggero. Ho pensato che, sebbene sia domenica, non aveste voglia di festeggiare.»

Luigi reagì con una risata.

«Bravo Filippo, in effetti non abbiamo proprio nulla da festeggiare, tanto meno la novità di avere un re. Va benissimo così, grazie.»

Quello che restava della giornata, i coniugi Airoldi Carminati lo trascorsero leggendo e chiacchierando del più e del meno, ma evitando altri commenti all'evento a cui avevano assistito e considerazioni sul neonato Regno d'Italia.

Quella notte fecero l'amore. Lo facevano spesso ed era sempre bello, ma quella volta lo fu perfino più del solito: fu particolare, come se volessero fissare una memoria, un momento unico, una condizione da ricordare. Ovvero, al contrario, volessero cancellare una data o almeno cambiarne il senso, invertirne il significato. Intimamente sentivano che, in positivo o in negativo, nella loro vita stava accadendo qualcosa di importante ma non sapevano per quanto, se per poco o per sempre.

Si svegliarono presto perché era lunedì e Luigi doveva andare ad aprire la tipografia. Tutto sommato erano di buon umore, forse per effetto di quello che avevano sognato durante la notte: tutti e due qualcosa che aveva a che fare con Napoleone.

Benché di solito non riuscisse a tenere a mente i suoi sogni, anche appena sveglio, quella mattina invece Luigi aveva l'evanescente ricordo di una lunga cavalcata solitaria dell'imperatore: era sulle montagne, forse le Alpi, saltava da cima a cima, con le due corone sulla testa, una sull'altra, quella imperiale e la corona ferrea ma molto più grande della vera, e su ogni cima piantava la bandiera francese. Anche se aveva qualche confusa idea di cosa quel sogno volesse comunicargli, considerava tipicamente femminile e oziosa l'abitudine di chiedersi il significato dei sogni, e quindi non lo fece neanche quella volta.

Chi se lo chiese, invece, fu Elena. Tanto che volle subito parlarne col marito.

«C'era un gran mare in tempesta, un'immensa distesa sconvolta da alte e scure onde dalle quali emergeva uno scoglio, uno solo, altissimo. Lui, Napoleone, era sul punto più alto, in piedi con le mani incrociate dietro la schiena, guardava verso l'orizzonte. Poi, improvvisamente il mare si è placato e lui si è messo a gridare il mio nome o almeno credo che fosse il mio: Elena! Elena! Secondo te, cosa intendeva? Perché Elena?»

Luigi non le rispose, non aveva mai creduto che i sogni significassero qualcosa, o che, secondo certe ridicole superstizioni, fossero premonitori o avessero perfino provenienza ultraterrena. Pensava che in realtà non fossero altro che giochi della mente lasciata libera grazie al sonno, giochi talvolta legati a ricordi. Perciò cambiò argomento, anche se non molto.

«Mi chiedo, mia cara, se noi, quelli della nostra generazione, arriveremo mai a vedere una vera Repubblica italiana libera e indipendente.»

Elena ci pensò un po', poi si avvicinò al marito, gli prese le mani e sorridendo gli rispose: «Non so se noi la vedremo mai, ma sono abbastanza fiduciosa, anzi sono certa che la vedranno i nostri figli».

E lo baciò.

I personaggi

Questo è un romanzo storico, molti personaggi sono dunque storicamente esistiti mentre altri sono frutto della mia fantasia. Per aiutare il lettore a distinguere gli uni dagli altri elenco qui sotto quelli che ho inventato.

La famiglia Airoldi: Luigi, il personaggio maschile principale (due figli, con Elena Carminati: Elide e Cesare Arturo); il papà Gianarturo; la mamma Bianca; la nonna Alessandra; la sorellina Beatrice; il nonno Federico; la cameriera Zoe Ciardi.

La famiglia Carminati: Elena, il personaggio femminile principale; il padre, il conte Cesare; la madre, la contessa Elide; il maggiordomo Filippo; la cuoca Rita Ciardi, cugina di Zoe; il secondo maggiordomo Anselmo; don Saverio, confessore di Elena.

Ambrogio Bevacqua: amico di Luigi, ufficiale della Guardia nazionale e della Legione lombarda (un figlio, con Beatrice Airoldi: Giovanni Ugo).

Gian Giacomo Beltrame: primo marito di Elena.

Il marchese Rolando Beltrame: padre di Gian Giacomo.

Mariangela Rovi: amante di Beltrame, vedova di Ascanio Rovi.

Don Gervaso: prete cospiratore.

La «contessa» Milena: «educatrice» sessuale.

Gli altri protagonisti del romanzo sono storicamente esistiti, tuttavia il carattere, le parole e le azioni sono nella maggior parte dei casi frutto della mia fantasia.

Ringraziamenti

Senza i consigli, i suggerimenti e l'incoraggiamento della donna che amo, mia moglie Luisa Confalonieri, non avrei neppure cominciato a scrivere questo libro.

Decisivo è stato il contributo professionale e personale, e per questo li ringrazio, del direttore editoriale Francesco Anzelmo e del responsabile della Saggistica Mondadori Igor Pagani: continuano, per me incomprensibilmente, a ritenere pubblicabile quello che scrivo.

Un ringraziamento particolare va anche alla brava e intelligente editor Susanna Ciucci per il suo prezioso e accurato cesello.

Poi ci sono gli amici: non mi sono mai mancati l'incoraggiamento affettuoso e i consigli preziosi dei carissimi Giovanna Milella e Edoardo Segantini, come quelli di Ilike Furesz e Roberto Pesenti. Per questo li ringrazio di cuore.

Certificato PEFC
Questo prodotto è realizzato con materia prima da foreste gestite in maniera sostenibile e da fonti controllate
PEFC/18-32-03
www.pefc.it

Mondadori Libri S.p.A.

Questo volume è stato stampato
su carta HOLMEN
con fibra vergine proveniente da foreste sostenibili holmen.com/paper
presso ELCOGRAF S.p.A.
Stabilimento - Cles (TN)

Stampato in Italia - Printed in Italy